젠틀한
악마

단글

젠틀한 악마 3

초판 1쇄 인쇄 2016년 4월 20일
초판 1쇄 발행 2016년 5월 3일

지은이 별하얀
발행인 오영배
기획 박성인
책임편집 김다슬
표지 · 본문 디자인 권지연
제작 조하늬

펴낸곳 (주)삼양출판사 · 단글
주소 서울시 강북구 도봉로 173
대표 전화 02-980-2112 팩스 / 02-983-0660
편집부 전화 02-980-2116 팩스 / 02-983-8201
블로그 blog.naver.com/dan_gul
출판등록 1999년 3월 11일 제9-00046호.

ISBN 979-11-313-0599-7 (04810) / 979-11-313-0596-6 (세트)

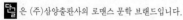 은 (주)삼양출판사의 로맨스 문학 브랜드입니다.

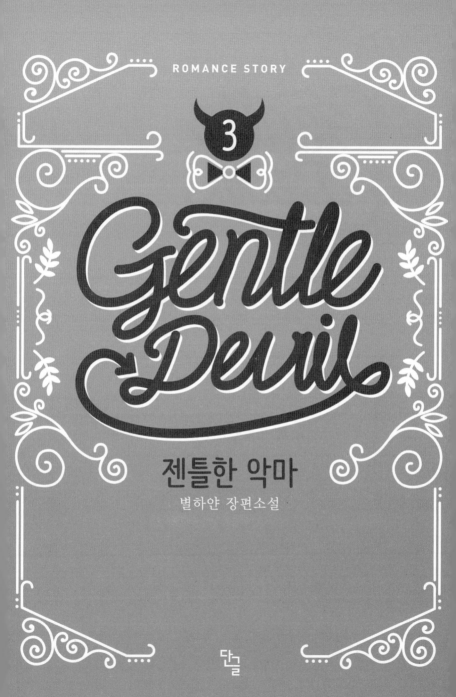

ROMANCE STORY

3

GENTLE
Devil

젠틀한 악마

별하얀 장편소설

달

| 차 례 |

12장
허리케인

사납게 현관문을 열고, 신발을 벗어 던지던 성빈의 눈에 익숙한 구두가 보였다. 예전에 그가 즐겨 신었던 구두다. 주방에서 일을 보던 도우미 아주머니가 달려 나왔다.

"정유선, 이 여자 어디에 있습니까?"

아주머니가 인사로 입을 떼기도 전에, 성빈이 말을 가로챘다.

"지금 아가씨 침실에 계세요."

입을 굳게 다문 성빈이, 복도를 성큼성큼 걸어갔다. 분노가 가득 찬 그의 분위기는 험악했다. 반쯤 열려 있는 침실 문고리를 잡은 성빈이 거칠게 열어젖혔다. 유선이 그를 쳐다봤다.

"내가 죽어라 연락할 땐, 아예 상대도 안 해 주더니. 방법을 살짝 바꾸니, 바로 반응하네?"

"정유선, 네가 미쳤지?"

하연이 가 버린 뒤, 채 한 시간도 안 돼서 나타난 성빈을 보며 유선은 속이 부글댔다.

"성빈 씨, 지금 당신 표정이 얼마나 가관인 줄 알아?"

"……."

"그 여자 상처라도 입었을까 봐 노심초사하니? 만사 제쳐 두고 이렇게 쫓아올 만큼?"

유선의 빈정거림이, 성빈의 이성을 건드렸다.

"정유선, 네가 보태지 않아도 앞으로 버텨 내야 할 게 많은 힘든 여자야."

"지금 그 말은……."

"어머니를 어떻게 넘어야 하나, 그 하나만으로도 머리가 터져 버릴 것만 같은데."

아무렇게나 뇌까리듯 중얼거리는 성빈에게 목청을 높이는 유선이다.

"지금 그 여자랑 결혼이라도 하겠다는 거야, 뭐야?!"

"그래!"

성빈이 결국 윽박을 질렀다.

"이미 끝난 우리 과거를 도대체 왜 하연 씨가 감당해야 하는 건데? 그리고 정유선, 넌 무슨 자격으로 이렇게 분별없이 날뛰는 거야?! 대체 왜!"

위협적으로 눈을 번뜩이며 몰아붙이는 성빈을 유선이 노려봤다. 원망스러웠다. 다른 남자와의 잠자리를 들켰을 때도 볼 수 없었던 성빈의 악에 받친 모습에 유선은 울컥했다.

"김성빈, 이건 좀 아니잖아."

"대체 뭐가!"

"내 실수? 그래, 인정해. 당신의 태도 당연한 거고."

성빈이 제 머리를 쓸어내리며, 격한 숨을 밀어냈다.

"그래도 나 당신이 사 년이나 품었던 여자야. 매일 사랑한다며 영원을 약속한 사이였어."

유선의 눈이 빨개졌다.

"이렇게 한순간에 놓아 버릴 거면, 대체 날 왜…… 사랑한 거니?"

"하."

"내 모든 걸 당신에게 익숙하게 만들어 놓고…… 뒤도 안 돌아보고 가 버리면, 나 혼자 어떻게 감당을 하라고…… 너무한다, 정말……."

성빈은 부아가 치밀었다. 한편으론 자신이 이렇게까지 냉혈한인지 새삼 깨닫는 순간이었다.

"정유선, 네 말대로 다른 의미에서 내가 나쁜 놈일 수 있어. 인정해."

"성빈 씨……."

"하지만 사 년이나 나를 만나 왔던 네가 더 잘 알 거야. 입 밖으로 꺼낸 말, 난 반드시 지키는 사람이야. 이런 나에겐 한 가지

명확한 조건이 붙어."

성빈이 단호하게 말했다.

"바로 분명한 명분이야."

"……"

"정유선 널 끝까지 지켜 내겠다고 다짐한 내 의지를 꺾은 건, 다름 아닌 바로 너야."

아랫입술을 꽉 깨문 유선이 울음을 참았다. 성빈은 이쯤에서 한층 더 확고한 태도를 보일 필요가 있다는 판단을 했다. 야멸 찬 놈이라며 욕을 해도 어쩔 수 없었다.

"그리고 정유선, 네가 한 가지 착각하는 걸 바로잡아 주자면."

"착각?"

"널 받아들이지 않는 이유가 하연 씨 때문이라고 생각한다면 틀렸어."

"그게 갑자기 우리 사이에 끼어……!"

흥분하려는 유선의 말을 성빈이 도려냈다.

"현재 내 옆에 그 여자가 없었어도, 널 다시 받아들이는 일은 절대 없었을 거야."

"나쁜 자식!"

"우리 두 사람 사이는 진작 완전히 끝났어. 알아들어?"

유선이 결국 엉엉, 소리 내 울기 시작했다. 성빈은 말없이 그 모습을 지켜봤다. 어떠한 표정 없이, 말도 없이. 마지막 배려로 차분하게 그녀가 정리할 수 있게 기다렸다.

점차 작아지는 울음소리.

"김성빈, 당신은 끝까지 잘난 척이지."

앙칼진 유선의 목소리에, 독기가 서려 있었다. 성빈은 대답이 없었다. 유선 밖에 안 보이던 그의 시야가 점차 넓어지더니, 방 안이 한눈에 들어왔다.

"이게 다 뭐야……."

성빈이 혼잣말을 중얼거렸다. 활짝 열려져 있는 장롱 안에 걸려 있는 저의 옷가지들과, 침대 위에 덩그러니 놓여 있는 액자, 유선에게 선물했던 하이힐 등이 보였다.

"뭐긴 뭐야. 아직 당신에 대해 잘 모르는 거 같아서, 취향을 좀 알려 준 거뿐이야."

"하, 역시 실망시키질 않네."

성빈은 기가 막혀, 감탄사를 터트렸다. 안 봐도 유선이 벌렸을 상황이 눈에 훤히 그려졌다. 질려 버린 성빈이 외면하며 시선을 돌리는데, 언뜻 보면서도 믿지 못할 물건이 눈에 띄었다.

"저……."

침대 위에 널브러져 있는 콘돔들과 구겨진 상자. 성빈의 눈에 핏발이 섰다.

"정유선, 너 돌았어?!"

"이 정도로 했어도, 내 분은 안 풀렸어. 오버하지 마."

"너 진짜 사람이 어떻게 하면 밑바닥까지 내려가는지, 확실히 보여 주는구나?"

성빈은 충격에 의해, 뒷골이 심하게 당겨 옴을 느꼈다. 그에 반해, 유선은 언제 울었냐는 듯 성빈의 그 반응을 즐겼다.

"노랫말에도 천사표 이별은 없다잖아. 그 여자도 내 걸 가져간 대가는 똑바로 치러야지."

성빈은 할 말을 잃었다. 저걸 봤을 하연의 마음을 생각하니, 눈앞이 아찔했다. 참는 것도 한계가 있었다. 이성의 끈이 떨어진 성빈이 살벌하게 갈기를 세웠다.

"정유선. 지금부터 내가 하는 말, 잘 새겨들어."

"말해."

"날 건드는 건 상관없어. 과거에 대한 내가 감당해야 할 몫이라면, 그래, 책임질게."

유선이 차분히 그의 말에 집중을 했다.

"그런데 한 번만 더 하연 씨 건드리면, 그땐 정말 가만 안 둬."

"넌 끝까지 그 여자 생각뿐이지?"

"다음부턴 이렇게 우리 두 사람, 개인적으로 만나는 일 따위 없을 거야."

성빈이 고압적인 태도로 유선을 내리눌렀다.

"당신네 회사랑 함께 진행했던 우리 계열사 사업 전부 중단시킬 거야. 아니. 그냥 전부 막아 버릴 줄 알아."

유선의 눈에 쌩한 바람이 불었다.

"지금 회사 상대로 협박하는 거니?"

"더 이상은 말로 해도 안 통할 것 같거든. 그리고 네가 벌린 짓이 어떤 결과를 남길지, 똑똑히 알아 둘 필요가 있으니까."

성빈은 이렇게 질 낮은 방법을 택한 자신이 싫었다. 하지만 그로서는 다른 방도가 없었다.

"정유선. 다시 한 번 말하지만, 잘 알아 둬. 다음번에 또 이런 일을 벌였을 때는, 네 기업 직원들 목숨을 담보로 장난질 치는 거라고 간주하고 온 힘을 다해 무너트릴 거야."

성빈의 잔혹한 경고에, 유선이 부들거렸다.

"내가 장난 좀 쳤다고, 당신까지 정말 이렇게 나오고 싶니?"

계속 눈에 밟히는 물건 때문에, 열이 뻗치는 성빈이 고성을 내질렀다.

"나도 내 여자를 지켜야 하니깐! 그것도 필사적으로!"

"넘치는 순애보에 눈물이 다 나려 하네."

"정유선, 있지. 난 살아오면서 내가 한 일에 대해, 단 한 번도 후회를 해 본 적이 없어."

성빈의 묘한 말에, 유선의 심장 박동 수가 빨라졌다.

"김성빈, 너 대체 무슨 말을 하려는 건데…… 설마, 설마 우리 연애를 후회하는 거야?"

"내 여자 가슴에 먼저 대못을 박은 건 너야, 정유선."

순간 폭발한 유선이 악다구니를 썼다.

"대답해! 나랑 함께했던, 사 년을 후회하는 거냐고! 이 나쁜 놈아!"

"……그래."

성빈이 괴로운 얼굴로, 조용히 대답했다.

"나아……쁜 놈, 좋아. 그럼 나도 협박 하나 할게."

유선이 침대 옆, 협탁에 가지런히 놓여 있는 자신이 쓴 책 중 하나를 집었다. 그녀의 경직된 입꼬리가 미미하게 올라갔다.

"내일 여성 잡지사와 인터뷰가 잡혀 있어."

"그래서."

"그동안 내가 썼던 로맨스 소설 남주의 모티브가 누군지 밝힐 거야."

성빈은 무표정을 일관했다.

"남자 주인공의 모티브가 라페르 호텔 김성빈 대표이자, 내 전 애인이었다고 공개적으로 알릴 거라고. 어때?"

선인장처럼 가시가 뾰족하게 선 유선을 응시하던 성빈이, 이 내 고개를 끄덕였다.

"없는 사실도 아니고, 그러고 싶으면 마음대로 해."

"……뭐?"

한때 사랑했던 우리 두 사람, 왜 이렇게까지 돼 버렸을까. 유 선은 코끝이 시큰거렸다.

"정유선, 아까 말했잖아. 날 건드리는 건 괜찮다고. 그렇게 해 서라도 네 화가 풀린다면, 괜찮아. 그렇게 해."

다만 성빈의 걱정은 하나였다. 자신이 다른 여자의 남자라고 공개적으로 기사가 났을 때, 마음이 많이 아플 하연이 염려스러 울 뿐이었다.

"하지만 아까 내가 했던 경고는, 잘 새겨 둬. 다신 하연 씨 건드리지 마."

강한 어조지만, 애절하게 말을 마친 성빈이 뒤를 돌았다. 등진 성빈의 어깨 너머로, 참아 왔던 눈물을 터트리는 유선은 소리가 새어 나가지 않게 버티고, 또 버텼다.

"갈게."

정말 이제는 두 번 다시는 못 볼 것 같았다. 성빈이 사라진 곳을 보며, 유선이 주르륵 주저앉았다. 쉴 새 없이 눈물이 쏟아졌다. 저의 저열한 면을 드러내면서까지, 최선을 다해 그를 붙잡았다.

"성빈 씨, 성……."

단 한 번의 실수로 인해, 자신의 가장 소중한 걸 잃은 유선은 매일을 후회 속에서 살았다. 하지만 그녀를 더 슬프게 만드는 건, 성빈의 가슴속에 '사랑했던 걸 후회하게 하는 여자. 정유선.'으로 낙인찍힌 것이었다. 목메어 우는 유선의 눈물은 창밖의 비처럼 슬프게 흘러내렸다.

*   *   *

운전을 하는 성빈의 얼굴엔 근심이 가득했다. 다시 걸어 본 하연의 핸드폰은 꺼져 있었고, 그녀에게 향하는 마음은 무겁기만 했다. 분명 상처를 깊게 받았을 것이다. 아니, 헤어지자며 이별을 통보할지도 모르겠다.

"빌어먹을……."

성빈은 자신이 고백을 했을 때가 떠올랐다. 부담스럽다며 밀어내면서도 끌리는 제 마음을 숨기지 못하던 순진한 그녀가 참 사랑스러웠다.

가족 모임에서 능청스럽게 애교 많은 애인을 연기하던 뻔뻔스러운 모습, 번지점프 대 위에서 제 옷가지를 부여잡고 징징 대던 모습, 케이의 공연에서 섹시댄스를 추다가 자신과 눈이 마주치자 본인도 찔리는지 움찔하던 모습까지. 순간순간들이 파노라마처럼 그의 머릿속을 스쳐 지나갔다.

"참 귀여웠었는데……."

성빈이 중얼거렸다. 그렇게 밝은 모습만 가득하던 하연의 얼굴에 요즘엔 부쩍 그늘이 졌다. 간혹 일부러 환한 모습을 보이려고 애를 쓰기도 했다. 성빈은 심장이 욱신거렸다.

자신의 욕심을 내세워 하연을 괴롭게 붙잡고 있는 건 아닐까 하는 두려움도 들었다. 하지만 한번 눈에 들면, 그거 밖에 안 보이는 성빈은 그녀를 놓아줄 용기가 없었다. 만약 하연이 이별을 통보할지라도, 성빈은 헤어질 생각 따윈 없었다. 이기적인 놈이라고 욕을 해도 어쩔 수 없는 일이었다. 하연의 집 앞에 도착한 성빈이 차에서 내렸다.

"잠깐 나와 볼래요?"

"네, 사장님."

하연에게 붙인, 여 경호원이 모습을 드러냈다.

"하연 씨는 안에 있어요?"

"네."

"집 안이 어두운데…… 불도 안 켜고 있는 건가."

성빈이 이 층을 올려다보는데, 안이 어두웠다. 걱정스러운 마음이 앞섰다. 경호원과 간단히 대화를 마친 성빈이, 계단을 올라갔다. 초인종을 눌렀다.

[누구세요?]

다행히 돌아오는 하연의 대답은 빨랐다.

"하연 씨, 나야."

[아, 네…….]

"문 좀 열어 줘. 우리 얼굴 좀 보자."

잠시 대답이 없었다. 애가 타는 성빈이 문고리를 만지작거렸다.

"다 알고 온 거야. 좀 괜찮은 거야?"

[아니요.]

"왜 아니겠어. 하연 씨한테 면목이 없어."

[……네.]

하연의 목소리엔 기운이 없었다. 오늘만큼은 숨길 수 있는 감정이 아니었다.

"하연 씨, 왜 불도 안 켜고 그러고 있어. 사람 걱정되게."

[저……. 성빈 씨.]

"응, 말해. 듣고 있어."

성빈이 자상하게 대답을 했다.

[솔직히 오늘 좀 힘들긴 했는데, 괜찮아요. 정말, 정말로…….]

"하연 씨……."

[그리고 사실 지금 좀 엉망이거든요. 이런 얼굴 성빈 씨한테 보이고 싶지 않아요.]

하연의 한 마디, 한 마디가 성빈의 심장을 후벼 팠다.

[그러니깐 우리 내일 밝은 얼굴로 봐요.]

"정말 미안해, 하연 씨."

잠시 뜸을 들이던 하연이, 서둘러 대화를 갈무리했다.

[성빈 씨. 그럼 운전 조심히 하고, 잘 가요.]

"나 당신 못 놔줘."

성빈의 약간은 쉰 저음이, 하연의 온몸을 휘어 감았다. 이어지는 성빈의 말투는 그 어느 때보다도 완강했다.

"내가 먼저 선수 쳤으니깐, 힘들어도 헤어지고 싶은 그 마음 접어. 절대 안 되니까."

[성빈 씨…….]

"티는 안 나도, 당신이 한 마디씩 할 때마다 나 지금 무지 긴장하고 있어."

그녀가 없는 삶을 산다는 건, 이제 상상조차 할 수 없는 성빈이었다. 당연히 절박했다.

"앞으로 하연 씨를 더 힘들게 할지도 몰라. 인정해. 그런데 말이야."

[…….]

"당신이 고약한 마음을 먹으면, 작정하고 날 한 방에 무너뜨릴 수 있는 방법이 있어."

문 하나를 사이에 두고, 하연이 그리운 성빈이 손을 뻗었다.

"잘나면 얼마나 잘났다고 주변이 그렇게 성화냐며 하연 씨는 화가 나겠지만…… 사실 내 약점은 딱 하나야."

[무슨…….]

"바로, 하연 씨야."

하연의 입이 살짝 벌어졌다.

"당신이 내 손을 놓는 순간, 사람 불구로 만드는 거야."

[…….]

"표현이 좀 과격하지만, 사실이야. 그러니, 하연 씨……."

성빈이 고백과 함께, 탁한 신음을 내뱉었다.

"내 모든 걸 잃는 한이 있어도, 하연 씨 절대 안 놔줄 테니까. 당신도 나 좀 봐줘."

[그럼요…… 당연한 걸…….]

제 진실된 마음을, 굳은 결심을, 흔들리지 않는 믿음을. 그녀만 알아준다면 다른 건 상관없었다. 성빈의 얼굴에 희미한 미소가 번졌다.

"하연 씨, 사랑해. 내 모든 걸 바쳐서."

"하연아. 이 영화가 벌써 관객 수 팔백만이나 돌파했대."

"정말? 재밌긴 한가 보다."

기분 전환을 위해 오랜만에 민경과 만나 주말 데이트 중인 하연이 푸드 코트에서 간단히 식사를 하고, 영화관에 들렀다. 하연이 미리 예매해 놓은 티켓을 뽑고, 팝콘을 품에 안은 민경과 함께 극장 안으로 들어갔다.

"와, 정말. 영화를 얼마 만에 보는 건지 몰라."

"나도 그래."

"넌 성빈 씨랑 영화 자주 안 봐?"

민경의 물음에, 하연은 그저 픽 웃었다. 곧 주위가 어두워지고, 영화가 시작되었다. 정유선과 있었던 폭풍 같은 일이 벌어진 지, 벌써 삼 일이나 지났다. 배려심 깊은 남자는, 하연의 마음이 안정될 때까지 기다려 주겠다고 했다. 성격이 급한 성빈을 누구보다 잘 아는 하연으로서는, 고맙고 또 미안했다.

'이 남자, 식사는 잘 챙겨 먹고 다니기는 하려나.'

하연의 눈은 스크린에 집중하고 있었지만, 머릿속은 잡념으로 가득했다. 간혹 옆에서 민경이 깔깔대며 그녀를 칠 때면, 덩달아 따라 웃어 줬다. 어느새 영화가 끝나고, 조명이 들어왔다.

"역시 겨울에는 로맨틱 코미디가 달달한 게 최고야. 그치?"

"응. 두 사람 사랑하는 게, 너무 애틋하더라."

민경이 신세 한탄을 했다.

"하, 난 언제쯤 저런 애인이 생기려나. 이번 생에선 기대하면 안 되려나?"

"곧 좋은 남자 나타나겠지."

"야, 박하연. 넌 잘난 애인이 있으니깐, 그런 말을 쉽게 하는데. 인연을 만나는 게 생각보다 어렵다니깐?"

민경이 입술을 삐죽거렸다.

"그나저나 성빈 씨는 요새 잘 지내? 너희 둘 사이는 괜찮고?"

"응, 잘 지내."

"사실 이번에 신사점 리뉴얼 진행하면서, 성빈 씨가 여러 가지로 많이 챙겨 줬었어."

"그래?"

"확실히 여유로운 사람은 태가 나. 솔직히 처음에 하연이 네가 재벌 만난다기에, 돈만 많지 그만큼 감당해야 할 게 많다고 생각해서 내심 반대했었거든."

우려가 컸던 만큼, 하연에 대한 성빈의 진심 어린 마음이 참 고마운 민경이었다.

"그런데 하연이 너에 대한 성빈 씨 마음이 남다르다는 걸 확실히 알게 되니깐, 정말 마지막까지 두 사람 잘됐으면 하는 욕심이 들어."

하연은 항상 제 편이 되어, 응원을 해 주는 민경에게 힘을 받았다.

"민경아, 나도 잘 해내고 싶어. 정말로."

"그럼. 하연이 네가 얼마나 야무진데. 내가 걱정 안 해도 알아서 잘하겠지."

"일단 음료 뭐 마실래?"

커피숍에 들른 두 여자가, 주문을 하고 자리를 잡았다.

"맞다. 이번에 달수 해외 지사로 발령 났더라?"

"와, 승진한 거야? 잘됐다."

"근데 좀 의문스러운 게, 사실 달수 그 녀석이 갈 수 있는 요건이 안 되거든?"

민경은 아무리 생각해 봐도, 좀 이상했다.

"얘는, 의문스러울 건 또 뭐 있어. 회사에서 달수를 괜찮게 봤나 보지."

"실수투성이에다, 일도 제대로 못하는데 도대체 어떤 면을 보고……."

"뭐, 난 오히려 마음이 편하네. 해외에 나가서, 달수가 더 인정받고 잘 지냈으면 좋겠어."

최근에 자신의 주위를 맴돌던 달수가 떠오르는 하연은 잘됐다는 생각이 들었다. 민경이 물고 있던 빨대를 입에서 뗐다.

"나랑 헤어지고 뭐 해? 성빈 씨랑 만나?"

"응, 그럴까 해."

"오랜만에 너 만난 김에, 저녁에 술도 한잔하고 헤어지면 딱 좋은데. 이놈의 망할 회사."

민경의 언행이 날이 갈수록 험해지고 있었다. 물론 회사의 탓이 제일 큰 거 같았다. 주말임에도 불구하고 회사에 잠깐 들러 처리해야 할 일이 있는 민경의 짜증스러움이 잘 느껴졌다.

"메일 보냈다고 하네. 확인 좀 해 봐야지."

타이밍 좋게, 거래처에서 문자를 받은 민경이 한숨을 쉬었다. 메일을 확인하기 위해, 인터넷에 접속을 하던 민경이 순간 인상을 찡그렸다.

"이게 도대체 뭔 소리래?"

"뭐가?"

별생각 없던 하연이 되묻는데, 민경이 휴대폰 액정 화면을 내밀었다. 건네받은 핸드폰을 들여다보는 하연이 얼떨떨한 표정을 지었다. 당혹스러웠다.

"은하수라면, 그 드라마로도 만들어졌던 로맨스 소설 작가 맞지? 왜 우리 대학교 때, 많이 읽었던……?"

하연의 얼굴이 어두워졌다. 대형 포털 사이트 헤드라인엔 유명 작가인 은하수 관련 기사가 대문짝만 하게 난 상태였다. 내용은 지난 사 년 간의 소설 남주의 모티브가 전 애인이자, 현재 라페르 호텔 대표인 김성빈이라는 것이었다.

"하연아, 넌 두 사람 관계에 대해 알고 있었어?"

민경이 조심스럽게 물었다.

"응, 알고 있었어."

"아……."

민경의 걱정스러운 눈초리에 하연은 불편함을 느꼈다.

"민경아, 미안한데 나 먼저 좀 일어날게."

"그래. 근데 하연아. 너 괜찮아?"

하연은 괜찮다는 눈짓을 해 보이며, 서둘러 자리에서 일어났다.

＊　　　＊　　　＊

라페르 호텔 대회의실 안. 각 부서의 연이은 하반기 결산 보고가 이어지면서, 엄숙한 분위기를 자아내고 있었다. 중앙의 센터 자리를 차지하고 있는 성빈의 표정은 진지했다.

"이번 하반기 매출 현황은, 작년 대비 6.7% 상승한 이익을 창출하였으며……."

성빈이 영업팀 부장의 설명과 함께 빔 프로젝터가 비추는 화면을 놓치지 않고 집중하는데, 노크와 함께 회의실 문이 열렸다. 비서 정구였다. 성빈에게 빠르게 다가간 정구가 귀에 대고 속닥거렸다. 바로 회의는 중단이 됐고, 성빈이 집무실로 향했다.

"사장님, 규모가 있는 사이트는 전부 메인에 걸렸다고 보시면 됩니다. 한번 보세요."

성빈이 정구가 미리 켜 놓은 모니터를 확인했다. 유선이 인터뷰한 기사를 읽는 그의 눈에, 냉랭한 기운이 내려앉았다. 예상은 했지만, 이번에도 역시 유선은 실망시키지 않았다.

"사장님. 큰 회장님, 전화 오셨습니다."

성빈이 작게 한숨을 한번 내쉬더니, 전화를 받았다.

"네, 할아버지."

[이게 도대체 무슨 일이야? 행동거지를 어떻게 했길래, 이딴 기사나 나오게 만들어?!]

성빈은 마땅한 핑곗거리도, 둘러대고 싶은 마음도 없었다.

"면목이 없습니다. 어차피 연예인이 실린 기사도 아닌데, 금방 사람들도 관심 꺼질 겁니다."

[그걸 지금 말이라고 지껄이는 거야?]

큰 회장의 목소리에 살벌한 노기가 띠었다.

"없는 사실도 아니지 않습니까."

[김성빈, 말 같은 소리를 해라. 이미 관계가 끝난 시점에서, 득 될 것도 없는 이런 스캔들 터져서 뭐가 남는데?]

성빈의 대답이 없자, 큰 회장이 정신을 가다듬으며 통보했다.

[일단 뜬 기사 다 내리고, 언론에 대형 스캔들 하나 터트릴 테 니깐 그런 줄 알아.]

큰 회장이 일방적으로 전화를 뚝 끊어 버렸다. 성빈의 마음이 어수선했다. 끊긴 회의를 이어 갈 정신이 없었고, 회사 일과 유 선의 일까지 더해 심신이 지쳐 버린 그가 재킷을 집어 들었다.

"너도 피곤하겠지만, 정리 좀 부탁해."

"네, 사장님. 뒷일은 저한테 맡기시고, 들어가서 좀 쉬세요."

성빈이 걱정되는 정구가, 로비 정문까지 뒤에서 배웅을 했다.

차에 오른 성빈이, 잠시 고개를 시트에 기대고 눈을 감았다.

"쉬운 게 하나도 없군……."

성빈이 재킷 주머니에서, 핸드폰을 꺼냈다. 하연에게선 아무런 연락이 없었다. 멍하니 핸드폰 화면만 보던 성빈이 차에 시동을 걸었다.

그때 하늘이 번쩍이더니, 곧이어 꽝음이 들려 왔다. 요 근래에 성빈의 마음을 대변하듯 비와, 눈이 번갈아 가면서 쏟아져 내렸다. 지저분하게 내리는 진눈깨비 덕에, 도로 사정은 안 좋았다. 멈춘 차 안에서 차창에 손을 올려 턱을 괸 채, 생각에 잠긴 성빈의 얼굴은 고독했다. 평소보다 시간이 걸려, 맨션에 도착한 성빈이 지하 주차장으로 차를 몰았다. 찬바람에 머리도 좀 식힐 겸 단지 내 산책로를 한 바퀴 걸을 요량으로 성빈이 집으로 바로 올라가지 않고 지상으로 올라왔다.

"하아……."

주머니에 손을 꽂은 성빈이, 금세 자신을 뒤덮는 진눈깨비가 떨어지는 하늘을 올려다봤다. 한 걸음, 두 걸음, 성빈의 반질한 구두가 간격을 두고 걸어 나갔다.

'하연 씨도 봤겠지, 그 기사…… 점수 더 깎였겠네. 많이 힘들어하면 안 되는데…….'

성빈은 엉망이 된 저의 마음보다는 하연의 걱정이 앞섰다. 천천히 걸었음에도 불구하고, 길고 긴 생각에 비해 짧았던 산책로는 금방 끝이 나 버렸다. 성빈이 생각을 정리하며 맨션 정문으로 방향을 틀었다.

"성빈 씨?"

바닥을 보며 힘없이 걷던 성빈이, 익숙한 음성에 고개를 들었다. 하연이 싱긋 웃으며 서 있었다. 이내 하연의 동공이 어지럽게 흔들렸다.

"성빈 씨, 이게 무슨 꼴이에요?"

한달음에 성빈에게 달려온 하연이 우산을 씌워 줬다. 진눈깨비로 축축하게 젖은 성빈의 정장을 털어 주며, 하연이 타박을 했다.

"혼자 영화라도 찍은 거예요? 처량하게, 우산도 없이 왜 이러고 돌아다녀요?"

"하연 씨……."

며칠 동안 보지 못했던, 너무 그리워 이제는 현존하는 인물이 맞나 의심까지 들었던 하연의 이름을 성빈이 애달프게 불렀다. 작은 하연의 어깨에 고개를 깊게 묻는 성빈.

"하연 씨, 보고 싶었잖아."

"이러다 성빈 씨 감기 들겠어요. 우리 일단 집으로 들어가요. 네?"

하연이 나긋한 어조로 성빈을 달래며, 머리를 쓰다듬어 줬다. 하연이 물먹은 솜뭉치처럼 무거운 성빈의 팔을 잡아끌었다. 승강기에 올라탄 하연이 성빈의 어깨 위에 쌓인 눈을 털어 줬다.

"하연 씨, 혹시 기사 봤어?"

"네, 봤어요."

하연이 담담하게 대답을 했다. 미안한 얼굴로 자신을 내려다보는 성빈의 시선이 느껴졌다. 하연은 그런 그가 안쓰러웠다. 왜 매번 아무런 잘못도 없는 성빈이 사과를 해야만 하는 상황이 오는 걸까? 성빈의 배를 가볍게 툭 치며, 하연이 말했다.

"성빈 씨, 정말로 저 괜찮아요. 그러니깐 미안해하지 마요. 오히려 제 마음이 불편하니깐."

"……우리 하연 씨."

하연이 숨도 제대로 쉬지 못할 만큼 성빈이 힘껏 끌어안았다.

"성빈 씨, 수, 숨 막혀요! 이거 좀 놔줘요!"

"내가 더 잘할게."

성빈을 겨우 떼어 낸, 하연이 새침하게 고개를 끄덕였다.

"본인 입으로 직접 얘기했지만, 앞으로 저한테 더 잘해요. 예뻐하고, 사랑해 주고."

"당신 속상한 마음, 내가 왜 모르겠어."

성빈의 자박한 음성이, 하연의 신경을 뒤흔들었다.

"하연 씨, 이제 난 공개적으로 과거 있는 남자야."

"상관없어요."

단호한 하연의 말투에, 성빈의 손바닥이 그녀의 볼을 쓸었다.

"차라리 잘 됐어. 늘 당신 부담 덜 수 있도록 모자란 면이 있었으면 좋겠다는 생각을 했었는데…… 이제 하연 씨가 나 거둬 주지 않으면 답이 없어."

하연이 닿아 있는 성빈의 손에, 자신의 뺨을 천천히 비볐다.

"성빈 씨, 불안해하지 마요. 저 당신 거잖아요."

"그래, 당신 내 거야."

성빈이 대답을 밀어내며, 자신의 손에 끼워진 반지를 내려다 봤다.

"내겐 그 하나면…… 살아갈 이유가 충분해."

* * *

큰 회장의 빠른 조치 덕분에, 반나절도 안 돼 기사는 전부 내려갔다. 또한 의도적으로 터트린 대형 스캔들로 인해, 사람들의 관심도 피할 수 있었다.

"사장님. 오늘 일정은 여기까지입니다."

"그래. 너도 수고했어."

"내일 새벽에 출국하시죠? 출발하시기 전에, 전화드릴게요."

성빈이 정구의 어깨를 툭 친 뒤, 카마로에 올랐다. 그는 서둘러 하연에게 전화부터 걸었다.

"하연 씨, 주변이 어수선하네. 밖이야?"

[지금 마트 가려고 집에서 나왔거든요. 성빈 씨는 어디예요?]

성빈이 클래식 음악을 틀었다.

"당신 보려고 그쪽으로 가고 있어."

하연이 있다는 마트에 주차를 마친 성빈이 차에서 내렸다. 마트로 들어가 이리저리 둘러보는데 저 멀리 파프리카를 뒤적거리는 하연이 보였다. 성빈의 입가에 미소가 걸렸다.

정유선과의 일이 있은 뒤, 성빈은 하연에게 더 많은 애정을 쏟았다. 시간이 날 때면 반드시 하연과 함께 보내려고 노력을 했고 끊임없는 정성을 보였다. 지금처럼.

"하연 씨, 파프리카 하나 집는데 뭘 그리 고민해? 그 집중력 반만 나한테 쏟아 봐."

어느새 뒤로 다가온 성빈이 하연의 어깨에 얼굴을 내려놨다. 하연이 손에 쥔 파프리카를 번갈아 보며 갸우뚱거렸다.

"저 혼자 먹을 거면 아무거나 집겠는데. 성빈 씨가 노란색을 좋아했었나요? 빨강이었나?"

"다 먹을게. 아무거나 집어."

"맨날 말은 그렇게 해도 가리잖아요. 오죽하면 파프리카 색을 고르고 있겠어요. 성빈 씨 오면 식사 때문에 정말 골치 아파요. 편식도 심하고."

하연이 뒤로 돌며, 성빈을 흘겨봤다. 귀찮은 성빈이 말을 돌렸다.

"아니면 적당히 밖에서 먹고 들어가."

"전 간소하게 먹어도 집 밥이 좋아요. 그러니 파프리카 좀 골라 봐요."

하연이 준 비닐에 성빈이 건성으로 노란색 파프리카를 담기 시작했다.

"노란색 좀 그만 담아요. 다른 색도 하나씩 넣어 줘요."

"귀찮게."

"성빈 씨 입맛 맞추겠다고 조금이라도 노력하는 거잖아요."

오늘따라 잔소리가 심한 하연을 성빈이 응시했다.

"하연 씨. 안 그래도 남의 집에서 더부살이하는 것도 서러운데, 자꾸 눈치 줄래?"

하연이 고개를 흔들며, 식품 코너로 걸음을 옮겼다. 그런 여자의 뒤를 따르며, 성빈이 입술을 삐죽댔다. 하연이 두부를 고르며, 영혼 없이 물었다.

"성빈 씨 저녁 뭐 먹고 싶어요?"

"아무거나 괜찮아."

하연이 고개를 돌려 날카로운 눈빛을 발사했다.

"두리뭉실하게 말하지 말고, 메뉴를 확실히 말……."

"하연 씨, 스톱."

성빈이 잽싸게 그녀의 말을 끊었다.

"반대로 하연 씨가 먹고 싶은 건 뭐야?"

"저요?"

잠시 고민하는 하연을 성빈이 내려다봤다. 사람이 모든 면에서 완벽하기란 어렵지만. 그래, 뭐 요즘 요리하는 남자가 대세지 않나. 한번쯤 가정적인 모습을 보여 주는 것도 괜찮겠지.

"내가 해 줄게. 하연 씨 먹고 싶은 거."

"에이, 말도 안 돼."

하연이 손을 내저으며, 코웃음을 쳤다. 하연의 웃음이 비웃음으로 느껴져 묘하게 빈정이 상하는 성빈이다. 눈치 없이 웃던 하연이 남자를 힐끔 올려다봤다.

"마음만 받을게요. 성빈 씨같이 잘난 남자가 요리까지 할 줄 알면 사기 캐릭터죠."

이미 심지에 불이 제대로 붙은 성빈이 거만하게 양팔을 벌렸다.

"당신 남자 사기 캐릭터 맞아. 그걸 이제야 알았어?"

"에이."

"그놈의 사람 무시하는 '에이' 좀 그만 붙이지 그래? 기분 나쁘니깐."

하연이 성빈의 팔을 지그시 내려 주며 달랬다.

"요리가 쉬워 보여도 은근히 어려워요. 정말 괜찮으니깐 그만 열 내요."

"누가 열을 내?"

"대신 제가 맛있는 거 해 줄게요."

하연의 상냥함이 성빈의 신경을 긁었지만 뭐 아무래도 좋았다. 덕분에 잔소리는 잠잠해지겠지. 완벽한 마무리를 위해, 성빈이 끝까지 으름장을 놓았다.

"후회하지 마. 딱 한 번뿐인 기회를 날려 버린 건 하연 씨야."

"스파게티요."

내심 안심하던 성빈의 귀가 번쩍 뜨였다.

"성빈 씨가 이렇게까지 열의를 보이는데, 거절하는 건 좀 예의가 아닌 거 같아서요. 지금 스파게티가 제일 먹고 싶어요."

분명 곤란하지만 아닌 척하는 성빈에게 하연이 싱긋 웃어 보였다.

"가능할까요?"

"뭐…… 뭐 그래. 스파게티로 괜찮겠어? 너무 간단한 거 아냐?"

사실 성빈은 요리에 젬병이었다. 아니 요리라는 걸 제대로 해본 역사가 없는 그였다. 라면조차도 끓여 본 경험이 없었으나, 그의 기백은 대단했다.

"난 또 얼마나 맛있는 거 만들어 달라고 하나 했더니 고작 스파게티라니."

"해 본 적은 있어요?"

망설임 없이 성빈이 고개가 돌아갔다.

"없어. 인터넷 찾아보면 레시피 다 나올 거 아냐. 어려울 게 뭐 있어."

"하긴 면만 제대로 삶으면 되죠, 뭐."

"내 말이. 하연 씨가 면 골라 봐. 어떤 걸로 할래?"

성빈이 입으로만 진두지휘를 하며 하연과 재료를 골라 담았다. 대충 장보기를 끝낸 두 사람이 마트에서 나와 차에 올랐다.

"배가 고파서 그런지 쓸데없는 걸 많이 집은 거 같아요."

"부족한 거 보단 낫잖아."

집 앞 골목에 차를 주차한 성빈이 트렁크에서 산 것들을 꺼냈다. 녹색 쇠문을 연 하연이 앞장서 계단을 올라갔다. 집 안으로 들어서자 따뜻한 온기가 밀려들었다.

"성빈 씨 장본다고 고생했어요."

"좀 피곤하긴 하네."

성빈이 정장 재킷을 벗자 하연이 자연스럽게 받아 들었다. 옷 걸이에 걸어 놓은 뒤 하연이 손부터 씻었다. 하연이 재료를 다듬 는 사이, 성빈이 가볍게 샤워를 마치고 나왔다.

"하연 씨, 내가 한다니깐 왜 이렇게 혼자 분주해."

"스파게티 만들 때 가장 중요한 것만 성빈 씨가 하면 되죠. 자 요."

하연이 기다란 스파게티 면 한 움큼을 성빈의 손에 쥐어 줬다. 그러고선 팔팔 끓고 있는 냄비를 가리켰다.

"성빈 씨 면을 펼쳐서, 살살 넣어 줘요. 여기, 소금도 살짝 뿌 리고."

하연의 지시에 따라, 성빈이 진중한 얼굴로 면을 투척했다. 더 불어 소금도 살짝 뿌려 줬다. 하연이 그 모습을 지켜보더니, 실 소를 터트렸다.

"풋, 소금을 정말 그렇게 조금만 넣으면 어떡해요. 소심하기는."

"그럼 얼마나 더 넣어? 이만큼?"

하연이 적당한 양의 소금을 조절해 줬다. 미션을 마친 성빈에 게 하연이 긴 젓가락을 건네줬다.

"살살 한 번씩 저어 줘요. 한 팔 분 정도 삶으면 되고요."

"알겠어."

하연이 준비해 놓은 잘게 썬 마늘, 베이컨, 파프리카, 버섯을 프라이팬에 볶기 시작했다. 얼마간 볶던 하연이 삶아진 면을 건져 프라이팬에 넣는데 성빈이 끼어들었다.

"하연 씨, 이제 내가 할게."

"거의 다 했어요. 마무리만 하면 돼요."

"그러니깐 내가 한다고."

면을 삶으면서, 레시피를 검색해 본 성빈의 얼굴에 자신감이 넘쳤다. 사실 하연의 말대로 소스만 부으면 끝이었다. 그럼에도 성빈의 눈빛에는 이탈리안 장인 셰프의 정신이 깃들어 있었다.

"하연 씨, 소스 병 좀 줘 봐."

"따 줄까요?"

"괜찮아. 걸리적거리니까 나가서 쉬고 있어."

성빈의 허리를 한번 감싸 안아 준 하연이 거실로 나왔다. 그녀는 팔을 뻗어 스트레칭을 하며, TV를 켰다.

한 십여 분이 지나고, 성빈이 그녀를 불렀다.

"하연 씨, 다 됐어. 배고플 텐데 빨리 와서 먹어."

성빈의 부름에, 깡총 일어난 하연이 식탁으로 달려갔다. 먹음직스럽게 완성된 로제 파스타를 보며, 하연의 눈이 휘둥그레졌다. 그녀는 곧 미리 준비해 둔 리액션을 하기 시작했다.

"와아! 스파게티 면 안 불게 소스 양을 맞추는 게, 여간 어려운 일이 아닌데 말이죠."

하연이 엄지를 치켜세웠다.

"우리 성빈 씨, 정말 대단하다! 냄새만 맡아도 정말 맛있을 거 같은 예감⋯⋯!"

"일부러 띄워 주는 거 다 티 나. 그만 앉아."

성빈이 핀잔에, 하연이 멋쩍게 웃으며 의자에 앉았다.

"근데 정말 맛있을 거 같아서 그래요. 이렇게 둘둘 말아서, 자⋯⋯."

하연이 내미는 스파게티를 성빈이 받아먹었다. 내심 흡족했다. 한 건 거의 없었지만, 나름대로 정성을 들여 요리를 했다. 그런 음식을 앞에 두고 사랑하는 여자와 함께하는 이 시간이 그에겐 더없이 소중했다.

"하연 씨, 자."

성빈이 준 파스타를 입에 넣은 하연의 미소가 행복감에 물들었다. 물론 보여 주기 위한 느낌도 강했지만 성빈은 무시했다. 말이 없던 그가 운을 뗐다.

"먹을 만해?"

"빈말이 아니라, 정말 무지 맛있어요. 제가 그동안 먹어 본 파스타 중에 최고예요."

성빈이 픽 웃었다.

"이 여자야, 속보이는 거 알지? 그래도 어찌 됐든 말이야."

하연을 가만히 바라보는 성빈의 눈에 달콤함이 번졌다.

"사탕발림이라고 해도, 참 예쁘다. 당신 말하는 거."

"말뿐이겠어요?"

"쯧, 다른 건 몰라도 내가 당신 공주병 하나는 제대로 키웠지."

"치…… 본인이 대접을 해 주잖아요. 솔직히……."

하연이 새침하게 면을 둘둘 말며, 투덜거렸다.

"성빈 씨같이 잘난 남자가 악착같이 쫓아다니는데, 어느 여자가 착각을 안 하겠어요."

"하연 씨, 당장 멈춰. 그만해. 이러다 왕자병 걸리겠어."

성빈이 진저리치며, 닭살이 돋는 팔을 쓸어내렸다. 하연이 배시시 눈웃음을 쪼갰다.

"성빈 씨, 불겠다. 말 그만 걸 테니깐 빨리 들어요."

"그래."

성빈이 먹는 데 집중하면서도, 드문드문 하연에게로 시선을 던졌다. 어쩜 저렇게 먹는 모습이 사랑스러울까?

'아무리 생각해 봐도, 참 신기한 일이야. 납득하기도 어렵고.'

아침이 밤이 되고, 오늘이 내일이 되며 당연하게 흐르는 시간 속에서 나날이 하연에 대한 그의 마음은 깊어만 갔다. 안정된 사랑의 틀에 스스로 갇히고 싶은 욕심 또한 눈덩이처럼 커져 갔다. 온전히 갖고 싶다, 박하연이란 여자를.

"하연 씨, 내일 급하게 출장이 잡혔어."

"어머, 정말요?"

"응. 한 일주일 정도 걸릴 거 같아. 내일 오전에 출발 예정이야."

서운한 기색을 비치던 하연이 표정 관리를 했다.

"그러면 저번처럼 새벽에 나가겠네요? 이번엔 그냥 가지 말고 꼭 깨워요."

"자는데 뭣 하러."

"해외에서 입맛 안 맞는다고 식사 거르지 말고요."

"응."

"가끔 서류 본다고 날도 새던데, 잠은 조금이라도 꼭 자야 하는 거 알죠?"

성빈이 하연의 머리를 쓰다듬었다.

"출장 갈 때마다 하연 씨는 어린이 소풍 보내듯 체크하네. 귀엽게."

"빨리 좀 말해 주지. 뭐라도 챙겨 주게."

뜻밖에 듣게 된 성빈의 출장 소식에, 하연은 애가 달았다. 식사를 마친 두 사람이 식탁을 치웠다.

"설거지 끝. 성빈 씨 뭐 해요?"

"내일 미팅 때 협의해야 할 사항 좀 확인하느라."

하연이 소파에서 태블릿을 들여다보고 있는 성빈에게로 다가갔다. 성빈이 보던 태블릿을 탁자에 올려놓더니, 풀썩 안겨 오는 하연을 받았다. 하연이 우울한 얼굴로 중얼거렸다.

"또 일주일이나 못 본다고 생각하니 벌써부터……."

성빈이 그녀의 말을 이었다.

"견디기 힘드네."

하연이 고개를 끄덕이며, 성빈의 목덜미를 끌어당겼다.

"같이 있고 싶다, 이렇게 계속."

"잠깐만, 하연 씨."

성빈이 하연을 품에서 떼어 냈다. 그러고선 하연과 눈을 똑바로 마주했다.

"사실 이번에 갔다 올 출장이 나한테는 굉장히 중요해."

"그래요?"

"물론 빈틈없이 준비한 만큼 계약은 순조롭게 체결하겠지만 어쨌든 중요해."

하연은 자신을 뚫어져라 옭아매는 성빈의 눈빛이 그 어느 때보다 진지하다는 걸 느꼈다.

"그럼 내가 하연 씨한테도 체면이 설 거야."

"무슨 말인지 잘 모르겠어요."

"이번 건 성사시키면, 할아버지가 소유한 우리 계열사 지분 전체를 약속받았어."

하연은 잘 이해가 되지 않았다.

"사실 내가 달라고 한 적은 없는데. 뭐 어찌 됐든 내 진짜 목적은……."

"뭔데요?"

"주변의 방해 없이 얻는 거야."

성빈이 부드럽게 하연을 품에 가뒀다.

"가질 거야, 당신을."

"어차피 전…… 성빈 씨 꺼……."

성빈이 말을 잘랐다.

"내가 당신한테 처음 제안할 때 했던 말 기억나?"

"무슨 제안이요?"

"처음에 당신한테 계약하자면서 설명했던 당신 역할."

"역할이요? 음…… 뭐더라. 대…… 대외적으로 내비칠……
죽……고 못 사는…….'"

하연이 더듬거리며 기억을 떠올리는데 괜히 울컥했다. 그 땐
이렇게까지 애틋한 사이가 될 거라곤 생각하지 못했었다. 하연
을 안고 있는 성빈의 눈에 점차 힘이 들어갔다. 성빈이 제 어머
니 김 여사를 떠올렸다.

"당신 지키겠다고 노심초사하며 눈치 보는 거 그만할 거야."

"성빈 씨…….'"

"어머니가 가장 큰 산이라는 걸 당신도 알거야. 서로에게 상처
가 나지 않는 방법으로 가려고 노력은 할 테지만…….'"

성빈의 얼굴에 쓴 미소가 번졌다.

"필요하다면 상대와 같은 방법을 택해야겠지."

그의 말속에서 슬픔이 묻어났다. 품에서 나온 하연이 성빈의
뺨을 어루만졌다. 하연의 손에 성빈의 손이 겹쳐졌다. 그에겐 신
념이 있었다. 자신의 인생엔 절대 새드 엔딩 따위는 존재하지 않
는다는 확고한 신념이.

"완벽하게 하연 씨 남자가 되는 날, 이제 멀지 않았어."

*　　　*　　　*

　성빈이 출장을 간지 삼 일째.

　하연의 일상은 늘 그렇듯이 평온했다. 아침 일찍 일어나 출근을 한 후 라임사 직원들과 소소한 수다를 떨고, 성하에게 인수인계할 것들을 막바지 정리하며 업무를 진행했다. 여유가 생기면 인터넷 강의를 들으며 시간을 때웠다.

　"벌써 이렇게 또 하루가 갔구나."

　하연이 창가 너머로 지는 노을을 보며 혼잣말을 했다. 그때 노크 소리가 들리더니, 문을 열고 성하가 들어왔다.

　"어머, 언니. 오셨어요?"

　"응, 하연 씨."

　하연이 얼른 자리에서 일어나 성하를 반겼다.

　"언니, 얼굴이 저번보다 더 좋아 보이세요."

　"그래 보여?"

　성하가 찡긋 눈웃음을 지었다.

　"관리를 다시 받기 시작해서 그런가? 나중엔 하연 씨도 같이 가자."

　"네, 언니."

　"아 참, 저번 주에 약속 잡은 대로 오늘 시간 비워 놨지?"

　하연이 고개를 끄덕였다.

　"네, 송별회까지 해 주실 필요는 없는데……."

멋쩍게 미소 짓는 하연의 어깨를 성하가 쓰다듬었다.

"무슨 소리야, 직원들이 나서서 하연 씨 송별회 언제 하냐며 나한테 묻고 난리도 아니었어. 다들 아쉬움이 큰가 봐."

직원들과 성하의 세심함에 하연은 고마움을 느꼈다.

"언니 챙겨 주셔서 감사해요."

"나 없는 사이에 라임사 잘 돌봐 준 게 하연 씨인데. 내가 고맙지."

하연이 나갈 채비를 했다. 일부러 퇴근 시간에 들른 성하의 리드에 따라 직원들이 예약해 둔 회식 장소로 이동을 했다. 퓨전 음식으로 유명한 술집이었다.

"이 가게가 음식도 괜찮은데, 술 종류가 다양하고 마실 만해요."

단체 룸에 직원들이 자리를 잡았다. 성하의 빠른 주문이 이어졌고, 테이블이 세팅되기 시작했다. 다소 어두운 조명과 근사한 장식품들로 꾸며진 인테리어가 시선을 사로잡았다.

"사장님. 술집치고는 분위기가 굉장히 고급스럽네요."

"다들 마음에 들어 하니 다행이네요."

민 차장에게 성하가 만족스러운 미소를 보냈다. 각자 떠드느라 바쁜 직원들의 시선을 모으기 위해, 성하가 일어났다.

"다들 잠시만 집중 좀 부탁드려요."

성하에게 전 직원의 이목이 집중됐다. 다시 복귀한 사장의 카리스마가 묻어나는 부드러운 미소에, 다들 내심 안심하고 있었다.

"그동안 사장의 자리가 비어 있음에도, 혼란 없이 잘 회사를 지탱해 준 여러분께 다시 한 번 감사하다는 말씀 전하고 싶어요."

성하를 올려다보는 민 차장의 얼굴이 따스했다.

"더불어 회사 살림 빠지는 부분 없이 챙긴다고 고생했을 민 차장님께는 죄송한 마음도 있고요."

"아닙니다."

민 차장이 헛기침을 내뱉었다.

"그리고 다들 아시다시피 우리 박 실장님."

성하가 옆에 앉아 있던 하연을 손으로 가리켰다.

"이사님 부탁 하나로 제 자리를 임시로 맡아 라임사의 든든한 버팀목이 돼 주신 건 다들 아시죠?"

하연의 세심한 관심을 경험해 보지 않은 직원은 없었다.

전화 받으랴, 클레임 처리하랴, 거래처와 실랑이까지 벌이는 정신없는 와중에 하연의 도움을 받은 게 몇 번인지 모른다. 치이는 업무에 미뤄 놓은 공문서를 대신 작성해 팩스를 넣어 주고, 까다로운 작가 달래는 데 도움을 줬다. 인쇄소와의 단가 협의 문제로 같이 머리를 싸매기도 했다.

"실장님께서 너무 세심하게 잘 챙겨 주셔서 감사한 마음뿐입니다!"

영업팀의 젊은 남자 직원 한 명이 목소리를 높였다. 성하가 씩 웃었다.

"다들 아시다시피 오늘 이 자리는……."

분위기가 일순 숙연해졌다. 하연은 가슴이 묵직하게 당겨 오는 걸 느꼈다.

"실장님의 송별회를 위해 마련되었습니다."

성하의 손이 하연의 어깨를 쓸어내렸다.

"실장님 입장에선 더 좋은 미래를 위한 발판이니깐, 너무들 아쉬워만 말아요. 그럼, 실장님도 한 말씀 하시죠."

성하의 권유에, 하연이 자리에서 일어났다. 낮게 숨을 몰아쉬었다.

"처음에 이사님 낙하산으로 제가 뜬금없이 사장님 대신 자리에 앉았을 때 다들 불편해하셨던 거 잘 알아요."

하연의 눈길이 한 명 한 명의 직원들에게 닿았다.

"그럼에도 경계심 없이 친절하게 대해 주시고, 의견을 냈을 때 잘 믿고 따라와 주셔서 정말 감사해요."

유라희 팀장이 괜스레 고개를 돌리더니 쓱 눈가를 문댔다.

"라임사와 함께 했던 소중한 추억, 정말 잊지 못할 거 같아요. 전 직원분들 그동안 감사했어요."

하연은 청승맞게 눈물이 나려는 걸 애써 참았다. 방금했던 말 그대로 하연에게 라임사에 있었던 시간은 더없이 소중했다. 성빈에게 잡혀 얼떨결에 앉혀진 자리, 그러나 얻은 게 많은 그녀는 훗날 참 좋았던 순간이라 기억할 것이다.

"그런데 다들 왜 이렇게 슬퍼해요?"

직원들의 침울한 분위기를 감지한 성하가 목소리를 높였다.

"어차피 실장님 라임사에 자주 놀러 올 거예요."

"정말요?"

태희가 재빨리 되물었다. 성하가 분위기 반전을 꾀했다.

"박 실장님이 김 이사 애인이라는 거 잊었어요? 다들 아마추어처럼 왜 이래요."

하연이 머쓱하게 웃었다. 그때 우울하던 유 팀장이 물개 박수를 치며 웃어재꼈다.

"아하하! 아, 맞다. 그럼 실장님 라임사에 들를 구실은 많겠구나! 난 또 완전히 생이별인 줄 알고…… 하하하!"

한결 나아진 분위기 속에서, 본격적인 회식이 시작되었다. 직원들은 정신이 없었다. 복귀한 성하에게 안부를 묻고, 떠나는 하연에게는 아쉬운 말 한마디를 따스하게 전했다.

"실장님, 너무 서운해요. 정말 정 많이 들었는데."

울 거 같은 표정의 태희를 하연이 달랬다.

"밖에서 만나도 되고, 라임사에도 자주 놀러 올게요. 그러니 너무 서운해하지 말아요."

"전 실장님 덕분에 사회 초년생의 힘든 회사생활을 잘 견딜 수 있었는걸요. 뭐든 잘한다고만 해 주셔서."

하연이 고개를 저으며 옅게 웃었다.

"태희 씨가 정말 잘하니깐 그랬던 거예요. 물론 앞으로도 더 성장할 거고."

"으앙, 실장니임!"

하연에게서 언니의 포근함을 느낀 태희가 와락 안겼다. 하연이 픽 웃었다.

"태희 씨 이럴 때 보면 정말 귀엽다니깐."

"실장님이 좋아서 그러죠!"

"매일 커피며 간식 챙기고, 아침 일찍 출근해서 사무실 청소까지."

하연이 태희를 한 번 더 칭찬했다.

"그동안 너무 고생 많았어요."

이번엔 이현 대리였다.

"실장님. 비밀 지켜 주셔서 정말 감사하고, 더 잘해 드렸어야 하는데 죄송하네요."

"아니에요. 이 대리님이 티 안 내고 저 신경 많이 써 준 거 왜 모르겠어요."

하연이 이현과 잔을 부딪쳤다. 이내 하연이 목소리를 낮췄다.

"나중에 대리님께 소개해 주고 싶은 사람이 있어요."

"저한테요?"

"예전에 이 대리님 다이어리 주웠을 때 말했던 제 친한 동생인데, 이번에 애인이랑 헤어졌거든요."

왠지 모르게 심장이 두근대는 이현이 침을 삼켰다.

"요즘 시련의 아픔에 휘청거리고 있는데, 대리님이 말동무라도 좀 해 주면 좋을 거 같아서요."

"뭐 저야, 그런 성향의 친구가 마땅히 없어서 반갑긴 하지만⋯⋯."

태연하게 대꾸하는 이현의 얼굴에 설렘이 번졌다.

"네, 실장님. 꼭 소개해 주세요."

"알겠어요."

하연은 줄곧 이현과 케이를 한번 소개해 주고자 생각하고 있었다. 친구하면 참 잘 맞을 두 사람이 머릿속에 그려졌기 때문이다. 뭐 더욱 발전하면 연인까지?

"실장님, 증말 너어무한다!"

어느새 만취한 유라희 팀장이 비틀대며 걸어오더니 하연의 옆에 앉았다. 하연은 이제 그런 유 팀장이 익숙했다. 한번 알코올이 들어가면, 늘 이 모양새였기에. 하연의 장난기가 발동했다.

"팀장님 아까 눈물 훔치는 거 봤어요."

"어머, 누우가 울어요? 차, 차암나! 실장님 오버 잘한다!"

혀가 잔뜩 꼬인 유 팀장이 코웃음을 쳤다. 하연의 눈초리가 슥 늘어졌다.

"저랑 헤어진다고 생각하니 많이 슬프셨나 봐요?"

"아아아아니거든여? 사람이 만남이 있으면 헤어지기도 하는 거지. 뭘 새삼스레, 흥!"

유 팀장이 말을 마치고 잔에 담긴 술을 한 번에 들이켰다. 하연이 그 모습을 지그시 바라봤다. 표현은 서툴러도 정이 많은 사람이라는 걸 알고 있었다.

"전 팀장님과 헤어지는 게 많이 아쉬워요. 같이 있으면 참 즐거웠었거든요."

하연의 진심에 태연해 보였던 유 팀장의 동공이 한없이 흔들렸다. 점차 빨개지는 유 팀장의 눈 주위를 보며, 하연이 다급하게 말렸다.

"팀장님, 청승맞게 울고 그러는 거 아니죠? 제가 이민 가는 것도 아니고, 마음만 먹으면 매일 만날 수 있는 사람이에요. 그러니, 뚝!"

유 팀장이 올라오는 감정을 참아 내며, 하연의 손을 붙잡았다.

"제가 실장님 많이 좋아하는 거 알죠?"

"그럼요."

송별회의 밤은 그렇게 무르익어 갔다.

회식이 마무리되고 성하는 집에 가는 직원들을 일일이 챙긴 다음, 하연과 차에 올랐다. 뒷좌석에 앉은 둘. 대리운전 기사가 하연의 집으로 차를 몰았다.

"하연 씨, 오늘 직원들하고 인사는 잘 나눴어?"

"네, 덕분에요. 너무 즐거웠어요."

"말만 하지 말고, 진짜 자주 놀러 와. 나도 가끔 농땡이 좀 피우게."

"하하, 알겠어요. 저 언니……."

홍조 빛을 띄운 하연의 얼굴을 성하가 예쁜 눈길로 들여다봤다.

"라임사에서 보낸 시간은 제 인생에서 일탈과 같은 경험이었어요. 언니 덕분에 말이에요."

"그래…… 근데 사실 성빈이랑 사귀는 게, 더 다이내믹한 경험 아니니? 이 정도야 새 발의 피……."

"푸웁! ……어머, 죄송해요."

웃음보가 터진 하연을 따라, 성하도 깔깔댔다.

"성빈이가 요즘 바빠서 잘 못 챙겨 주지?"

"바쁜 와중에도 전화나 문자나…… 어떤 방법으로든 꼭 챙겨 주긴 해요. 고맙죠."

"하연 씨가 조금만 참아. 금방 나아질 거야."

동생을 떠올리자 안쓰러운 감정에 성하의 표정이 어두워졌다.

"지금은 상속 인계로 유난히 바쁜 편인 거야. 하연 씨, 이해하지?"

"그럼요, 언니."

"힘든 일 있으면, 나한테 연락해. 별 힘은 없지만, 도와주고 싶어."

성하는 진심이었다. 본인이 경험했던 일은 절대 두 번 다시 일어나서는 안 되는 것이었다.

어느새 하연의 집 앞에 차가 멈춰 섰다.

"하연 씨, 피곤할 텐데 얼른 들어가. 내일 마지막 출근 잘 하고."

"네, 언니도 조심히 들어가세요."

하연이 손을 흔들었다. 점차 멀어져 가던 차가 완전히 사라지자 녹색 문을 열었다. 집 안에 들어선 하연은 피곤함이 밀려드는 것을 느꼈다. 씻고 침대에 누운 하연이 핸드폰을 들었다.

"오늘은 정말 많이 바쁜가 보네. 연락이 없는 거 보니……."

하연은 정성이 담긴 문자 한 통을 성빈에게 보내 놓고 잠이 들었다.

13장
당면 과제

여느 때처럼 아침의 밝은 햇살이 창에 드리워졌다. 하연은 출근 준비로 분주했다. 마지막 출근인 만큼 화장에 공을 들이고, 옷장을 뒤져 예쁜 옷을 갖춰 입었다. 하지만 현실은.

"아, 속 쓰려라······."

완성된 라면이 담긴 냄비를 식탁에 내려놓았다. 과음으로 인해 쓰린 속을 달래고자, 하연이 서둘러 국물부터 한 모금 떠먹었다. 행복한 미소가 퍼졌다.

"역시 해장엔 라면이지."

먼저 면을 호호 불면서 빠르게 건져 먹기 시작했다. 이어 바닥이 드러날 때까지 남김없이 국물을 흡입한 하연이 냄비를 내려놨다. 세상에 부러울 게 없는 표정이었다.

"하아…… 이제야 살 거 같아."

다 먹은 냄비를 씻어 올려놓고, 이를 닦았다. 빠진 게 없나 가방 안을 살피고 어깨에 멘 하연이 집을 나섰다.

"으, 춥다. 날씨야 제발 좀 풀려라."

하연이 고개를 들었다. 구름 한 점 없는 하늘이 오늘따라 유난히 맑았다. 하연이 하루를 시작할 때, 늘 반복하는 말이 한 구절 있었다.

"제발 지금만큼만 행복하게 해 주세요."

오늘도 하늘을 보고 조용히 중얼거렸다.

하연이 시간을 확인하더니 서둘러 계단을 내려가기 시작했다. 차갑게 언 녹색 쇠문을 여는데, 누군가 서 있었다. 순간 하연의 눈꺼풀이 연속으로 깜빡였다.

"어, 어머니……."

아까 느낀 추위가 무색할 만큼, 그 이상의 냉랭한 분위기로 김여사가 대문 앞에 서 있었다.

찬바람이 두 사람 사이를 스쳐 지나갔다. 하연이 먼저 입을 열었다.

"어머니, 그…… 그동안 잘 지내셨죠?"

하연의 안부에 김 여사가 눈썹을 살짝 찡그렸다. 하연이 서둘러 말을 덧붙였다.

"날이 추운데, 일단 안에 들어가서……."

"출근하는 길이었니?"

김 여사가 말을 자르며 물었다. 하연이 대답하려는 찰나.

"성하네 회사로 말이야. 그래?"

"……그게…….."

"너희들끼리 참 재밌게 노는구나."

김 여사가 실소를 터트렸다. 전혀 웃음기 없는 눈으로.

"내가 웃기지도 않아서."

"저 어머니…….."

하연은 입안이 말라 오는 느낌에 마른침을 삼켰다.

"사실 오늘까지 근무예요. 성하 언니도 오셨으니…….."

"애당초 아가씨가 앉아 있을 자리가 아니었어."

김 여사의 매서운 말투가 하연을 찔렀다.

"네. 저한테 과분한 자리였던 거 잘 알고 있어요."

"주제 파악은 할 줄 알아서 다행이구나."

하연은 심장이 아려 왔다. 그러나 애써 상처받은 얼굴을 숨겼다.

"일단 안으로 드세요. 그러다 감기 걸리세요."

대답이 없던 김 여사가 앞장서 계단을 올라가기 시작했다. 그런 그녀의 뒤를 따르는 하연의 얼굴이 어두웠다. 집 안으로 들어선 하연이 분주해졌다.

"어머니, 따뜻한 차라도…….."

"내가 지금 마주 앉아서 차 마시려고 여기에 온 줄 아니?"

하연이 차분한 어조로 대답을 했다.

"아니신 거 알아요. 하지만 챙겨 드리고 싶은 걸요."

하연의 대답이 영 못마땅한 김 여사가, 팔짱을 낀 채 집안을 짜증스러운 눈길로 둘러봤다. 작은 평수에, 혼자 살기에 아늑한 공간이었지만 김 여사는 혀를 찼다.

"들은 바로는 성빈이가 자주 드나든다던데. 사실이니?"

찻잔에 뜨거운 물을 붓던 하연이 고개를 들었다.

"네, 틈날 때마다 들르는 편이에요."

"어이가 없어서."

"저 어머니. 준비 다 됐는데, 차 좀 드세요."

김 여사는 들은 척도 안 했다. 차 따위엔 흥미 없었다. 여기에 온 목적은 분명했고, 제 아들이 사랑하는 만큼 밟아 버려야 할 상대에 집중해야 했다.

"이봐, 박하연 씨."

"네. 어머니."

하연은 심장이 조여 왔다. 그녀 또한 차를 타며, 나름대로 시간을 벌었다. 긴장되는 마음을 추스르며, 어떻게 진심을 전할 수 있을까 고민을 했다. 물론 답은 없었다.

"난 돌려서 말하는 타입이 아니야. 대충 아가씨도 내 입에서 나올 말 짐작할 거고."

"네, 압니다."

"그럼 내가 기대하는 대답을 들을 수 있을까?"

하연이 마주잡은 두 손을 꼭 그러쥐었다.

"죄송합니다, 어머니."

김 여사의 얼굴이 더욱 싸늘해졌다. 하연은 김 여사의 분위기가 버거웠지만, 도리가 없었다.

"전에 아드님을 직접 설득하시면, 헤어지겠다고 어머니께 말씀드렸었어요."

"그런데?"

"정말 죄송해요. 이제는 그것도 안 될 거 같아요."

하연의 얼굴에 슬픈 그림자가 드리웠다. 망설임 끝에 이어지는 말.

"성빈 씨 없이는 저 살아갈 자신이 없어요. 어머니, 정말……
정말 죄송해요."

하연은 살아오면서 늘 생각했다. 사랑엔 이유나, 조건 따위는 필요 없다고. 하지만 현재 성빈을 사랑하면서 필요 없다고 생각한 그것들이 얼마나 중요한지를 실감하고 있었다.

"성빈 씨에 비해 제가 많이 부족한 거 잘 압니다. 어머니 마음에 제가 안 차는 것도 당연한 일이구요."

김 여사의 눈빛은 여전히 차디찼다.

"하지만 성빈 씨에 대한 제 마음의 진정성만큼은 알아주셨으면 해요."

"이봐, 아가씨."

더 이상은 못 들어 주겠다는 얼굴로 김 여사가 그녀를 불렀다.

"일단 내가 성빈이에 대한 아가씨의 진심까지는 알 필요 없다고 생각해."

"아, 네……."

"그리고 내가 아가씨와 합의점을 찾자고 여길 찾아온 거라고 생각한다면 착각이야."

하연의 눈가에 어두운 그늘이 졌다. 김 여사가 바로 본론으로 들어갔다.

"다른 말 안 해. 성빈이 녀석이랑 그만 만나."

"어머니…… 그건……."

"다른 설명은 필요 없어. 대답만 해."

김 여사가 강한 어조로 밀어붙였다. 하연의 눈동자가 매섭게 흔들렸다.

"정…… 정말 죄송합니다."

위압적인 김 여사의 시선에, 하연은 몸이 굳는 걸 느꼈다. 허나 하연의 대답을 예상했던 김 여사 쪽은 오히려 여유로웠다.

"역시 내 그럴 줄 알았지."

"어머니께서 저에 대해 조금만 알아 가 주신다면 한……."

"그만."

김 여사가 하연의 말을 끊었다. 그러고선 낮게 한숨을 내쉬었다. 하연의 절박함이 김 여사를 피곤하게 만들었다.

"아가씨 대답은 이미 알고 있었어."

"……."

"그래서 미리 내 식대로 조치를 취해 놓은 상태고."

어떤 의미인지 잘 판단이 안 되는 하연이 할 말을 찾지 못했다. 하지만 김 여사의 친절한 설명은 더 이상 없었다.

"자, 내 명함이야."

김 여사가 지갑에서 명함을 꺼내 내밀었다.

"이건 왜……."

"내 쪽에서 먼저 아가씨에게 헤어지라는 제안을 했고."

김 여사가 하연의 손에 들려 있는 자신의 명함을 응시했다.

"성빈이와 끝내겠다는 대답은 그 명함에 적힌 주소로 와서 하면 돼."

김 여사의 잔혹함에, 하연은 심장이 쿵 내려앉는 느낌이었다.

"아가씨를 찾아오는 건 한 번이면 족해."

"어…… 머니……."

"이젠 알아서 찾아와. 직접 헤어지겠다고 통보해. 그리고 난 성격이 급한 사람이야."

눈시울이 붉어지는 하연을 외면하며, 김 여사가 창가로 걸어갔다.

"오래 기다리는 거 못 해. 그러니 알아서 영리하게 굴어."

김 여사가 창가 아래를 내려다봤다. 성빈이 붙여 놓은 여 경호원이 보였다. 김 여사 자신 때문에 붙인 걸 증명이라도 하듯, 경계 태세가 짙은 분위기였다.

"그러면 대화는 대충 끝난 거 같은데."

"저 어머니."

하연이 울음을 참아 내며, 김 여사에게 시선을 맞췄다.

"저희 두 사람, 정말 깊게 사랑하고 있어요. 어머님껜 물론 의미가 없겠지만, 저…… 그리고 성빈 씨랑 떨어지면 감당 못 해요. 살아갈 자신이 없어요."

김 여사는 순간 하연의 얼굴에서 성하가 사랑했던 남자의 얼굴을 보았다. 하연이 하는 말을 그 남자도 똑같이 했었다. 그때의 장면이 떠오르자, 김 여사의 숨이 가빠졌다.

"그만…… 아가씨 제발 그만해."

"어머니, 제발……."

김 여사가 천천히 고개를 저었다. 그때와 마찬가지로.

*　　*　　*

김 여사가 가고 난 뒤, 맥이 풀린 하연이 한참이나 자리에서 일어나지 못했다. 넋을 놓고 있던 하연이 힘없이 중얼거렸다.

"일단 마지막 날이니, 출근은 해야겠지."

하연이 안 떨어지는 걸음으로 계단을 내려왔다. 집 밖으로 나온 그녀를 누군가 붙잡았다.

"저 괜찮으세요?"

하연이 저를 붙잡은 여자를 바라봤다. 다부진 인상의 여자가 걱정스러운 표정을 짓고 있었다. 의아한 하연이 물었다.

"……누구세요?"

"하연 씨 경호를 맡고 있는 사람입니다."

"아…… 경호요?"

"사실 경호한 지는 꽤 됐는데, 비밀리에 진행해 달라는 김 대표님의 지시가 있었습니다."

경호원의 말투가 무척 조심스러웠다.

"위급할 때는 모습을 보여도 된다고 해서 지금 인사드립니다."

"그동안 고생이 많으셨겠어요."

기운이 없는 하연이 말끝을 흐렸다.

"아까부터 상황을 지켜봤는데, 괜찮으십니까? 얼굴이 많이 안 좋으신데요."

"괜찮아요."

"대표님께 바로 전달드리겠습니다."

하연이 서둘러 손을 내저었다.

"아, 아뇨. 곤란하시겠지만, 일단 성빈 씨한텐 비밀로 해 주시면 안 될까요?"

"죄송합니다."

망설임 없이 경호원이 거절을 했다.

"전 의뢰인의 입장에서 모든 일을 처리합니다."

"저 때문에 부탁드리는 거 아니에요."

하연이 여 경호원을 붙잡고 상황을 설명했다. 현재 성빈이 나간 출장이 얼마나 중요한지, 그러니 돌아올 때까지만 비밀로 해 달라고 부탁을 했다. 경호원은 난처한 기색이었다.

"그럼 부탁 좀 드릴게요."

하연이 경호원을 설득한 뒤, 택시를 타고 출근을 했다.

하연은 평소처럼 직원들에게 인사를 하고, 사장실로 들어와 털썩 앉았다. 그대로 엎드린 하연이 괴로움에 머리를 잡아 뜯었다.

"이러다 머리가 터져 버리겠어."

혼자 끙끙대도 답이 안 나오자, 민경에게 전화를 걸었다. 점심이라도 같이 먹으면서 고민 좀 상담할 요량이었다.

[여어…… 여보세요?]

잠에서 덜 깬 듯 민경의 목소리가 늘어졌다.

"자다가 일어난 거야?"

[응…… 하암. 다 깼어. 잠시만.]

물이라도 마시는지, 벌컥거리는 목 넘김 소리가 들렸다.

[하아, 이제야 살 거 같네. 아…… 머리야.]

"오늘 쉬는 날이야?"

기다렸던 하연이 물었다.

[아니, 내가 진짜 어이가 없어서. 욕이 절로 나와.]

"왜? 무슨 일 있어?"

[네 남친 호텔 리뉴얼 건부터, 김지혜 그 여자 샵에, 내가 계약 따낸 게 대체 몇 개야. 그치?]

하연은 왠지 불안했다.

[아니 부장 새끼가 사장실로 부르길래, 드디어 승진이 코앞이 구나 기쁜 마음으로 달려갔지.]

"그런데?"

[다짜고짜 내가 정리해고 대상자라는 거야. 어이가 없어서.]

민경의 목소리엔 짜증이 가득했다.

[따져 묻고 난리 쳤더니, 실업급여며 해 달라는 모든 건 맞춰 주겠는데 잘린 건 번복할 수가 없대. 진짜 기가 막혀서.]

하연은 가슴이 답답해졌다.

[아, 근데 전화 받자마자 내 얘기만 했네. 하연아. 왜 전화했어?]

"민경아 너 잘린 거…… 아무래도 나 때문인 거 같아."

성이 잔뜩 난 민경의 눈에 힘이 풀렸다.

[그게 왜 하연이 너 때문이야?]

"그게…… 사실은, 오늘 성빈 씨 어머니가 우리 집에 오셨었거 든."

[어머, 정말?]

민경이 언성을 높였다.

"민경아. 일단 내가 생각 좀 정리하고 다시 연락할게."

[그러지 말고 만나서 얘기 좀 해. 혼자 그러고 있으면 더 심란 해. 응?]

"마음만 받을게. 금방 연락할게. 미안해, 민경아."

전화를 끊은 하연의 입에서 한숨이 흘러나왔다. 김 여사가 했 던 말의 의미를 깨달았다. 주변 사람들을 빌미로 하연을 압박하려고 하는 것이었다. 그때 노크 소리가 들렸다.

"실장님, 점심 식사하러 가시죠?"

"네? 아…… 네, 태희 씨."

하연이 밝게 대답을 했다. 겉으로 절대 내색하지 않으려 했다. 안 들어가는 식사를 하고, 직원들의 대화에 참여하려고 노력했다. 평소처럼 행동했지만 가슴은 타들어 가고 있었다.

"그럼 자주 놀러 올게요. 모두 정말 감사했어요."

라임사의 마지막 퇴근 길. 모두와 인사를 마친 하연이 건물을 빠져나왔다. 정류장에 멍하니 서서, 버스를 몇 대나 보냈는지 모른다.

"하…… 어쩌면 좋지……."

김 여사와 대면한 뒤로 하연의 머리는 심각할 정도로 제 기능을 못하고 있었다. 겨우 버스에 오른 하연이 밖을 바라보는데 전화가 울렸다. 성빈이었다.

"성빈 씨."

[살 거 같네. 이틀 만에 당신 목소리 들으니.]

하연의 반달눈이 순하게 내려갔다.

"저도 듣고 싶었어요. 성빈 씨 목소리……."

[어제 전화 못 해서 미안해. 하루 종일 여유가 없었어.]

성빈의 음성에, 하연은 눈물이 날 거 같았다.

"그렇게 바빠서 식사는 제대로 해요? 잠은 좀 자요?"

[전부 문제없으니깐, 걱정하지 마.]

"그럼 다행이고요."

[당신은 퇴근길이야? 그런데 왜 이렇게 목소리에 힘이 없어?]

하연이 엄지손톱을 잘근 깨물었다.

"오늘 마지막 날이라 직원들하고 일일이 인사 좀 했더니 피곤해서 그런가 봐요."

[아, 맞다. 당신 오늘까지 근무지?]

바빠서 하연의 일정을 잊은 성빈이 미안한 투로 되물었다.

"네, 성하 언니가 어제 송별회도 해 주고 전부 완벽하니깐 신경 안 써도 돼요."

[당신한테 고마워. 잘 해내 줘서.]

"오히려 전 성빈 씨한테 고마워요. 좋은 추억 만들어 줘서."

예쁘게 말하는 하연이 사랑스러워 죽겠는 성빈이 잠시 제 감정을 진정시켰다.

[한국 들어가면 근사한 선물로 보답할게.]

"성빈 씨."

[응, 말해.]

'성빈 씨가 없으니깐, 혼자 많이 두려워요.'

하연이 목까지 올라오는 말을 삼켰다.

"이번 출장 성빈 씨한테 정말 중요하잖아요?"

[그렇지.]

"그러니깐 잘 해내고 와요."

성빈은 시간이 지날수록 확신했다. 이 여자를 사랑할 수밖에 없다고.

[알았어. 입국하면서 당신한테 체면 설 성과 들고 갈 테니깐. 선물 하나 줘.]

"받고 싶은 선물 있어요?"

하연은 묻는 순간에도 마음이 아팠다.

[알면서 뭘 물어.]

"몰라요."

[하나밖에 없잖아, 바로 당신.]

하연이 눈물이 맺힌 눈을 슥 문대며, 입술을 삐죽였다.

"치…… 난 또 뭐라고."

[하연 씨의 모든 걸 선물로 받을 거야.]

성빈의 목소리는 그 어느 때보다 깊고, 뜨거웠다.

[내가 받아 본 선물 중에, 당신은 가장 달콤하고 맛있는 선물이야.]

*　　　*　　　*

하연이 버스에서 내렸다. 성빈과의 통화를 마친 그녀는 한층 심란해졌다. 아직 성빈의 목소리가 남기라도 한 듯 핸드폰을 꼭 움켜쥐었다.

'난…… 어떻게 해야 하지?'

한 걸음, 두 걸음.

생각에 잠긴 하연이 어느새 집 앞에 도착을 했다.

"어? 누나 왔어?"

계단에 걸터앉아 있던 케이가 엉덩이를 털며 일어났다.

"케이야."

어느 때보다도 케이가 환하게 웃었다.

"오 분 정도만 더 기다려 보고 전화 때리려던 참이었는데."

"언제 온 거야? 오래 기다렸어?"

그런데 케이의 주변이 어수선했다. 커다란 기타 케이스부터, 캐리어와 작은 배낭 가방까지.

"무슨 짐이 이렇게 많아?"

"아, 그게 말이야."

케이가 뒤통수를 긁적였다. 불안해하는 하연의 얼굴을 보자, 케이는 마음이 불편해졌다.

"사실 본가에 내려갈까 하고. 전에 누나한테 말한 적 있지 않았나? 아버지가 집안에서 하는 사업에 내가 일손을 좀 보탰으면 하신다고."

예전에 얼핏 들었던 게 기억은 난다. 하지만 케이가 자신이 하는 음악과 밴드에 대한 애착이 얼마나 깊은지 하연은 잘 알고 있었다. 이유가 충분치 않았다.

"케이야. 솔직하게 말해 줘."

"정말이야. 내 고집 피우면서 음악 하는 거 언제까지나 계속할 순 없잖아. 그래서 누나 집에 일단 맡겨 두고 나중에 택배로 부쳐 달라고."

케이는 눈치로 대충 짐작할 수 있었다. 아지트 건물에서 쫓겨나고, 밴드가 설 수 있도록 무대를 제공했던 곳에서는 더 이상 나오지 말라는 통보를 받았다.

"너희들 왜 안 들어가고 밖에서 그러고 있어?"

민경이 두 사람에게 걸어왔다.

"어? 누나는 웬일이야?"

"이 계집애 걱정돼서 왔지. 그러는 너는? 이 짐들은 다 뭔데?"

"아, 그게."

하연이 소리 내 한숨을 내뱉으며, 민경과 케이를 번갈아 봤다. 난감한 눈빛을 주고받는 민경과 케이.

"정말…… 어쩌면 좋지."

순식간에 회사에서 잘린 민경, 말도 안 되는 핑계를 대며 고향에 가겠다는 케이, 그러는 와중에 전화벨이 울렸다. 아름이었다.

"여보세요, 아름아. 미안한데 내가 지금 통화하기 좀 곤란한데 나중에 전화하면 안 될까?"

[일부러 급히 연락한 건데, 정 그러면 나중에 전화할까?]

아름의 말투에서 심각함이 묻어났다.

"무슨 일인데?"

[아니, 너희 고모 일인데.]

하연은 듣기도 전에 뒷골이 당겨 왔다.

[아이참. 너한테 말한 거 아시면, 고모가 가만히 안 있을 텐데.]

"그러지 말고 빨리 말 좀 해 봐."

하연의 얼굴이 점차 파랗게 질려 갔다. 성빈이 이전해 준 미용실 건물주가 바뀌더니 위약금을 물면서까지 임대계약 파기 요청을 해 왔다는 것이다. 급하게 진행된 터라, 인건비와 그 밖의 부수적인 지출 때문에 고모가 골치 아파하고 계신다는 내용이었다.

"아름아, 무슨 얘긴지 충분히 알았어. 전해 줘서 고마워."

[너 괜찮은 거야?]

"응, 나중에 또 통화하자."

전화를 끊은 하연이, 하늘을 올려다봤다. 긴 한숨이 포옥, 흘러나옴과 동시에 눈시울이 붉어졌다. 친구가 너무 안된 마음에, 민경이 하연을 꼭 안아 줬다. 속이 상하는 케이도 운동화에 걸리는 돌을 괜스레 걷어찼다.

한참을 달래 주던 민경과 케이를 보내고, 혼자 남은 하연.

"방법이 아예 없구나……."

할아버지와 성하에게 도움을 청해 볼까도 싶었지만 지금은 아니었다. 적어도 성빈이 출장을 마치고 돌아오기 전까지는 이 사실을 알리면 안 되었다.

"하아…… 흑……."

반복적으로 눈물이 차올랐다. 진정을 했다가도 서글프고, 아프고, 성빈과 정말 헤어질 수도 있겠다는 두려움에 앓는 소리가 입 밖으로 새어 나왔다.

하연은 여지가 없다는 걸 알았다. 그렇게 짙어지는 괴로움과 함께, 밤은 깊어만 갔다.

*   *   *

"관장님, 손님이 찾아오셨는데요. 박하연 씨라고."

"들여보내."

김 여사가 사인을 하던 손을 멈췄다. 만 하루, 그녀가 예상했던 기다림이었다. 하루 만에 몰라보게 수척해진 하연이 들어왔다. 꽤나 울었는지, 눈 주변이 지저분했다.

"관장님, 음료는 어떤 걸로 준비할까요?"

"따뜻한 게 낫겠어."

김 여사의 손짓에 따라, 하연이 소파에 마주 보고 앉았다. 아래에 시선을 두던 하연이, 힘겹게 고개를 들었다. 눈이 마주치자, 김 여사가 먼저 입을 열었다.

"내가 염려했던 미련한 타입은 아니라 다행이군."

"어머니."

하연이 차분하게 김 여사를 불렀다. 말랐던 그녀의 눈이 금세 붉어졌다.

"방법이 너무 비겁하세요."

"알고 있어."

김 여사가 금방 내온 김이 나는 찻잔을 들어 입으로 가져갔다.

"일부러 유치한 방법을 택한 거야. 그게 가장 잘 먹히니깐."

"어머니…… 정말……."

하연은 올라오는 격한 감정을 참아 내기가 힘들었다.

"차라리 저를 더 협박하시는 쪽을 택하셨어야죠."

"……."

하연은 자신의 처지와 환경을 가지고 노는 김 여사가 원망스러웠다. 적어도 본인 아들이 사랑하는 상대방에 대한 예의가 아니었다.

"이건 유치한 방법을 넘어서 너무 잔인한 처사잖아요."

"그러니?"

김 여사가 시선을 창가로 돌렸다.

"제 주변 사람들은 도대체 무슨 죄인가요? 잘 다니던 회사에서 잘리고, 무대를 잃고, 하다못해 고모한테까지…… 권력 남용해서 남의 생계를 잡고 뒤흔드시는 거…… 정말 너무하세요."

"……."

"방법이 너무 쉬우셔서…… 또 너무 거침이 없으셔서 놀랐어요."

하연의 말 한마디 한마디가, 자신을 살려 달라는 아우성처럼 들렸다. 하연의 흐느낌이 깊어질수록, 김 여사는 마음이 무거워졌다.

"전요. 이렇게 어머니께 잔인하게 상처받는 순간에도 말이에
요."

"……."

"사랑하는 성빈 씨의 하나뿐인 어머니라서, 그래서…… 미움
받고 싶지 않다는 생각뿐이에요. 이미 미움을 받고 있는데……
그런데도 말이에요……."

하연은 당장에 무릎이라도 꿇을 생각이었다. 김 여사의 마음
을 돌릴 수만 있다면. 그 순간.

"아가씨를 배려한다고, 내 아들을 죽일 수는 없잖아."

김 여사가 형체 없는 총을 쏴 버렸다. 동시에 하연의 입이 반
쯤 벌어졌다.

"아가씨도 성하의 일에 대해 알 테지."

"……."

"되풀이…… 그래, 다시 되풀이된다 해도 난 멈추지 않을 거야."

"어머니, 제발……."

"기대감 따윈 버려. 추락했던 그 비행기에 그쪽을 다시 태우는
한이 있어도 내가 받아들일 일은 절대 없을 테니깐."

하연의 뺨에 굵은 눈물이 뚝뚝, 쉼 없이 떨어졌다. 아무런 소
리 없이, 조용하게…….

곧 하연이 단념을 했다.

"성빈 씨…… 출장에서 돌아오기 전에, 김천에 내려가겠습니
다."

"그래. 조만간 사람 통해서 티켓 보낼 테니……."

하연이 대답 대신에, 조용히 고개를 끄덕였다.

"해외로 떠나. 그럼 벌려 놓은 주변은 다 정리해 줄 테니."

"네……."

작게 대답을 마친 하연이 자리에서 일어났다. 처진 어깨로 걸어가는 하연을 응시하던 김 여사가, 그녀를 불러 세웠다.

"이봐, 하연 씨."

"네……."

김 여사의 어투가 아까보단 많이 누그러졌다.

"아가씨한테 개인적으로 악감정이 있어서 이런 일을 한 게 아니라는 건 알았으면 해."

"알겠습니다."

문을 열고 나가는 하연에게서, 이번엔 딸 성하의 모습이 겹쳐졌다. 연인을 잃은 뒤, 체념에 젖어 빛을 잃은 눈빛과 메마른 감정이 느껴졌다. 문이 완전히 닫히고, 김 여사가 괴로운 표정을 지었다.

하연이 사무실 문을 닫고 나왔다. 벽을 짚고 있던 그녀가 그마저도 버티기 힘들어 주저앉았다. 깊게 상처 난 가슴을 쓸어내렸다. 몇 번이고, 계속해서…….

그렇게 한참을 자리에서 일어나지 못하던 하연이 간신히 집으로 향했다.

집에 가자마자 창가맡에 앉아, 밤이 될 때까지 하늘만 올려다 보던 그녀가 결정을 내렸다. 애초에 선택할 수 있는 문제가 아니었다. 민경과, 케이, 고모의 얼굴이 떠올랐다. 김 여사의 제안을 받아들이지 않는다면 다른 사람들에게까지 영향이 갈 게 분명했다.

"그만…… 그만……."

하연이 구석에 처박아 둔 캐리어를 꺼냈다. 장롱을 열어, 옷을 꺼내 담기 시작했다. 이젠 더 이상 나올 눈물이 없을 텐데도, 자꾸만 시야가 번졌다. 그녀는 다시 한 번 깨달았다.

'나…… 정말 그 남자를 죽을 만큼 사랑하는구나.'

* * *

라페르 호텔 일 층 커피숍. 김이 나는 커피를 바라보는 하연은 생각이 많아 보였다. 그때 정구가 급한 걸음으로 다가왔다. 정구가 앞에 앉자, 하연이 살짝 입꼬리를 올렸다.

"하연 씨, 오래 기다리셨어요?"

"아뇨, 저도 방금 왔어요."

정구는 좀 이상하다는 생각을 했다. 평소 화장을 짙게 안 하는 하연의 얼굴이 오늘따라 화사했다. 그에 반해, 짓고 있는 미소가 슬퍼 보여 어색함을 자아냈다.

"하연 씨, 무슨 일 있으시죠?"

"아, 그게……."

"눈 주위도 많이 부으시고, 얼굴이 말이 아니신데요?"

대답이 없는 하연을 정구가 참을성 있게 기다렸다. 이내 하연이 담담하게 사정을 설명했다.

"성빈 씨 어머니께서 절 찾아오셨어요."

"정말요? 그런데 왜 경호원이 보고를 안……."

"제가 하지 말아 달라고 했어요."

정구의 표정이 하연만큼이나 어두워졌다.

"성빈 씨 지금 나가 있는 출장, 정말 중요하다고 알고 있어요."

"그렇…… 긴 하죠."

"정구 씨가 더 잘 아시겠죠. 그래서…… 돌아올 때까지는 비밀로 하고 싶어요."

"아니면 큰 회장님께……."

"아직은 안 돼요. 제 주변이 곤란해져요."

하연이 목소리에 힘을 실어 다시 한 번 강조를 했다.

"성빈 씨 돌아올 때까지 만이요."

"하연 씨가 그러길 원하신다면…… 네. 알겠습니다."

정구가 조심스럽게 물었다.

"여사님께서 하연 씨에게 뭘 원하셨는지 여쭤 봐도 될까요?"

"성빈 씨와 그만 만나라고 하세요."

하연이 간결하게 대답을 했다.

"그럼 구체적으로…… 아까 말이 나왔던 주변 분들에 대한?"

"네."

"압박을 넣으신 거군요."

정구가 긴 한숨을 내쉬었다. 골치가 아파왔다.

"여사님께서 거신 조건은요?"

"제가 성빈 씨 곁에서 사라지는 거요."

"설마……."

"일단 김천에 내려가 있기로 했어요."

"사장님 돌아오시기 전에요?"

"네."

"그 정도로 끝내실 분이 아닌데."

하연은 해외로 보내겠다고 한 얘기는 삼켰다. 아직 일렀다.

"아무튼 정구 씨, 곤란하신 입장인 거 아는데 부탁 좀 할게요."

"걱정하지 마세요."

"제 사정 아는 사람, 정구 씨밖에 없어요."

"김천에는 언제 내려가세요?"

"내일이요."

"사장님은 모레나 입국하실 거 같은데."

심각한 얼굴로 머리를 굴리던 정구가, 하얀 낯빛의 하연을 발견했다.

"하연 씨. 괜찮으세요?"

"아, 네. 그럼요."

"혼자 감당하시느라 힘드신 거 잘 압니다."

성빈이 없는 지금, 그녀를 달래는 건 자신의 몫이었다.

"하연 씨가 우려하시는 일은 절대 일어나지 않을 겁니다."

"정구 씨, 고마워요."

"그리고 하연 씨가 더 잘 아시겠지만."

정구가 눈에 의지를 내비치며, 확신을 줬다.

"사장님께서 어떻게든 지켜 주실 겁니다."

"네……."

"그러니 안심하세요."

하연을 달래서 보낸 뒤, 사무실로 향하는 정구의 발걸음이 무거웠다. 판단을 잘해야만 했다. 그때 성빈에게 전화가 들어왔다.

"네, 사장님."

[통화 가능해?]

"물론입니다. 말씀하세요."

성빈은 일련의 계약 과정과, 협의 내용, 최종 계약의 주된 성과를 간략하게 설명했다. 정구는 집중한 채 전달 받은 내용을 전부 머릿속에 담았다.

"사장님, 정말 수고 많으셨어요."

[계약서 사본부터 팩스로 넣으라고 지시했으니, 법무팀에 전달하고.]

정구가 고개를 끄덕였다.

"사장님. 그럼 계약은 완전히 끝난 겁니까?"

[얼추.]

"생각보다 빨리 끝났네요."

성빈의 숨을 고르는 소리가 핸드폰 너머로 들려왔다.

[그래서 내일 오전 비행기 잡아 놨어.]

"아, 정말요?"

예정보다 하루 일찍 입국한다는 사장의 소식에 정구의 얼굴이 밝아졌다. 정말 다행인 일이었다. 하지만 하연이 알면 곤란해질 터.

"사장님, 혹시 하연 씨한테도 말씀하셨나요?"

[엊그제부터 불통이야. 핸드폰이 고장 났다나? 문자 하나 달랑 보내 놓고…… 사람 속 뒤집어져.]

심기가 불편한 성빈이 언짢은 투로 투덜댔다.

[경호원한테 물어보니 평소처럼 지낸다고는 하는데. 아무튼 너한테 이런 시시콜콜한 이야기나 할 필요는 없고. 내일 전 부서 회의 공지나 띄워 놔.]

"네, 알겠습니다."

성빈이 전화를 끊으려하자, 정구가 다급하게 불렀다.

"저 사장님?"

[말해.]

"빨리 돌아오세요. 보고 싶습니다. 진심으로."

[……]

"사장님이 안 계니, 저 무척 외롭습니다."

곧장 성빈이 전화를 끊어 버렸다. 그런 핸드폰을 내려다보며, 정구가 씁쓸한 얼굴로 중얼거렸다.

"……그런 저보다…… 더 외롭고 아파하는 사장님의 피앙세를 위해 빨리 와 주세요."

*   *   *

"언니가 기운 차리니깐 진짜 좋다. 내가 얼마나 걱정 많이 했는지 알아?"

"역시 우리 세라밖에 없네."

세라가 성하의 품에 안기며, 비비적댔다. 외동인 세라는, 친척 언니인 성하를 유독 잘 따랐다. 그런 세라의 머리를 성하가 쓰다듬어 주고 있는데, 큰 회장이 들어왔다.

"할아버지, 오셨어요."

"아이고! 성하야."

성하가 다시 입을 여는 날만 기다렸던 큰 회장은 감격스러웠다. 조신하게 일어나는 성하를 큰 회장이 부서져라 꽉 끌어안아 줬다. 숨이 막힌 성하가 켁켁거렸다.

"할아버지도 참, 숨 막혀요. 그만 놔 주세요."

"이것아! 내가 너 때문에 그간 한 번을 편히 자 본 적이 없어."

"하하…… 죄송해요, 정말로."

큰 회장의 품에서 나온 성하가 고개를 숙였다. 큰 회장이 연신 고개를 끄덕였다. 정말 다행스러운 일이었다. 그에겐 눈에 넣어도 안 아플 성하였다.

"할아버지! 세라는 안 보여? 나 정말 서운해."

두 사람을 흐뭇하게 바라보던 세라가 괜히 볼에 바람을 잔뜩 넣더니 툴툴댔다. 흥분을 가라앉힌 큰 회장이 자리에 앉았다.

"우리 세라도 최근 드라마 보니까, 연기 많이 늘었더구먼."

"할아버지, 나 원래 연기는 잘했거든?"

"사실 뭐, 너 나오는 드라마가 내 취향이 아니라 잘 안 챙겨 봤거든. 미안하다. 어흠!"

"정말 너무해!"

세라가 입술을 쭉 내밀었다. 종업원들이 탁자 위에 깔끔하고 정갈하게 담긴 음식들을 올리기 시작했다. 큰 회장의 눈이 성하에게 떠날 줄 몰랐다.

'저 어린 것이 얼마나 마음고생 심하게 했을 거야. 지금도 많이 힘들겠지.'

성하가 평소 큰 회장이 좋아하는 복어찜을 앞으로 밀어 줬다.

"할아버지, 식기 전에 얼른 드세요."

"그래. 고맙구나."

"세라야. 너도 너무 말랐어. 많이 좀 챙겨 먹어."

"알았어. 안 그래도 코디 언니가 좀 찌우라고 성화긴 해."

화기애애한 분위기 속에서 식사가 이어졌다. 세라가 흥미로운 연예계 이야기를 들려주었고, 성하는 묵었던 별장에 얼마나 예쁜 꽃들이 있었는지 사진을 보여 주었다.

"와, 언니! 사실 난 꽃 같은 건 관심 없었는데 정말 예쁘다."

"그치? 하나같이 올망졸망 참 아름다워."

큰 회장이 성하와 세라를 흐뭇하게 바라봤다. 사진첩을 닫은 성하가 고개를 들었다.

"할아버지는 요즘에 별일 없으시죠?"

"너 말고는 내 걱정이 어디 있어. 이젠 한시름 놨지, 뭐."

"걱정 끼쳐서 죄송해요."

식사를 마친 세 사람 앞에 호박 수정과가 놓였다. 성하가 싱긋 웃었다.

"할아버지. 요즘에 우리 성빈이 너무 굴리시는 거 아니에요?"

"이제 상속 절차 막바지인데, 그 정도는 감수해야지."

큰 회장이 어깨를 곧추세웠다.

"그 녀석 열심인 거, 내 모르는 바가 아니야. 그에 대한 보상은 확실히 해 줄 생각이고."

"할아버지께서 깊은 뜻이 있으시겠죠."

성하가 한 모금 맛 본 수정과를 내려놓았다.

"성하 네 탓이 있기도 해. 온전히 그 녀석 혼자 감당하기 벅찰 거야."

"알아요. 그래서 우리 성빈이 안쓰럽고……."

가만히 듣고 있던 세라가 불쑥 끼어들었다.

"할아버지. 나 궁금한 게 있어."

"뭔데 그러냐?"

"오빠 약혼자 안 정해 주는 건, 그 애인 언니 때문이야?"

세라가 궁금해 죽겠다는 얼굴로 채근했다.

"저번에 성빈 오빠네 집에 갔을 때, 그 언니 또 보긴 했었는데."

"세라가 볼 땐 어떤데?"

성하가 세라의 앞머리를 넘겨 주며, 부드럽게 물었다.

"음. 난 처음에 가족 모임에 나왔을 때 어설픈 연기를 하는 것처럼 보이기도 하고…… 꽃뱀 같아서 싫었는데."

"그런데?"

세라가 잠시 머뭇거렸다.

"사람이 좀 진솔한 거 같기도 하고…… 아닌 거 같기도 하고……."

"세라야, 언니는……."

큰 회장과 세라가 그녀의 입에 시선을 고정했다.

"하연 씨 정말 좋던데."

"아."

"우리 성빈이랑도 정말 잘 어울리고, 사람이 참 참하고."

세라가 어색하게 맞장구를 쳤다.

"그, 그래. 나도 다시 생각해 보니깐 그 언니 사람이 괜찮아 보이기는 했어. 할아버지는?"

"판단은 너희들 몫이지."

애매모호한 큰 회장의 대답에 세라가 타박을 줬다.

"할아버지, 그런 대답이 어디에 있어. 본인 의견이 확실해야지."

"이건 세라 말이 맞아요."

성하도 옆에서 거들었다. 이내 큰 회장이 너털웃음을 터트렸다.

"아하하하! 우리 집안 두 공주님의 의견이 그렇다면 그런 줄 알아야지, 내 무슨 힘이 있어."

세라가 따라 웃으며, 말을 보탰다.

"할아버지. 그럼 공주 중 한 명인 고모는 우리랑 의견이 다른데 어떻게 해?"

"고모가 왜 공주야."

"할아버지 답답하네. 어딜 가든 원래 공주는 셋이야. 그리고 고모도 여자니까 공주지."

방금까지 환하게 웃던 큰 회장이, 급 정색을 했다. 불퉁한 목소리로.

"여자도 여자 나름이지. 안 예쁘면 성격이라도 좋아야 공주란 칭호를 얻지. 치마만 둘렀다고 다 공주냐?"

*   *   *

하연이 나갈 채비를 마쳤다. 얼마나 비울지 모르는 집안 정리를 마치고, 꼭 필요한 것들은 챙겨 담았다.

고요한 집안을 슥 한번 둘러보았다. 시선을 거둔 하연이 현관을 나섰다. 무거운 캐리어를 들고, 계단을 조심히 내려갔다. 골목을 지나, 도로가에 도착한 하연이 택시를 잡아탔다.

"기사님, 터미널로 가 주세요."

"네. 알겠습니다."

하연이 차창 너머로 무거워 보이는 하늘을 올려다봤다. 금방이라도 빗방울이 떨어질 기세였다. 오늘 비가 온다는 소식을 듣고 우산을 챙기긴 했는데.

택시 기사가 룸미러로 슬쩍 하연을 쳐다봤다. 젊은 나이의 처자임에도 불구하고, 표정엔 인생을 다 산 사람의 허망함을 담고 있었다.

그때 하연의 가방에서 벨이 울렸다. 한참을 못 듣고 멍하게 밖을 보던 하연이 주섬주섬 핸드폰을 꺼냈다. 민경이었다.

"응, 민경아."

[걱정돼서 전화해 봤어. 어디야. 집이야?]

하연이 대답이 없자, 민경이 재촉해 물었다.

[대답 좀 해 봐, 사람 답답하게.]

"터미널 가는 중이야."

[결국 김천 내려가게? 그래, 내려가는 거까진 좋아. 그다음엔 어쩌려고?]

속이 상하는 민경의 목소리가 높아졌다.

[너 정말 성빈 씨랑 헤어지기라도 하게?]

"내 사정이 문제가 아니라, 당장에 너희가 죽게 생겼잖아."

[나랑 케이, 정말 괜찮아. 회사야 다시 취업하면 되고, 케이도 다른 방식으로 음악은 계속할 수 있대.]

민경의 말처럼 그렇게 쉽게 해결되는 일이라면 얼마나 좋을까?

"민경아. 네가 하는 말처럼 쉬우면 나야말로 이렇게까지 안 해."

[하연아…….]

"소나기부터 피해야지. 일단 내려가서, 방법을 생각해 볼게."

민경은 더 이상 하연을 말릴 수 없었다.

[하연아, 그럼 내려가서 꼭 연락해. 식사 거르지 말고. 응?]

"……민경아, 미안해."

[이 기집애가 뭐라는 거야.]

"못난 친구 때문에…… 피해나 보게 만들고, 정말 미안…….]"

[박하연, 시끄러워. 난 정말 괜찮으니깐, 너나 씩씩하게 굴어. 응?]

어느새 터미널에 도착을 했고, 하연이 대화를 마무리했다. 택시에서 내리는데, 빗방울이 느릿하게 한 방울씩 떨어졌다. 터미널 안으로 들어간 하연이, 예매해 놓은 표를 발권했다.

"하아…… 춥다."

하연이 스며드는 찬 공기에, 어깨를 움츠렸다. 가까운 곳에 작은 커피숍이 보였다. 계산대에 선 하연이 잠시 고민을 했다. 평소라면 카페모카를 마셨을 그녀였지만.

"따뜻한 아메리카노 주세요."

제 연인에 대한 온기가 필요했다. 간접적으로라도.

하연이 커피를 들고, 대기석에 앉았다. 오늘따라 아메리카노가 굉장히 썼다. 한 모금, 두 모금 넘길 때마다 하연의 눈이 가늘게 접혔다. 성빈의 생각이 진해질수록, 감정이 북받쳤다.

'식사는 잘 챙겨 먹고 있나, 입이 짧은 편인데……. 낯선 데에서 잘 못 자는 사람이라, 피로도 많이 쌓였을 텐데……. 출장 갔다 오자마자 내 일 감당하려면 우리 성빈 씨 많이 버겁겠지…….'

어느새 하연의 머릿속은 성빈으로 가득 찼다.

'안 그래도 성격이 급한 사람인데, 연락이 안 돼서 얼마나 답답해할까. 성빈 씨, 정말 미안…….'

하연이 입술을 꾹 다문 채, 울먹였다. 그때 김천행 버스가 출발한다는 소리가 들렸다. 자리에서 일어난 하연이, 안 떨어지는 걸음으로 버스를 향해 걸었다.

*　　　*　　　*

공항에서 나온 성빈이, 곧장 호텔로 차를 몰았다. 집에 가서 눈부터 붙이고 싶은 그였지만, 처리해야 할 일이 많았다. 정구에게 전화가 들어왔다.

[사장님 지금 어디세요?]

정구가 다급하게 물었다. 경호원에게서 하연이 집을 나섰다는 보고를 들은 정구는 마음이 급했다. 성빈에게서 돌아오는 대답은 짧았다.

"호텔 들어가는 길이야."

[저 사장님, 죄송한데 방향을 좀 트셔야 될 거 같습니다.]

"무슨 소리야."

성빈이 피곤한 기색으로 대답했다.

[저 그게 사장님, 사실 하연 씨 지금 고속버스 터미널로 가고 계신 중이에요.]

"뭐?"

건성으로 듣고 있던 성빈의 신경이 날카로워졌다.

[하연 씨가 사장님 돌아오시기 전까진 비밀로 해 달라고 하셔서……]

"뭔데 비밀이라는 단어가 나와."

[저…… 그게……]

"너 빨리 알아듣게 말 안 해?"

성빈이 강하게 쏘아붙였다.

[여사님께서 하연 씨를 찾아가셨대요. 하연 씨 주변 분들이 피해를 보신 모양이고. 그래서 어쩔 수 없이 김천으로 내려가야 할 상황이신 거 같더라고요.]

정구의 말을 접수한 성빈의 인상이 험해졌다.

"젠장!"

[하연 씨 입장에서도 답답했을 거예요. 사장님께서 중요한 출장 중이신 거 아니깐, 저한테 털어놓으시면서도 비밀로 해 달라

고 부탁하셨고요.]

쏟아지는 검은 비처럼, 성빈의 얼굴이 을씨년스러웠다.

"그래도 말을 했어야 맞잖아. 넌 도대체 뭐 한 거야!"

[죄송합니다. 사장님.]

정구의 목소리가 기어들어 갔다.

"하연 씨 가고 있는 터미널 주소 당장 문자로 찍어."

[네!]

"만약 나 도착하기 전에 출발하려고 하면, 경호원 통해서라도 붙잡아 놔."

통화를 끝낸 성빈이 곧장 하연에게로 전화를 걸었지만 전화기는 꺼져 있었다.

"미치겠네!"

성빈이 차의 속도를 점차 올렸다. 굵은 빗방울을 헤치고, 카마로가 질주하기 시작했다.

'젠장! 이제 거의 다 됐는데, 조금만 더 시간을 벌었다면 좋았을 텐데.'

어머니에게 어떤 모진 소리를 들었을까. 얼마나 아팠을지 성빈은 정신이 아찔했다. 김 여사가 누나의 남자를 처리하는 과정을 옆에서 지켜봤던 성빈이다. 제 엄마지만 참 독하다고 느꼈고, 잔인함에 치를 떨었었다.

이번엔 그 상대가 자신의 여자였다. 예쁜 것만 보게 하고, 좋은 것만 먹게 하고, 자신의 품 안에서 온전히 상처 없이 사랑하고픈 하나뿐인 연인이었다.

당장 하연에게 닿을 수 없는 이 거리에, 그는 미쳐 버릴 것만 같았다. 하연과 헤어진다는 건 상상조차 해 본 적이 없다. 핸들을 잡은 그의 손에 힘이 들어갔다.

터미널에 도착한 성빈이 빠르게 카마로에서 내렸다. 머리와 어깨를 차가운 비가 적셨지만, 문제가 되지 않았다. 오직 그의 신경은 하연에게만 향해 있었다.

"이 여자는, 도대체 어디에 있는 거야!"

시간이 없는 성빈이, 전광판을 확인했다. 김천으로 출발하는 정류장을 발견한 성빈이 뛰기 시작했다. 저 멀리 보이는 버스 앞에는 우산을 쓴 사람들이 줄지어 탑승하고 있었다.

그 무리들 속에서 한 사람이 성빈의 눈에 박혔다. 제 반쪽 심장을 내 준 하나뿐인 여자가.

성빈의 손이, 하연의 팔을 강하게 낚아챘다. 동시에 하연의 어깨가 거칠게 돌아갔다. 자신을 싸늘하게 내려다보고 있는 남자를 발견한 하연의 눈이 커졌다.

성빈의 아득한 까만 눈동자가 하연을 틈 없이 옭아맸다. 어젯밤 깊은 꿈속에서 수도 없이 찾아 헤맸던 제 남자였다. 하연이 낮게 그를 불렀다.

"서…… 성빈 씨."

"박하연, 이런 식은 아니잖아."

격앙된 감정을 억누르며, 성빈이 차분히 입을 열었다. 하연의 눈꺼풀이 연속으로 깜박였다.

"……저로서는 이게 최선의 방법이라고 생각했어요."

"나랑 헤어지는 게? 이대로 떠나가 버리는 게 말이야?"

성빈은 울화가 치밀었다. 금세라도 울 거 같은 하연의 표정에, 가슴이 답답해졌다.

"아…… 뇨, 저 당신이랑 못 헤어져요. 그건 성빈 씨가 더 잘 알……."

"알아. 그러니깐 더 이해가 안 된다는 거야."

성빈은 올라가려는 목소리를 내리고 또 내렸다. 안 그래도 김 여사 때문에 많이 놀랐을 하연을 자신까지 몰아세울 수는 없었다.

"그런 일이 있었으면, 그렇게 만든 망할 애인 놈한테 먼저 연락을 했었어야지."

성빈이 어깨를 낮춰, 하연과 시선을 맞췄다.

"당신 남자 성격, 하연 씨가 더 잘 알잖아."

"성빈 씨……."

"이렇게 증발해 버리면, 난 어떡하라고."

하연의 눈가에 맺힌 눈물이 보기 싫은 성빈이 엄지로 슥 닦아 줬다.

"성빈 씨, 이러다가……."

굵은 빗방울이, 성빈의 흑발 사이로 떨어졌다. 하연이 손에 쥐고 있던 우산을 들어 성빈을 씌어 줬다. 안 그래도 하얀 성빈의 얼굴이 더욱 창백했다.

"지금 비 맞는 게 대수야?"

"성빈 씨 감기 걸리는 거 싫어요."

"그렇게 날 생각해 주는 사람이 말도 없이 떠나려고 했어?"

하연이 자신의 얼굴을 감싼 성빈의 손에서 잠시 온기를 느꼈다. 그러다가, 이윽고.

"성빈 씨, 저 김천 내려갈 거예요."

"뭐?"

"저한테는 지금 선택의 여지가 없어요."

"방금까지 내가 한 말 어디로 들었어? 당신 지금 장난해?"

성빈에게서 떨어진 하연이 한 발 뒤로 물러섰다.

"오해하지 말아요. 성빈 씨 한국에 들어오면, 전부 털어놓으려고 했어요."

"납득이 안 돼."

버스 출발 시간까지 시간이 별로 없었다. 성빈을 어떻게든 설득해야 했다.

"성빈 씨한테는 중요한 출장이었잖아요. 아니에요?"

자신을 걱정하는 듯한 하연의 말에도 성빈의 눈엔 불신이 가득했다.

"결국 돌아와서 당신 앞에 서 있잖아. 도대체 뭐가 문제야? 왜 떠나겠다는 건데?"

간격을 두고 떨어져 있는 하연과, 손에 꼭 쥐어져 있는 캐리어가 심히 거슬렸다.

"저 혼자 몸이라면, 어떻게든 버텨 보겠어요. 그런데 주변 사람들이 피해를 봤어요."

"주변 사람이라면……."

"고모는 미용실 건물에서 쫓겨났고, 민경이는 회사에서 잘렸어요. 또 케이는 더 이상 무대에 설 수 없게 됐고요."

하연이 북받치는 감정에, 입술을 살짝 깨물었다.

"성빈 씨가 더 잘 알잖아요. 이건 빙산의 일각이라는 거……."

"또 뭐가 더 있는데."

"지금은 더 없어요. 어쨌든 저한테는 선택할 수 있는 권한이 없어요."

하지만 정말 하연을 괴롭히는 김 여사가 했던 말이 하나 있었다.

"아가씨를 배려한다고, 내 아들을 죽일 수는 없잖아."

하연이 저도 모르게 어깨를 파르르 떨었다. 정신이 나간 사람처럼, 시선을 한 곳에 두지 못하는 하연. 그런 그녀의 어깨를 앞에 선 성빈이 강하게 감쌌다.

"하연 씨, 당신 주변 사람들을 곤경에 처하게 만들어서 정말 미안해."

"아니에요."

"그런데 있지. 나란 놈도 참 답이 없나 봐."

성빈이 하연의 어깨를 끌어당겼다. 자신의 품에 그녀를 깊게 가둔 그가 거친 숨을 내뱉었다. 그녀의 상처 입은 눈빛을 더 이상 보고 있기 힘들었기에. 감당이 안 되었기에.

"난 당신이 아파하는 모습만 보여. 그래서 다른 건 챙길 여유조차 없어. 한심스럽지만, 그게 내 현재 심정이야."

"성빈 씨……."

하연을 꽉 안은, 성빈이 괴로움에 눈을 감았다.

"미칠 거 같아, 이 모든 상황이."

"……."

"어머니가 당신 많이 아프게 했어? 그래, 그랬겠지……."

하연이 참았던 눈물을 터트렸다.

빗방울과 함께 분간 없이 흘러내리니 상관없겠지. 내 남자 품이니, 목 놓아 조금 운다고 창피할 일은 없겠지. 하연이 성빈의 허리를 와락 끌어안았다.

"하연 씨, 미안해."

"으흑……."

"내가 보잘것없는 놈이라, 당신 고생시켜서."

"아니…… 흑…… 아니에요……."

그때 버스가 곧 출발하려는지 시동 거는 소리가 들렸다. 하연이 성빈의 가슴을 밀어냈다. 하연의 눈물로 젖은 성빈은, 반대로 입안이 말라 갔다. 그가 하연의 손목을 급히 붙잡았다.

"그래, 하연 씨. 일단은 보내 줄게."

"네."

"그런데 잠시만이야. 금방 해결할게."

하연이 고개를 끄덕였다.

"저도 방법을 찾아볼게요."

"그래."

하연의 캐리어를 든 성빈이, 아직 열린 버스 트렁크 쪽으로 향했다. 가방을 넘겨주는 성빈의 얼굴은 현실에 짓이겨 무겁고 힘들어 보였다. 서둘러 뒤따라온 하연이, 그를 올려다봤다.

"성빈 씨."

성빈은 말없이 재킷을 벗어, 하연의 어깨에 걸쳐 줬다. 쌍꺼풀 없이 커다란 그의 눈이, 버스 안쪽을 가리켰다.

"하연이 얼른 타. 비 맞잖아."

"성빈 씨."

"난 정말 괜찮아. 다만 당신이 흔들리지 않았으면 좋겠어. 그뿐이야."

성빈의 슬픔이 밴 간절한 한마디였다.

"우리 성빈 씨."

하연이 손을 뻗어, 성빈의 흰 뺨을 어루만졌다. 따스하게 그리는 미소.

"절 믿어요."

"믿어."

"성빈 씨가 우려하는 일, 절대 없을 거예요. 절대."

성빈의 손에 깍지를 낀 하연이 힘을 주었다. 이내 아쉽게 떨어져 나가는 손가락 사이로, 성빈은 굳게 다짐을 했다.

이런 부질없는 헤어짐은 두 번 다시는 없으리라.

"성빈 씨, 내려가서 연락할게요."

"전화 꼭 받아."

"알겠어요. 정말, 정말 갈게요."

하연이 올라타자, 기다렸다는 듯 버스의 문이 닫혔다. 자리에 앉은 하연이, 들어가지 않고 빗속에 어둑히 서 있는 성빈을 발견했다. 역시나 심란한 표정을 감추지 못하고 있었다.

"성빈 씨, 안녕."

하연이 얼굴을 피며 입 모양을 그렸다. 성빈이 그에 반응해 천천히 손을 흔들었다. 두 사람은 서로에게 괜찮다 내색하며, 조금 어렵지만 가벼운 이별을 하려고 애를 썼다.

하연을 태운 버스가 점점 멀어져 갔다. 성빈이 뒷머리를 쓸어 털며, 카마로에 올랐다. 고민할 필요도 없이 김 여사의 미술관을 향해 달리기 시작했다. 전방을 주시하는 그의 얼굴에, 하연을 잃은 상실감이 가득했다.

"관장님, 안에 계십니까?"

"네. 저 사장님……!"

비서의 안내는 필요 없었다. 성빈이 그대로 사무실 문을 열고 들어갔다. 이번에 들여올 예술품 관련 책자를 넘기던 김 여사가 고개를 들었다.

"왔니?"

"……."

성빈의 볼품없는 모양새에, 김 여사의 눈썹이 살짝 올라갔다.

"몰골이 못 봐 주겠구나."

"제가 왜 이런 꼴인지, 궁금하긴 하십니까?"

성빈의 물음에도, 김 여사는 태연함으로 일관했다.

"출장은 잘 다녀왔니?"

"지금 그게 중요한 게 아니잖습니까!"

결국 성빈이, 언성을 높였다. 김 여사가 픽 웃었다.

"고작 여자 하나 때문에 힘든 티나 내는 네 투정을 받아 줘야 한다는 거니, 내가?"

성빈이 단호하게 대꾸했다.

"차라리 제 목을 조르시거나, 저를 통해서 처리하셨어야죠! 제가 없는 틈을 타서 하연 씨한테 이런 식으로 구신 건, 너무 비겁한 행동이라고 생각하지 않으세요?"

가만히 듣고 있던 김 여사가 펜을 내려놨다.

"네 녀석의 목을 조르고 싶은 마음은 크다만, 넌 어찌 됐든 아쉬운 내 아들이고."

"……."

"내 성미에 너희 두 사람, 같잖은 사랑놀이 지켜보는 거 더 이상은 곤란했어."

강렬하게 노려보는 성빈의 눈빛에도, 김 여사는 아랑곳하지 않았다. 김 여사가 고개를 삐딱하게 기울였다.

"안 그래도, 네 여자한테도 솔직하게 말해 줬어."

"뭘 말입니까."

"아가씨를 배려한다고, 내 아들을 죽일 수는 없다고."

날카로운 김 여사의 악담이, 성빈의 심장 정중앙을 찔렀다.

"방금 하신 말, 하연 씨한테 그대로 하신 겁니까?"

"그래."

망설임이 없는 김 여사의 대답. 성빈이 손으로 턱을 쓸며, 김 여사의 시선을 외면을 했다.

"정말 잔인하시네요. 질려 버릴 정도로."

김 여사가 팔짱을 꼈다.

"필요하다면 상처 주는 말은 물론이거니와, 더한 행동도 할 수 있어."

"어머니, 정말!"

"널 보는 것만으로도 자신이 받은 상처가 떠올라서 치가 떨릴 정도로 말이야."

김 여사는 불꽃이 튀는 성빈의 눈빛을 그대로 받아 냈다.

"이런 상황을 만들어서 그 아가씨를 곤란하게 만든 건 바로 너야. 김성빈."

"……."

"그러니깐 적당히 놀다 관두라고 했지? 왜 결국 내 눈에 띄게 만들어."

김 여사 또한 성빈을 봐줄 생각 따윈 없었다.

"김성빈, 네 녀석은 나 못 이겨."

"……."

"그러니 깔끔하게 포기해."

성빈이 착 가라앉은 분위기로 입을 열었다.

"지금 이 상황, 어머니에겐 멀지 않은 과거일 텐데 후회는 안 하세요?"

"안 해."

무슨 말을 꺼내려는지, 모를 리 없는 김 여사였다.

"누나가 얼마나 힘들어했는지, 옆에서 전부 지켜본 장본인이시잖아요."

"그래서?"

"저 힘들다고, 알아 달라는 거 아닙니다. 다만 저한테는 소용없는 일이에요."

성빈이 담담한 어조로 말을 이었다.

"이제 박하연 그 여자 외에 중요한 건 없으니까요."

김 여사는 기가 막혔다. 대답할 가치를 못 느낀 그녀는 말이 없었다.

"어머니와 틀어지고 싶지 않아요. 이 싸움, 또 서로에게 깊은 상처만 남길 테니깐."

"네 맘은 알겠다…… 그런데 어쩌지?"

잠시 말이 없던 김 여사가, 팔짱을 꼈다.

"다시 한 번 내 입장을 분명히 해 주자면."

"……."

"네 누나와 같은 일이 또 일어난다고 해도 말이야."

이미 김 여사의 말투엔 상대를 꺾겠다는 강한 의지가 담겨 있었다.

"그냥 두고 볼 생각은 없어."

성빈의 입술이 굳게 닫혔다. 크게 실망한 듯 가라앉은 성빈의 얼굴에, 김 여사는 아주 잠깐 후회가 됐지만 이미 내뱉은 말이었다. 잠시 이어진 침묵을 깨고, 성빈의 탁한 목소리가 흘러나왔다.

"그럼 저한테도 다른 방법이 없겠네요."

"……."

"누나는 아버지를 닮았지만, 전 어머니를 빼다 박았다는 걸 잘 아실 겁니다."

성빈이 양 주먹을 둥글게 말아 쥐었다. 어머니라고 할지언정 예외는 없었다. 확실한 경고, 그 이상의 의지를 내비칠 필요가 있었다.

"누나가 했던 것처럼, 어머니를 설득하는 일은 더 이상 없을 겁니다."

"괜찮은 생각이구나."

"어머니의 방식 그대로, 저 또한 힘으로 대응하겠습니다. 제 전부를 걸고."

김 여사가 아들을 쌀쌀맞게 응시했다.

"말 한번 잘했구나."

비에 젖은 성빈의 꼴을 보고 있자니, 부아가 치미는 김 여사.

"난 네가 내 아들이라서 이런 골치는 겪지 않을 거라고 호언장 담했어."

"……."

"적어도 주제에 안 맞는 여자를 선택할 거라고는 상상조차 못 했으니깐."

김 여사가 고개를 내저었다.

"다른 뭐든 네가 원하는 거, 갖고 싶은 거 다 허락하마. 단 그 여자는 안 돼."

"필요 없습니다."

성빈의 대답엔 단 일 초의 망설임도 없었다.

"전 제가 선택한 일에 대해서는 분명한 책임을 집니다."

"김성빈, 너 정말."

"하연 씨의 전부를 받았습니다. 저 또한 줄 수 있는 모든 걸 내 주었고요."

성빈은 거침없이 말을 이었다.

"전 그 여자를 반드시 지켜낼 겁니다."

"쉽진 않을 거다."

"전 어머니를 지독하게 닮았습니다. 그러니 제 마음이 확고한 이상, 다른 길은 없다는 거 잘 아실 겁니다."

성빈은 할 말을 마쳤다. 이때까지 준비했던 모든 건, 비단 하연 뿐만이 아니었다. 성하의 일을 찬찬히 되짚어 본 그는 자신의 어머니에겐 감정보다는 현실적으로 대응하는 게 맞을 거라는 판단이 들었다.

'누나 때의 상처, 절대 반복되는 일은 없을 겁니다.'

얼굴이 굳어지는 김 여사를 뒤로하고, 성빈이 사무실에서 나왔다. 급 현기증이 몰려들었다. 하지만 숨 돌릴 틈도 없는 성빈이, 미술관에서 나와 차에 올랐다.

큰 회장과 담판을 지을 차례였다.

"회장님 안에 계십니까?"

"네. 그렇지 않아도 사장님 오시면 들여보내라고 하셨습니다."

성빈이 지체 없이 안으로 들어갔다. 영문 경제 서적을 읽고 있던 큰 회장이 고개를 들었다. 정돈되지 못한 성빈의 모습을 훑어보더니, 혀를 끌끌 찼다.

"여자 하나 때문에, 제 꼴이 어떤지 추스를 정신머리도 없지?"

"그런 거 신경 쓸 상황이 아닙니다."

큰 회장이 소파로 걸어와 앉았다. 반대편에 앉은 성빈이 심각한 얼굴로 입을 열었다.

"할아버지. 저 좀 도와주십시오."

"대충은 전해 들었어. 구체적으로 어떻게 돌아가고 있는 건데?"

성빈이 차분히 김 여사와 있었던 일들을 설명했다. 간간이 고개를 끄덕이는 큰 회장의 머릿속은 빠르게 돌아가고 있었다. 성빈의 꼬락서니를 보아하니, 쉽게 넘길 상황은 분명 아니었다.

"할아버지. 힘을 보태 주세요."

"흠."

"이번 계약 건 성사로, 제게 걸었던 조건 이행 부탁드려요."

큰 회장의 짙은 눈썹이 꿈틀거렸다.

"약속한 건 분명 지켜 줄 테야. 하지만 완벽하게 끝난 시점이 아니지 않느냐."

"하지만 상황이 지금 급하잖아요."

"이번 계약 마무리까지 매듭 제대로 지어. 그럼 네게 모든 상속권이 알아서 넘어갈 거야."

성빈은 속이 타들어 갔다.

"제가 이 일에 그토록 매달렸던 이유는 지금의 상황을 위해서였습니다. 할아버지의 지분을 양도받고, 온전히 제 힘으로 하연 씨를 지켜 내기 위해서요. 아시잖습니까?"

하지만 큰 회장은 호락호락하지 않았다.

"누가 몰라? 네놈 머리 꼭대기에서 노는 게 바로 나야. 그러니깐 지금 잡고 있는 일에 집중하라고 하잖아."

못마땅한 성빈의 미간이 살짝 좁아졌다.

"이거 봐라, 금세 입 댓 발 나오는 성질 머리 보소. 도와주지 말어?"

"아닙니다."

성빈이 티 나지 않게, 어금니를 깨물며 대답했다.

"하연이 문제는 내 선에서 해결책을 찾아봐 줄게. 단 조건이 있어."

"뭡니까."

"당분간 네 머릿속에서 아예 지워. 하연이."

말 같지도 않은 큰 회장의 조건에, 성빈이 인상을 썼다.

"얼마 후 진행될 주주총회 때까지 모든 정신을 일에만 쏟아."

"그건 염려는 안 하셔도 됩니다."

성빈의 표정은 빈틈없이 견고했다. 하지만 큰 회장의 요구는 그 이상이었다.

"되도록 두 사람 연락은 자제해. 시도 때도 없이 찾아가는 것도 안 돼."

"저도 숨은 쉬어야 하지 않습니까?"

큰 회장이 성빈의 반박을 눌러 버렸다.

"네 녀석이 경영에 본격적으로 손대기 시작하면서, 내가 늘 강조했던 말이 하나 있지?"

"기억합니다. 하지만……."

"일에 우선순위를 명확히 정해."

큰 회장의 힘이 절실히 필요한 성빈은 다른 방도가 없었다. 메마른 한숨과 함께,

"알겠습니다."

탁한 대답이 흘러나왔다.

14장
이별의 온도

"고모, 저 왔어요."

마침 마당에서 고무 대야를 씻고 있던 고모가 눈을 돌렸다. 앓는 소리와 함께 허리를 편 고모가 대문으로 들어오는 하연을 반겼다.

"엥? 전화도 한 통 없이 갑자기 왜 내려왔어?"

"갑자기 고모 보고 싶어져서요."

하연이 끌고 들어오는 캐리어를 고모가 발견했지만, 따로 말하지는 않았다.

"고모. 날도 추운데 밖에서 그러고 있지 말고, 화장실에서 씻지."

"대야가 큰데 화장실은 좁아서 닦기 번거로워. 다 끝났어. 어여 들어가자."

고모와 함께 하연이 집 안으로 들어섰다. 따뜻한 온기가 몸을 감쌌다. 하연이 편한 옷으로 갈아입고 나오는데, 고모가 서둘러 그녀를 방바닥에 끌어 앉혔다.

"하연이 너 진짜 내려온 이유가 뭐야?"

"그냥…… 뭐……."

"고모한테까지 숨길래?"

하연이 고모를 바라봤다. 걱정이 가득한 눈가 주위로, 깊은 주름이 잡혀 있었다. 가슴이 저린 하연이 반대로 고모에게 물었다.

"미용실 문 닫으셨다고 들었어요. 괜찮으세요?"

"응? 아, 그게……."

뭐라고 대답을 해야 하나, 고모가 고민하는 게 보였다. 하연이 대신 말을 가로챘다.

"죄송해요. 저 때문에."

"하연이 네가 왜 죄송해? 난 한편으로는 차라리 잘됐다고 생각하는데."

시무룩한 하연을 고모가 힐끔 쳐다봤다.

"인자 나도 나이가 있어서 그런지, 미용실에 온종일 서서 머리 해 주는 거 힘들어. 허리도 아프고. 그렇다고 밀려드는 손님 안 받을 수 있나."

"그래도요."

"서울 촌놈이 덜컥 삼 년이나 계약을 해 놔서, '아이고, 이러다 일하다가 죽겠구먼.' 하고 내심 벅찬 것도 없잖아 있었어."

고모는 나름대로 애를 썼다. 하지만 하연의 얼굴에 드리워진 그림자는 짙어져만 갔다.

"충당하실 비용이 얼마 정도 돼요? 일하셨던 분들 월급부터 해서……."

"아유, 다 해결했어."

고모가 손사래를 쳤다.

"예전에 말례 댁에 빌려줬었던 돈 받은 게 있어서, 그걸로 얼추 다 해결 봤어."

"고모……."

하연의 목소리엔 기운이 없었다.

"요즘엔 순국이 여편네 가게에서 일 도와주고 있어. 내 장사 한다고 이래저래 신경 쓰는 거보다, 마음은 훨씬 편해. 그러니깐 하연이 넌 신경 안 써도 돼."

고모가 벽에 걸린 시계를 확인했다.

"어이구, 시간이 벌써 저래 됐나. 얼른 밥 먹고, 가게에 나가 봐야겠다."

"야간에 도와주세요?"

일어나는 고모를 따라 하연도 바닥에서 엉덩이를 뗐다. 순국 이 어머니가 하는 가게는 24시간 순댓국집이었다. 주방에 들어 가려는 고모를 하연이 말렸다.

"고모, 식사 준비는 제가 할게요."

"그럼 난 옷 좀 갈아입어야겠다. 한 숟갈만 후딱 먹고 가게, 있는 거에다 대충 차려."

식사를 차리는 하연은 마음이 불편했다. 순국이 어머니와 워낙 친하시니, 걱정은 덜했지만 저녁에 일한다는 게 아무래도 좀 마음이 쓰였다.

된장찌개와 간단한 밑반찬, 계란 프라이까지 준비를 마친 하연이 고모를 불렀다. 나란히 앉아 식사를 하는 게 참 오랜만이었다.

"저, 근데, 하연아."

딱딱 끊어서, 저를 부르는 고모를 하연이 멀뚱히 쳐다봤다. 작게 헛기침을 내뱉는 고모.

"그 서울 촌놈하고는 완전히 끝난 거야?"

"네?"

"아니, 너 없으면 죽고 못 살 거처럼 해 대더니, 어떻게 혼자 내려 보냈나 해서."

하연이 쓴 미소를 지었다.

"성빈 씨가 안 놔주려는 걸 제가 겨우 설득해서 내려온 거예요."

"그래?"

"저희 안 헤어졌어요. 고모, 걱정 마세요."

성빈이 마음에 든 고모는 내심 안심했다. 하지만 하연이 앞으로 더 힘들어질까 봐, 걱정이 앞섰다.

"너희가 어련히 알아서 잘하겠지만."

"네."

"난 하연이 네가 감당하기 힘든 상황, 애쓰면서 견디는 거 별로다."

짧지 않은 세월을 살아온 고모의 진중한 충고였다.

"때론 제아무리 간절히 원해도, 뜻대로 안 될 때가 있더라."

"네, 고모."

"흐르는 물이 손에 잡히지 않듯이, 그럴 땐 그냥 순리대로 흘려보내는 게 맞아."

하연은 대답이 없었다. 맞는 말이었지만 그녀가 가장 두려워하는 엔딩이었다.

"너 밥 먹다가 체하겠다. 내가 괜한 소릴 했네."

"아니에요."

"빨리 나가 봐야겠다. 그럼 마저 먹고, 오랜만에 집에 왔으니 푹 좀 쉬어."

"저 아니면 고모…… 순국이네 가게, 제가 대신 나갈까요?"

하연의 말이 끝나기도 전에, 고모가 타박을 줬다.

"어유, 시끄러워! 하연이 너 마음이 어수선해서 헛소리하는 거 아는데, 호들갑 그만 떨어."

"네…… 고모."

나가는 고모를 배웅하고 다시 탁자에 앉은 하연, 긴 한숨이 새어 나왔다. 방금 전 고모가 했던 말이 떠올랐다.

내 인생에서 김성빈이란 남자를 흘려보낼 수 있을까?

입안이 소태처럼 써졌다. 더 이상 먹는 걸 포기한 하연이 식탁 위를 정리하기 시작했다. 설거지까지 마친 하연이 두꺼운 점퍼를 걸쳤다. 핸드폰을 챙겨, 마당으로 나왔다.

"하아…… 춥다……."

하연이 허공에 하얀 입김을 후~ 내보냈다. 초저녁의 하늘은 옅은 어둠이 깔려 있었다. 하연이 시린 손을 주머니에 넣고선, 대문을 나섰다. 천천히 걷기 시작했다.

'성빈 씨 아까 참는 척해도 감정이 많이 격해져 있는 거 같던데, 좀 괜찮아졌으려나.'

하연은 마음이 허했다. 성빈과 자신은 변함이 없으니, 안심하라고 몇 번이나 자신을 타일렀는지 모른다. 그럼에도 불안하고 두려움은 커져 갔다.

"먼저 연락…… 을 해 볼까……."

하연이 주머니 속의 핸드폰을 만지작거렸다. 불과 몇 시간 전에 봤는데도 미친 듯이 그리웠고, 연인의 달콤한 음성이 듣고 싶었다. 하연이 대신 메시지를 보냈다.

「성빈 씨, 저 김천에 잘 도착했어요. 많이 바쁘죠?」

전송을 마친 핸드폰을 도로 주머니에 넣었다. 티켓을 보낼 때까지 얌전히 기다리라던 김 여사의 말이 생각이 났다. 하연은 고심했다. 할아버지께 부탁을 드려 볼까?

"어머, 하연아?"

잠시 멍하게 걷던 하연을 붙잡은 건 아름이었다. 퇴근길에 익숙한 얼굴이 힘없이 걷고 있는 걸 발견한 아름이 단숨에 뛰어왔다. 하연이 반가운 기색을 내비쳤다.

"퇴근하고 오는 길이야?"

"응, 뜬금없이 네가 걸어오는 거 보고 놀랐어. 오늘 내려온 거야?"

"으응……."

하연이 겸연쩍은 미소를 지었다. 성빈에 대해 들어 알고 있는 아름은 상황이 짐작된 듯 안타까운 눈길을 보냈다.

"그런데 날도 추운데, 왜 혼자 이렇게 걷고 있어. 감기 걸리면 어쩌려고."

"그냥 산책? 머리도 좀 아파서 식힐 겸."

아름이 제 목도리를 걷어, 하연에게 둘러 줬다.

"기집애야. 얼굴은 또 왜 이렇게 안됐어. 진짜 속상하게."

"티 나?"

"그러지 말고, 우리 일단 한잔하자. 속상할 땐 술만 한 게 없어."

아름과 한잔하며 어느 정도 속을 풀어내고 집으로 들어온 하연이 겉옷을 벗었다. 아름은 제 일도 아니면서 만취할 정도로 마시며 속상해했다. 주머니에서 핸드폰을 꺼내 확인을 하는데, 성빈에게 메시지가 와 있었다.

「하연 씨, 오늘은 아무 생각하지 말고 자. 내일 내가 전화할게.」

하연이 한참이나 메시지를 들여다봤다. 본래 성격이었으면 분명 전화를 했을 성빈인데, 상황이 좋지 않나 보다. 하연이 안 좋은 생각을 떨쳐 내려고 고개를 저었다.

"그나저나 고모는 언제 오시려나."

하연이 서둘러 씻고 나와, 고모 방으로 들어갔다. 언제든 들어 오면 바로 쉴 수 있게 잠자리 준비를 해 놓고, 제 방으로 건너왔다.

"기분이…… 이상해……."

작은방. 이불 위에 몸을 뉘인 하연이 높지 않은 천장을 올려다 봤다. 그제야 혼자임이 실감 났다.

하루가 멀다 하고 찾아오는 성빈이 귀찮다며 구박했던 게 떠올랐다. 제 몸에 맞지 않는 환경임에도 성빈의 노력은 대단했다. 예민한 성격인 그는 잠버릇이 험한 하연을 어떻게든 적응하려고 애썼다. 또 입에 맞지 않은 식사 앞에서도 맛있는 척 노련한 연기를 보였다. 좁아터진 골목을 혼자 할리우드 배우 포스로 열두 번은 조깅을 할 때도 있었다.

가끔은 본인도 짜증이 나는지, 못 해 먹겠다며 다신 안 온다고 으름장을 놓기도 했다. 하지만 채 몇 시간도 안 지나 오아시스를 찾듯 갈증이 가득한 얼굴로 현관문을 열었다.

'하연 씨, 도대체 나한테 무슨 짓을 한 거야. 하루라도 당신을 안 보면, 미쳐 버릴 것만 같아. 혹시 무슨 저주라도 걸

어 놓은 건가?'

하연이 이불을 머리끝까지 끌어 올렸다.

"보고 싶어서 미칠 것만 같아……."

매일 밤, 자신을 뜨겁게 안아 주며 속삭였던 그윽한 음성과 달콤한 체취, 정신을 놓아 버릴 만큼 강렬하게 표현해 주었던 그의 열정이 기억났다.

이럴 줄 알았다면 조금 더, 조금만 더 간절하게 당신에게 모든 것을 표현해 줄 걸. 하연은 엄습하는 외로움에 방어적으로 어깨를 움츠렸다.

*　　*　　*

이른 아침부터 하연은 가슴이 답답해 시내로 나갔다. 잠을 거의 한숨도 못 잤다. 생각은 꼬리에 꼬리를 물고 이어졌고,

떠오르지 않는 해결 방안을 고민하느라 머리가 터질 것만 같았다.

"따뜻한 아메리카노 주세요."

커피숍 창가 자리에 하연이 엉덩이를 붙였다. 아직 어두움이 완전히 가시지 않았지만, 밖은 출근하는 사람들로 분주했다. 하연이 넋을 놓고 밖을 바라봤다.

"강 팀장님은 카페라테 드시죠?"

"네, 전 그걸로."

동원이 가볍게 고개를 끄덕였다. 집 방향이 같은 직장 동료와 카풀을 하는 동원은, 종종 출근길에 카페에 들러 커피를 사곤 했다.

평소처럼 카페에 들러 주문을 하려는데 익숙한 뒷모습이 눈에 띄었다.

"하연아? 어, 맞네."

"동원 오빠?"

하연이 눈을 동그랗게 떴다.

"어제 아름이한테 왔다는 얘기는 들었어."

"아, 네."

아마 아름의 성격이라면 안 해도 될 얘기까지 다 했을 터였다. 만취까지 한 상태였으니, 동원에게 별의별 얘기를 다 늘어놓았겠지. 하연의 안색이 불편해졌다.

"고모 미용실 정리하는 거, 도와주려고 왔다며?"

"네?"

하연의 예상이 틀렸다. 아름은 나름대로 생각이 깊은 아이였다.

"네. 고모 말로는 대충 정리는 다 됐다고 하시는데……."

"금전적인 문제가 좀 골치 아프지."

동원의 말에 하연이 생각에 빠졌다. 새벽녘에 일을 마치고 귀가하던 지친 고모의 모습이 떠올랐다. 하연이 저도 모르게 긴 한 숨을 내쉬었다.

"하연아. 괜찮아?"

"네? 아, 네. 그냥 생각 좀 하느라고요."

하연이 머쓱하게 웃었다. 잠시 말이 없던 동원이 운을 뗐다.

"김천에는 얼마나 머무를 예정이야?"

"짧지…… 는 않을 거 같아요. 왠지……."

하연의 진짜 속사정이 궁금한 동원이었지만 부담을 주고 싶진 않았다. 혹시 성빈의 일이 얽혀 있는 건가? 어림짐작으로는 돈 문제가 제일 크지 않을까 추측할 뿐이었다.

"하연아. 그럼 지내는 동안 내가 저번에 말했던 일 해 보는 건 어때?"

"무슨…… 아, 사서 일이요?"

"응. 단기 근무도 가능하고, 부담되는 업무는 아닐 거야."

"오빠. 그럼 생각 좀 하고 답해 드려도 될까요?"

고모 때문이라도 하연은 당장에 수락하고 싶었다. 하지만 성빈이 동원과 일하는 걸 달가워하지 않을 것이다. 신중해야 할 문제였다.

"하연아, 이만 가 봐야겠다. 그럼 편하게 생각해 보고 연락 줘."

"네. 오빠 그럼 잘 가요."

커피숍에 나간 동원이 승용차에 오르는 게 보였다. 하연이 머그 잔을 입에 갖다 댔다. 아메리카노의 쓴 맛에 하연의 눈이 찌푸려졌다.

"쓰기도 참 쓰다. 우리 성빈 씨처럼."

*　　*　　*

하연은 정처 없이 시내 주변을 돌아다녔다. 서점에 들러 책도 사고, 백화점 구경을 한 뒤, 평일이라 인적이 드문 영화관에 들렀다. 그중 가장 재밌어 보이는 영화를 골랐다.

의자에 앉은 하연이 등받이에 몸을 기댔다. 스크린에 집중하는 하연의 입에서 간혹 웃음이 새어 나왔다. 하지만 그것도 잠깐. 그녀의 눈꺼풀이 느슨하게 풀렸다.

'아직까지 연락이 없는 거 보면, 혹시 문제라도 생긴 걸까.'

하연의 머릿속은 점차 잡념으로 가득 찼다. 영화가 막바지에 이르러 정신을 차렸을 때에는, 어떤 내용인지 전부 놓쳐 버린 뒤였다. 영화관에 불이 켜지고, 엔딩 크레딧 자막이 올라가고 있었다.

영화관 건물에서 나온 하연이 코트를 여몄다. 집에 돌아가는 방향으로 걷기 시작하는데, 전화가 울렸다. 꼬박 하루를 기다렸던 성빈의 전화였다.

"성빈 씨, 전화 기다렸어요."

[많이 기다렸을 텐데 미안해. 어디야?]

나긋한 연인의 음성에 숨통이 트이는 하연이다.

"저 김천 시내예요. 집에만 있으면 답답해서 나왔어요."

[혼자?]

"네."

[친구라도 만나지. 혼자 있으면 당신 괜히 생각 많아질 텐데.]

"괜찮아요."

하연이 밝게 대답을 했다.

"저보다는…… 성빈 씨는 괜찮은 거죠?"

[응, 내 걱정은 안 해도 돼.]

생각보다 차분한 성빈의 말투에서 하연이 안정감을 찾았다.

[그리고 하연 씨 곁에 늘 경호원이 붙어 있을 거야.]

"아, 저번에 봤어요."

[그러니 안심하라고. 괜히 불안해할까 봐.]

성빈은 온통 하연의 걱정뿐이었다.

[이번에 할아버지한테 확답을 받았어. 당신을 지켜주겠다는.]

"정말요?"

그럼에도 성빈의 불안은 가시질 않았다.

[난 하연 씨가 차라리 사람 많은 곳에 있는 게 나을 거 같긴 한데.]

"저…… 안 그래도……."

동원의 제안을 떠올린 하연이 조심히 말을 꺼냈다.

"동원 오빠가 다니는 회사 도서관에서 일을 좀 해 보는 건 어떻겠냐고 묻더라고요."

[그 동네 오빠?]

"네. 역시 좀 그렇죠? 그냥 다른 데 알아볼까 봐요."

안 그래도 하연은 동원의 제안이 아니더라도 고모 때문에 임시직이나마 구해야겠다는 생각을 하고 있었다.

[사실 좀 내키지 않긴 하지만, 그 편이 낫겠어.]

"괜찮겠어요?"

[내가 당신 곁에 있을 수 없으니…… 이왕이면 믿을 만한 사람 옆에 있는 게 나을 테지.]

성빈의 목소리에서 슬픔이 묻어 나왔다.

[그리고 하연 씨를 믿으니깐.]

"성빈 씨……."

[빠른 시일 내에 해결할 수 있도록 노력할게.]

"전 성빈 씨 힘든 거 싫어요."

하연의 진심을 절실히 느끼는 그였다. 하지만.

[하연 씨, 난 솔직히 말이지.]

"네."

[당신이 날 걱정하는 태도보단, 조금 철없이 굴더라도 힘들어 죽겠으니 빨리 해결해 달라고, 보고 싶어 죽겠다고 투정 부리는 쪽이었으면 좋겠어.]

성빈은 자신을 안쓰럽게 생각하는 하연의 마음이 크게 느껴질수록 혹여 놓아 버리지는 않을까 하는 조바심이 들었다.

"무슨 말인지 알았어요. 성빈 씨."

하연은 그런 성빈의 마음을 알아차렸다.

[나도 하연 씨 걱정 안 하도록 노력할게. 식사 거르지 않고, 잠도 잘 자고, 당신 생각도 적당히 하면서 잡고 있는 일에 최대한 집중하도록 할게.]

하연이 픽 웃었다.

"우리 성빈 씨 너무 착하다."

[그러니깐 하연 씨.]

성빈이 말에 무게를 실어, 자신의 방식으로 하연을 달랬다.

[당신은 작은 고민도, 혹여 갈등도. 날 생각한다고 어설프게 머리 굴리는 것도 하지 마.]

"알겠어요."

하연의 대답에, 성빈이 다시 한 번 스스로에게 다짐하듯 말했다.

[남자로 태어나서 자기 여자 하나 못 지킬 거라면 살아갈 가치 없다고 봐. 난.]

*　　*　　*

며칠 동안 혼자만의 시간을 보낸 하연이 아침부터 출근 준비로 분주했다. 서둘러 부츠를 신고 대문을 나서는데, 동원이 그녀를 기다리고 있었다.

"오빠 추운데 차 안에 있지, 왜 나와 있어요."

"나도 방금 도착했어. 타."

하연이 뒷좌석에 올라탔다. 전에 커피숍에서 봤던 직원이 조수석에서 고개를 돌렸다.

"안녕하세요. 강 팀장님께 말씀 들었습니다."

"아, 안녕하세요. 박하연이라고 해요."

"전 윤현석이라고 합니다. 잘 부탁드려요. 날이 많이 춥죠?"

"네, 그러네요. 눈도 계속 오고."

푸근한 인상의 현석은 붙임성이 좋았다. 하연도 편안한 분위기를 만들려고 노력했다.

"그런데 하연이 너 무리하는 건 아니지?"

동원이 룸미러 너머로 하연과 눈을 마주쳤다.

"전혀 아니에요."

"그럼 다행이긴 한데, 괜히 내 고집대로 밀어붙이는 걸까 봐."

"부담이었으면 오빠한테 말했을 거예요."

"집에 있는 것보단 그래도 바쁜 게 나을 거야."

하연에게 많은 얘길 듣지 않아도, 여러 가지 복잡한 상황이 얽혀 있다는 걸 동원은 눈치챌 수 있었다. 그럼에 오빠로서 티 나지 않게 그녀를 도와주고 싶은 마음이 컸다.

"하연아, 도착했어."

"아, 네."

하연은 요즘 주변이 조용해질 때면 넋을 놓는 일이 잦았다.

차에서 내린 하연이 동원을 따라 도서관 건물로 들어갔다. 사무실 직원들과 간단히 인사를 나눴다.

"박하연입니다. 잘 부탁드립니다."

일손이 부족했던 터라 하연은 직원들의 열렬한 환영을 받았다. 사무실에서 일하는 직원들은, 문헌 정보실에 종종 지원을 나가는 게 보통 번거로운 일이 아니었다. 그런 그들에게 하연은 단비 같은 존재였다. 하연은 옆에서 보조 일을 도와주게 될 다정 씨를 따라 문헌정보실로 향했다.

"도서관 규모가 작다 보니, 문헌정보실과 전자정보실이 통합되어 있어요."

"네."

"대개 한가로운 편이긴 한데, 직원이 두 명이다 보니 간혹 벅찰 때가 있어요. 하연 씨가 간단히 도서 대출, 반납 업무만 봐 줘도 여유가 생길 거 같아요."

하연이 싱긋 웃었다.

"대학교 때 학교 도서관에서 아르바이트를 해 본 적이 있어요."

"아, 그래요?"

"네. 도움이 필요하신 일은 편하게 시켜 주세요. 저도 바쁜 편이 좋아요."

"그럼 저야 고맙죠."

다정이 안내해 준 데스크 자리에 하연이 앉았다. 프로그램 사용법과 도서 대여, 반납 시에 바코드 입력 방법, 기본 안내 사항

등 다정의 설명이 이어졌다.

"은근히 챙겨야 할 게 많죠?"

"네. 그래도 다정 씨가 쉽게 설명해 줘서 금방 배울 거 같아요."

"다행이네요. 그럼 전 잠시만요."

다정이 안쪽에서 서가 정리가 한창인 다른 직원을 체크하러 자리를 비웠다. 하연은 잊어버릴까 봐, 다정의 설명을 적어 둔 수첩을 다시 한 번 꼼꼼히 읽었다.

"이렇게 하면 되는구나. 오랜만에 해 보니깐 어색하네."

하연은 오전 내내, 업무에 대해 숙지하며 시간을 보냈다. 드문드문 오는 이용객들에게도 수월한 안내를 제공했다.

"기간은 14일이시고, 27일까지 반납해 주시면 됩니다."

"감사합니다."

"네, 안녕히 가세요."

이래저래 정신이 없는 하연이 문득 시간을 보니, 벌써 점심시간이었다.

"하연 씨, 배고프죠?"

다정이 라벨 작업에 들어갈 신간 목록이 적힌 서류를 내려놓으며 물었다.

"어라, 네…… 벌써 시간이 이렇게 됐네요?"

"시간 참 빨리 가죠? 더욱이 하연 씨는 적응하느라 정신이 없었을 테니 말이에요."

한 쪽에서 처음 보는 남자가 모습을 드러냈다.

"두 분 나가서 드시고 오세요. 전 이따 강 팀장님이랑 먹을게요."

그리고는 면장갑을 벗으며, 하연에게 손을 내밀었다.

"김하준이라고 합니다. 안에서 하던 것만 끝내고 인사드려야지 계속 그랬는데, 생각보다 일이 늘어져서 이제야 인사드리네요."

"안녕하세요. 박하연이라고 합니다. 잘 부탁드려요."

오전 내내 서가 정리를 하느라, 코빼기도 안 보였던 하준은 젊은 남직원이었다. 은테 안경과, 포마드 스타일의 시원하게 올린 머리가 샤프한 인상을 주었다. 그러는 사이, 다정이 빠르게 코트를 챙겨 입었다.

"하준 씨, 그럼 먼저 식사하고 올게요."

"네. 두 분 식사 맛있게 드세요."

다정이 하연을 데리고, 도서관 건물을 나왔다.

"하연 씨. 원래는 주로 구내식당에서 먹는데, 오늘은 우리 밖에서 먹어요."

"네, 좋아요."

"요 앞에 뼈다귀 해장국 맛있게 하는 데 있거든요. 이런 날엔 뜨듯한 국물이죠. 안 그래요?"

"맞아요. 다정 씨 자주 가는 데예요? 기대되네요."

연신 수다를 떠는 다정에게 열심히 맞춰 주는 하연이었지만 사실 입맛은 별로 없었다. 가게 안으로 들어선 두 사람이 해장국을 시키고 자리를 잡았다.

"요즘 재벌들은 부티가 나는 게, 인물이 웬만한 연예인보다 더 좋아. 그죠, 하연 씨?"

"왜요?"

하연이 다정을 따라 눈을 돌렸다. TV 뉴스에서는, 한창 화젯거리로 떠오르고 있는 라페르 계열사 경영 승계에 관한 내용이 방영되고 있었다. 화면에 성빈이 비쳐지고 있었다.

"저 김성빈인가 하는 후계자 때문에 요즘에 난리 났잖아요."

"아……."

"아니 우리들이 흔히 보는 드라마 속의 현빈 같은 재벌남이 실제로 존재하는구나, 저 남자가 증명해 줬잖아요."

"아, 그래요?"

"그런데 반응이 영 시원찮다. 하연 씨 눈에는 별론가 봐요?"

그럴 리가 있나. 하연의 애잔한 눈동자가 TV에 고정돼 있었다.

"아뇨, 제가 봐도 정말 멋있어요."

"뭐 그래 봤자 내 것도 아니지만. 아직 미혼이래요. 약혼자도 없고."

"네……."

"그런 데다 집안에 아들이 하나밖에 없어서, 이번에 계열사 전체 상속받는 거 확정 났고."

하연은 말없이 고개를 끄덕였다.

"저 남자 잡는 여자는 정말 나라를 구했을 거야. 아니, 세계를…… 말해 봤자 뭐 해. 에휴, 하연 씨 식기 전에 들어요."

"네, 네…… 다정 씨도 맛있게 드세요."

눈가가 촉촉해지려는 하연이 고개를 돌려 버렸다. 뚝배기를 내려다보며 감정을 억눌렀다. 괜찮아, 괜찮으니깐 참아.

"그런데 하연 씨는 거의 안 먹었네. 입에 안 맞아요?"

"사실 어제부터 체기가 좀 있어서요."

"그럼 말을 하지. 저 혼자만 잘 먹어서 어떡해요."

"아니에요. 따뜻한 국물 먹으니 속이 편안해서 좋은걸요."

하연이 적당히 둘러댔다. 다정은 다시 도서관으로 돌아온 후, 식사하러 가라며 하준을 떠밀었다. 오후에도 별다를 건 없었다. 학교를 마친 학생들이 밀려들어 북적댄다는 거 이외엔.

'성빈 씨는 많이 바쁜가 보네.'

하연이 드문드문 구석에 둔 핸드폰을 바라봤다. 연락을 해도 못 받는 일이 많을 테니, 본인이 하겠다던 성빈에게선 벌써 이틀째 연락이 없었다.

사람의 마음은 참 신기했다. 걱정이 앞서다가도, 작은 서운함이 움텄다. 그리고 그런 마음이 드는 자신을 향한 한심스러움.

"하아, 춥다. 입김까지 얼겠어."

첫 날 근무를 무사히 마치고 어느새 집 앞까지 도착한 하연, 대문 앞에 누군가가 서성이고 있었다. 눈을 또렷하게 떠 봤지만,

잘 보이지 않았다. 천천히 다가가며 얼굴을 확인하려는 순간 하연의 걸음이 멈추었다.

그녀의 전 애인, 달수였다.

대문 앞에 서 있던 달수가 인기척을 느끼고 시선을 돌렸다. 하연과 눈이 마주쳤다.

"하연아. 왔어?"

"네가 여기에 왜 있어?"

달수의 대답은 간단했다.

"너랑 할 말이 있어서."

"나랑?"

"응, 한참 기다렸어."

하연은 이 상황이 적잖게 당황스러웠다.

"난 우리 사이에 더 이상 할 말은 없다고 보는데. 아니면 혹시 무슨 일이 있는 거야?"

"그냥 하연이 네가 마음에 자꾸 걸려서."

"뭐?"

가로등 아래 비치는 달수의 얼굴이 제법 핼쑥했다.

"김 대표 그 자식이랑 그만 끝내."

"김달수. 너 갑자기 나타나서 말 앞뒤 잘라먹고 지금 무슨 소리를 하는 거야?"

"너야말로 뭐가 아쉬워서 이런 취급을 받는 건데?! 도대체 왜!"

"……."

"그 자식이 돈 많은 거 빼고, 하연이 너보다 잘난 게 뭔데!"

하연의 말을 삼키며, 되레 달수가 언성을 높였다. 감정이 많이 격앙돼 있었다.

"달수…… 야……."

하연은 그런 달수가 부담스러웠다. 어두운 하늘 아래, 파리한 얼굴로 화부터 내는 달수의 모습은 위압감을 느끼게 하기에 충분했다. 이내 달수가 하연의 기분을 알아차렸다.

"하연아. 화내서 미안해."

"……."

"내 딴엔 정말 네가 걱정이 돼서…… 정말 그뿐이야."

잠시 말을 잃었던 하연의 눈이 냉연하게 바뀌었다.

"네가 여기 온 이유가 분명 있을 텐데, 계속 걱정돼서 라고만 하면 난 상대 못 해 줘."

"하연아."

"성빈 씨가 사람 붙여 놨어. 너랑 어설픈 장면 연출하기 싫어."

"넌 온통 그 자식 생각뿐이지?"

하연이 쌀쌀맞은 어조로 대답을 했다.

"달수 넌 짐작도 못 해. 내가 어떤 감정으로 그 사람을 기다리고 있는지 말이야."

"그런 미련한 짓 그만둬."

"너 성빈 씨 어머니한테 협박 받고 온 거 다 알아. 내 말이 틀려?"

달수의 입이 일자로 다물어졌다.

"그럼 차라리 나한테 화를 내. 망할 너란 여자 잘못 만나서 지금 협박을 받고 있고, 그래서 미쳐 버리겠으니, 당장 해결하라고 말이야."

눈이 빨갛게 충혈된 하연의 숨이 거칠어졌다. 겨우 가라앉았던 마음이 모든 걸 내려놓고 싶을 만큼 세차게 휘몰아쳤다. 달수가 그런 그녀를 안쓰럽게 바라봤다.

"하연아, 그런 거 아니야. 울지 마…… 네가 뭘 잘못했다고 울어…… 바보야."

"세상 전부가 채찍질하는 거 같아. 관두라고."

당장에 떨어지려는 눈물을 하연이 참아 내고, 또 참았다.

"달수 네 말대로 나 어디 모자라지도 않고, 이런 취급받을 이유 없어."

"하연아."

"근데 더 화가 나는 건 내가 정말 바보가 돼 버렸다는 사실이야. 정말 아무 능력이 없는 사람처럼, 내가 해 줄 수 있는 게 아무것도 없어. 그 사람한테."

하연이 두 손으로 얼굴을 가렸다.

"……병신 같아…… 정말……."

하연의 메마른 입술 사이로, 욕이 흘러나왔다. 무능력한 자기 자신에 대한.

"하연아. 너 안아 주면 안 될까? 보고 있는데, 나 너무 힘들어."

다가오는 달수의 거리만큼, 하연이 뒤로 물러섰다.

"달수야, 나 많이 힘들어. 너까지 보태지 마. 제발 부탁이야."

"이렇게 될 줄 알았으면, 내가……."

달수는 '그런 실수를 하지 말았어야 했는데, 그랬는데…….' 속으로 중얼거렸다. 이 현실이 무척 괴로웠다. 그런데 하연의 서 있는 모습은 자신보다 더 버거워 보였다.

"하연아. 일단 들어가. 추운데, 빨리."

"너 할 말은 끝난 거야?"

"너 도서관 다니기 시작했다고 들었어. 도서관으로 찾아갈게."

하연이 고개를 저었다.

"지금 끝내면 안 돼? 우리 계속 마주하는 거 좀 아니잖아."

"미안해."

달수의 대답은 단호했다. 하연이 체념한 얼굴로 힘없이 대문 안으로 들어갔다. 그림자가 완전히 사라지고, 달수가 고개를 숙였다.

"하연아. 나도 어쩔 수가 없어. 정말…… 정말 미안해……."

얼마 전에 김 여사가 회사로 찾아와 했던 협박이 떠올랐다. 혼자만 걸려 있다면 그는 단연코 거절을 했을 것이다. 그런데 아픈 아버지와 누나네 가족의 생계까지 걸려 있는 지금, 그에겐 선택권이 없었다.

"그래도 널 아프게 하는 건 죽기보다 싫은데……."

달수가 인상을 쓰며, 눈을 질끈 감았다. 하연을 이토록 사랑하고, 아낀다는 걸 왜 이제야 깨달은 것일까. 매몰차게 부정당하는 제 마음이 조금은 서러웠다.

*　　*　　*

"정 이사의 기획안은 늘 참신해서 마음에 들어. 실망시키는 법이 없어."

"회장님, 과찬이십니다."

"이대로 진행해. 숲만 보는 게 아니라, 나무의 뿌리까지 살피는 세심함이 마음에 들어."

큰 회장이 칭찬을 마지않는 인물은 마케팅 부분의 전반적인 컨설턴트를 담당하고 있는 정석현 이사였다. 그는 살아 있는 신화로도 칭송받았다. 전문경영인으로서 벌써 라페르 백화점에 이십여 년을 넘게 근무한 그는 임원직들 중에서도 핵심적인 인물이었다.

"저의 작은 의견을 큰 회장님이 놓치지 않고 빛을 보게 해 주신 덕분에 매번 좋은 성과를 낼 수 있었습니다. 이번에도 실망시키지 않겠습니다."

큰 회장이 흡족한 미소로 고개를 끄덕였다.

"자넨 성빈이 녀석한테도 큰 버팀목이 될 거야."

"최선을 다해 보필하겠습니다."

"이번에 소집할 임시 주주총회 의견 통합은 잘 진행되고 있는 거지?"

"……그게 말입니다. 회장님."

정 이사가 고민하는 얼굴로 잠시 뜸을 들였다.

"저…… 며칠 전에 이사회 상위 임원진들의 회동이 이루어졌습니다."

"그게 무슨 소리야."

"저한테도 독촉을 하셔서 할 수 없이 참석을 했습니다."

큰 회장의 굵은 눈썹이 신경질적으로 휘어 올라갔다.

"김 여사님께서 모임을 주최하셨고요."

"뭐라? 이 무슨 말 같지도 않은 소리야!"

성격이 불같은 큰 회장의 고함이 쩌렁쩌렁 집무실을 울렸다. 그런 모습을 자주 봐 왔던 정 이사는 침착하게 다음 말을 이었다.

"특히 제가 큰 회장님께 흘릴 걸 우려하시고, 경고도 하셨습니다."

"어디 건방지게 임원진을 제 마음대로 소집해?!"

"일단 진정하십시오. 제 목숨은 회장님께 달렸으니 보장 부탁……."

급한 성격의 큰 회장이 중간에 말을 끊었다.

"그래서 불러 모은 이유는 뭐야?"

"김 대표님 부회장 취임 막으시려고 승인 반대표 부탁하셨습니다."

"이런 젠장맞을!"

큰 회장이 흥분하는 사이, 정 이사가 허브차로 마른입을 축였다.

"대신 동의하는 임원진에겐, 추후 십 년 기간의 자리 보장을 약속하셨고요."

"웃기는구먼."

"물론 저를 비롯해서, 대부분……."

"더 들을 거 없어."

큰 회장의 표정에선 봐 줄 기미가 보이지 않았다.

"정 이사는 지금 이 길로 나가서 거기 참석했었던 임원진들한테 전해. 그 자리 보장받기 전에, 내 손에 먼저 잘릴 줄 알라고 말이야."

큰 회장의 날선 카리스마에, 정 이사가 자세를 바로 고쳤다.

"네, 알겠습니다. 회장님."

정 이사가 나간 뒤, 큰 회장이 다리를 꼬며 생각에 잠겼다. 이쯤 되니, 김 여사가 확실하게 마음을 먹고 움직인다는 걸 알 수 있었다. 큰 회장은 어떤 방법이 최선일지 고민에 빠졌다.

　　　＊　　　＊　　　＊

「하연 씨, 도서관 앞으로 나와 봐.」

점심을 먹고 나른한 오후 시간. 성빈에게 온 한 통의 메시지에 하연의 심장이 터질 듯이 뛰었다. 다정에게 양해를 구하고 급하게 도서관 정문으로 뛰어나간 하연은 성빈을 발견하자마자 발걸음을 멈추고 멍하니 바라봤다.

그런 그녀에게 성큼성큼 걸어간 성빈이 그대로 부서질 듯 어깨를 끌어안았다. 하연의 숨이 턱까지 차올랐다.

"보고 싶어 죽는 줄 알았어."

"저도요…… 성빈 씨……."

몸이 찬 하연을 성빈이 품 안에서 녹여 줬다. 백 마디 말보다 따뜻한 온기를 나누는 지금의 이 순간이 두 사람에겐 더없이 소중했다. 성빈이 그녀의 귀에 대고 속삭였다.

"하연 씨, 늦어서 미안."

"괜찮아요."

"최대한 빨리 서두르긴 한 건데……."

"와 준 것만으로도 고마워요."

성빈은 제 가슴팍에서 고개를 든 하연을 내려다봤다.

"그런데 얼굴이 왜 이래."

"아, 온다고 미리 말 좀 해 주지 그랬어요. 오늘 상태가 별론데."

하연이 창피함에 얼굴이 빨개졌다. 반대로 성빈은 가슴이 저려 왔다.

"당신, 왜 이렇게 야위었어. 속상하게."

"그래 보여요? 이상하다……."

딱히 변명거리가 생각나지 않는 하연이 어물쩍 넘어갔다. 성
빈의 하얀 손이 그녀의 볼을 쓰다듬었다.

"하연 씨 마음고생 심하게 했구나."

"아니에요. 성빈 씨는 그동안 어떻게 지냈어요? 많이 바빴죠?"

하연의 물음에도 성빈의 심각함은 이어졌다.

"당신 얼굴빛이 원래 밝은 편인데, 좀 어두워졌네. 많이 운 거
야?"

성빈의 취조가 견디기 힘든 하연이 다시 가슴팍에 얼굴을 묻
었다.

"아니라는데 왜 자꾸 사람을 몰아가요. 계속 그러면 얼굴 안
보여 줄 거예요?"

"그만할 테니깐, 고개 좀 들어 봐. 예쁜 얼굴 보게."

하연이 도리질을 했다.

"전 이러고 있는 게 더 좋아요. 따뜻하고."

"하여간 진짜 말 안 들어."

"아, 맞다!"

하연이 고개를 번쩍 들어 창가를 올려다봤다. 아니나 다를까
다정과 눈이 마주쳤다.

"성빈 씨, 저 지금 근무 중이라 들어가 봐야 하는데 어쩌죠?"

"적당히 빠지면 안 돼?"

"그게…… 좀 애매해서…… 두 시간 뒤에 퇴근인데."

"그럼 별수 있나."

성빈이 주변 건물을 둘러봤다. 작은 카페 하나가 눈에 띄었다.

"저 카페에서 업무 좀 보고 있을 테니깐 끝나면 빛의 속도로 나와."

"정말 미안해요. 바로 올라가 봐야 하는 건 아니죠?"

성빈의 입술 끝이 여유롭게 말려 올라갔다.

"내일 오전에 출발하면 돼."

"정말요? 진짜, 진짜 다행이다."

성빈의 대답에 하연의 얼굴이 환해졌다. 성빈이 장난스럽게 그녀의 머리를 흐트러뜨렸다.

"꼼짝 않고 당신만 목 빠지게 기다리고 있을 테니깐 다녀와."

"알겠어요."

성빈이 품에서 하연을 놔주었다. 하연이 아쉬운 얼굴로 성빈의 배를 쿡 찔렀다.

"급한 호출이 와도 절대 가지 말아요."

"안 가. 걱정하지 마."

"성빈 씨 그럼 이따 봐요."

하연이 도서관 건물로 모습을 감췄다. 성빈이 근심 가득한 얼굴로 허리에 손을 걸쳤다. 태연한 척하지만 많이 불안해하는 모습과, 며칠 떨어져 있는 사이 애정 결핍이 의심될 정도로 조바심 내는 행동이 마음에 걸렸다. 착잡한 얼굴을 한 채 카페로 향했다.

＊　＊　＊

　카페 구석진 자리에서 노트북으로 업무를 보던 성빈이 머그 컵을 입으로 가져갔다. 과하게 집중한 탓인지 눈에 피로가 몰렸다. 어두워진 밖을 보며 시간을 확인하는데, 어느새 여섯 시가 넘어가고 있었다. 성빈이 혀를 찼다.

　"쯧, 빛의 속도로 튀어나오라고 했건만."

　말은 그렇게 해도 하연을 기다리는 단 일 분의 시간도 성빈으로선 곤욕스러웠다. 보던 업무를 접은 성빈이 도서관 건물로 들어갔다.

　"문헌정보실이랬지."

　안내 표지판을 확인한 성빈이 계단을 올라갔다.

　"하연 씨 밖에서 애인 기다린다며. 내가 할 테니깐 그만두고 가요."

　"네, 이것만 정리하고요."

　말리는 다정에게 하연이 싱긋 웃어 보였다. 그녀의 기분이 제법 들떠 보였다. 그 이유가 자신 때문임을 잘 아는 성빈은 자신도 들뜨는 걸 느꼈다.

　"어? 성빈……."

　앞에 서 있는 성빈을 발견한 하연의 눈이 동그래졌다. 그런 하연의 손목을 잡은 성빈이 끌고 가며 물었다.

　"이 건물의 사각지대는 어디야."

"네?"

성빈이 가까운 회색 철문을 열고 하연과 나갔다.

"성빈 씨, 이 비상계단은 관계자만 출입할 수 있어요."

"그래?"

"네, 그런데 왜 그러는 건데요?"

성빈이 하연의 어깨를 잡아 벽에 몰아세웠다.

"그럼 여기에 출입하는 사람 없겠네?"

"별로…… 없긴…… 하죠?"

긴장한 하연이 눈을 연속으로 깜박였다. 하연의 머리 위 벽에 지그시 팔을 짚는 성빈. 자세를 낮추며 느릿하게 내려온 성빈의 눈이 하연과 정면으로 마주쳤다. 하연은 딸꾹질이 나올 것 같아 숨을 참았다.

"성빈 씨 다시 생각해 보니깐, 이 비상계단에 사람 많이 다녔던 거 같아요."

"안 속아."

"정말이에요. 그런 데다 여기 신성한 도서관이라고요."

성빈이 검지로 하연의 턱을 들어 올렸다.

"하연 씨."

"……네."

콧등을 간지럽히는 그의 숨결이 다소 거칠었다.

"당신이 날 얼마나 기다렸는지 가늠이 안 돼. 알려 줘."

성빈의 유혹에, 하연의 볼이 발그레해졌다. 성빈의 엄지가 하연의 도톰한 입술을 슥 문질렀다. 하연은 저도 모르게 그의 손길에 따라 턱 끝을 살짝 내밀었다. 달콤한 느낌이 기분 좋았다.

"성빈 씨……."

야릇한 얼굴로 작게 속삭이는 하연. 참기 힘든 성빈은 현재의 감정을 한숨으로 대신했다.

"하아……."

"성빈 씨랑 늘 함께 있다가 혼자가 되니깐……."

하연이 이성의 끈을 간신히 붙잡고 있는 성빈에게 바짝 거리를 좁혔다.

"너무 외롭고……."

"응."

"좀 두렵기도 하고……."

"그럴 필요 없어."

"무엇보다 정말 다시는 성빈 씨 못 보기라도 할까 봐 겁이 났어요."

하연이 동공이 한없이 흔들렸다. 성빈이 어깨를 낮춰 하연의 귓불을 살짝 깨물었다.

"앗…… 귀는 왜 깨물어요."

"하연 씨."

성빈이 따뜻한 바람을 귀 안으로 불어넣듯 속삭였다.

"우선 당신 외롭게 만들어서 미안해."

"네……."

"어떻게든 그 시간 단축시키려고 노력 중이니 조금만 참아
줘."

"알겠어요."

성빈이 내려온 하연의 머리를 어깨 뒤로 넘겼다.

"그리고 두려워할 필요 없어. 당신과, 주변 사람들 어떻게든
내가 지켜 낼게. 무슨 수를 써서라도."

"고마워요……."

성빈의 숨결이 뜨겁게 밀려들자 하연은 심장이 뛰었다.

"마지막, 하연 씨가 날 잃을 일은 절대 없을 거야."

"그럼 다행이지만……."

"나에 대해 당신이 더 잘 알잖아."

성빈의 얼굴이 뒤로 살짝 물러서나 싶더니, 하연의 입술에 바
짝 다가갔다.

"난 말이야. 하연 씨."

성빈의 눈동자가 빈틈없이 하연의 전부를 휘감았다.

"이제 당신이 아니면 안 돼."

"알……아요."

"당신도 마찬가지잖아. 아니야?"

"그럼요, 그럼요…… 성빈 씨……."

하연이 숨을 깊게 몰아 내쉬었다. 성빈이 하연의 앞머리를 걷
으며, 옅게 웃었다.

"그 이유 하나면 우리 두 사람 충분해."

성빈이 말을 끝냄과 동시에, 하연의 입술을 탐닉했다. 겹쳐진 두 입술이 뜨거웠다.

"하아, 하."

하연의 허리를 두른 성빈의 팔에 힘이 들어갔다. 그의 달아오른 혀가 농도 짙게 밀려들었다. 더, 더, 더. 바닥을 지탱하는 하연의 구두 뒤꿈치가 점차 올라갔다.

"읍!"

하연과 떨어져 있는 동안 참았던 성빈의 갈증이 열정적으로 표출되는 순간이다. 진한 타액이 엉키고, 혀에 마비가 올 때까지 하연의 입술을 몇 번이고 빨았다. 그러기를 한참,

"성빈 씨 스톱…… 하아, 하…….."

하연은 현기증이 밀려들었다. 자신을 밀어내는 하연의 두 손을 성빈이 꽉 움켜잡았다. 그대로 잡아당긴 성빈이 제 가슴에 파묻힌 하연을 힘 있게 끌어안았다.

"하연 씨…… 아니, 박하연…… 당신은 내가 반드시 지켜 낼 거야."

"하아, 하아."

하연의 거친 숨은 가라앉을 줄 몰랐다. 그때 비상계단 문이 열렸다.

"하연아. 너 이쪽으로 갔다고 해서…….."

동원이 두 남녀를 쳐다봤다. 하연을 가둔 채 벽을 짚고 있는 성빈과 고르지 못한 호흡을 내쉬며 어깨를 들썩이고 있는 하연.

방금 전 무슨 일이 있었는지 동원은 어림짐작으로 알아차릴 수 있었다.

"실례했네요. 다시 나가죠."

"아닙니다."

성빈이 하연을 놓아주며 점잖게 대꾸했다. 서로 감정이 좋지 않은 두 남자였기에, 하연은 내심 걱정이 앞섰다. 굳어 있는 동원에게 성빈이 말을 붙였다.

"이렇게 또 보니 반갑네요."

동원의 표정이 한층 딱딱해졌다.

"진심으로 하는 소리입니까?"

"네."

"당황스럽네."

동원이 혼잣말을 중얼거렸다. 성빈에게 당했던 지난날의 일을 동원은 절대 잊지 못했다. 하연에게 흑심 좀 내비쳤다고 미친개처럼 물던 그의 모습이 떠올랐다.

"흠, 그리고."

성빈이 헛기침을 내뱉었다. 사실 동원을 대하는 그의 마음도 편치는 않았다. 하지만 상황이 상황인 만큼, 하연을 관찰하는 눈이 한 명이라도 더 있는 게 성빈으로선 다행이었다.

"하연 씨 취직시켜 줘서 고맙다는 말을 하고 싶네요."

"인사치레는 됐습니다."

앙금이 남은 동원이 차갑게 말했다.

"하연이가 일하기 괜찮은 자리일 거 같아서, 도와 달라고 부탁한 거뿐입니다."

"전 결과만 봅니다."

성빈이 비틀리려는 입꼬리를 겨우 일자로 유지했다.

"어찌 됐든 감사합니다. 짧은 기간이겠지만, 있는 동안 잘 부탁합니다."

동원은 어이가 없었다. 냉랭한 분위기 속에 눈치를 보던 하연이 끼어들었다.

"근데 동원 오빠 저 왜 찾은 거예요? 무슨 일 있어요?"

"아니, 별 건 아니고."

하연에게 눈을 돌린 동원이 표정을 풀었다.

"같이 퇴근이나 할까 했거든."

동원이 멋쩍게 말을 하며 성빈을 슥 쳐다봤다. '물론 저 자식 때문에 물 건너갔지만 말이야.'라는 동원의 속마음이 성빈에게 전해졌다. 성빈이 자꾸 접히려는 미간에 힘을 줬다.

"오빠 요즘 야근하며 잡고 있던 일은 마무리됐나 봐요?"

"응, 얼추."

"다행이네요. 저녁도 잘 안 챙겨 먹으며 일하는 거 같아 걱정됐는데."

동원이 온화하게 웃었다.

"그래도 하연이 네가 빵이며 간식 챙겨 준 덕분에 잘 버텼어."

"에이, 그런 건 끼니가 안 되잖아요."

대화를 듣고 있는 성빈은 참을 인을 대략 일곱 번 정도 쓰고 있었다.

"아 그리고 하연아. 아까 준 신작에 붙일 바코드 스티커는 빠진 거 없었지?"

"네, 오빠. 없었어요."

"내일 한꺼번에 한다고 무리하지 말고 나눠서 해."

"알았어요, 오빠."

성빈의 귀에 '오빠'라는 호칭이 자꾸 거슬린다. 다르게 부를 호칭이 없다는 걸 알면서도, 하연의 입에서 오빠라는 단어가 나올 때마다 심기가 불편했다.

"저 근데 동원 오빠 아까 정리하던 책 중에⋯⋯."

"하연 씨."

성빈이 성미를 못 참고 두 사람의 대화를 끊었다.

"퇴근시간 넘은 지 한참인데, 업무 얘기는 내일로 넘기면 안 될까?"

"아, 네⋯⋯ 네."

성빈의 불편한 심기를 알아챈 하연이 웃으며 고개를 끄덕였다. 성빈이 하연을 보고 있는 동원의 앞에 우두커니 섰다. 그러고는 억지 미소를 지었다.

"그동안 하연 씨, 아니 하연이 출퇴근시켜 주시느라 고생이 많았을 텐데. 오늘은 제가 그쪽 수고를 덜겠군요."

성빈의 가식적인 멘트에 동원이 썩소를 지었다.

"별말씀을요."

"오늘은 제가 하연이 퇴근시키겠습니다."

동원은 대답 없이 고개만 까닥였다. 성빈이 등 뒤로 고개를 돌렸다.

"하연 씨, 아니 하연아. 이만 가지."

"……?"

성빈이 입술을 둥글게 말며 하연에게 한 단어를 그려 보였다. 잠시 주춤하던 하연이 터지려는 웃음을 참았다. 성빈이 다시 그녀를 불렀다.

"하연아. 데이트할 시간도 부족한데 서둘러."

"푸…… 네엡, 성빈 오빠."

동원의 옆을 지나며, 성빈이 여유롭게 미소를 지었다.

건물 밖으로 나온 성빈이 먼저 차에 올라 히터를 틀었다. 하연은 다정과 인사 후, 추위에 어깨를 떨며 한발 늦게 카마로에 올라탔다.

"하연 씨, 금방 따뜻해질 거야."

"네. 그나저나 우리 저녁 뭐 먹을래요? 배 많이 고픈데."

요 근래에 입맛이 없어 제대로 된 식사를 잘 안 챙겨 먹었던 하연이다.

"하연 씨 먹고 싶은 거 먹자."

"저 근데, 성빈 오빠."

하연이 사랑스러운 눈길로 성빈을 바라봤다.

"듣고 있어. 말해."

"……."

차 안에 클래식 곡조가 은은하게 퍼졌다. 하연은 말없이 성빈을 한참 동안 바라볼 뿐이었다. 곧 눈치챈 성빈이 가볍게 웃었다.

"왜 그렇게 보는데?"

"제가 성빈 오빠라고 부르는 게 그렇게 좋아요?"

"듣기에, 꽤 괜찮아."

하연이 양팔을 쭉 뻗더니, 깍지를 꼈다.

"그럼 계속 불러 줄까요?"

"무리하지 마."

"좀 오글거리긴 한데, 원한다면 기꺼이 해 줄게요."

옅게 웃기만 할 뿐, 성빈은 대답이 없었다.

"저도 성빈 씨가 '하연아.' 불러 줄 때 좀 설레긴 해요."

"그래?"

전방을 주시하며 운전을 하는 성빈의 말투가 다정했다. 하연은 심장이 콩닥거렸다.

"앞으로 계속 그렇게 불러 줄래요?"

"뭐라고."

"하연아. 라고 말이에요."

두근두근. 별것도 아닌 걸로 요놈의 심장은 왜 이렇게 호들갑

이야. 하연이 새침하게 성빈의 대답을 기다렸다. 잠시 생각을 하던 성빈이 이내,

"난 하연 씨라고 부르는 게 편해."

"네?"

"그런 호칭은 가끔씩 불러 줘야 설레지, 시도 때도 없이 남발하면 감흥이 떨어져."

"제가 그렇게 불러 주길 원하는 데도요?"

하연이 불퉁한 얼굴로 탁— 쏴붙였다. 예상치 못한 하연의 센 반응에, 성빈은 당황했다.

"하연 씨가 그렇게까지 원한다면……."

"참나, 됐어요!"

"아니야. 나도 우리의 깊은 관계에 비해, 호칭이 좀 딱딱하다는 생각은 했어."

성빈이 하는 말이 마음에도 없는 소리라는 걸 잘 아는 하연이 입을 삐죽댔다.

"성빈 씨는 '오빠' 호칭 한 번 안 해 준다고, 그렇게 저한테 난리를 쳐 댔으면서. 사랑의 깊이가 얕다는 둥, 혼자 짝사랑하는 거 같다는 둥."

하연은 오랜만에 만난 성빈 앞에서 울컥 올라오는 저의 마음을 어찌할 줄 몰랐다.

"아까만 해도 그래요. 동원 오빠 한 번 이겨 보겠다고 어찌나 '오빠' 소리 하라며 눈치를 주던지. 진짜 얄미워 죽겠어."

성빈의 얼굴에 난감한 기색이 스쳤다.

"가만히 생각해 보니깐 '하연아.'라고 부를 때도 자기가 아쉬운 게 있거나, 딴 꿍꿍이가 있을 때만 해 줬던 거 같아. ……생각해 보니 정말 그러네."

하연의 중얼거림을 듣던 성빈이 일단 화제부터 돌리는 게 낫겠다 싶어 상냥하게 물었다.

"하연아. 저녁 뭐 먹을래? 말만 해. 오빠가 다 사 줄게."

"고기요!"

하연이 고함치듯 큰 소리로 대답하며 성빈을 흘겨봤다.

"다른 고기 말고, 소고기요! 안심으로다가!"

성빈은 진땀이 났다. 아닌 척해도 이 여자 스트레스 무지 쌓였나 보다.

"고기…… 괜찮지. 주위에 괜찮은 식당 알아?"

"저기에서 좌회전해요."

여전히 그녀의 목소리에는 서릿발이 서 있었다. 그 이후에 성빈이 말을 걸어도 하연은 시큰둥했다. 하연이 알려 준 방향을 따라가다 보니, 한우 전문점이 나타났다.

"하연아, 잠깐만."

차에서 내린 성빈이, 빠르게 반대편으로 뛰어가 차 문을 열어 줬다. 그런 성빈을 게슴츠레하게 하연이 올려다봤다.

"성빈 씨, 왜 이래요?"

"아까는 내가 눈치가 좀 없었어. 추운데 빨리 들어가자."

성빈이 그녀의 손을 그러쥐었다.

"남사스럽게 손은 왜 잡아요."

하연의 뒤끝은 생각보다 뾰족했다. 그러면서도 성빈이 이끄는 대로 코트 주머니에 손을 따라 넣기는 한다. 성빈은 그런 하연이 귀여웠다.

"여기에서 제일 비싼 걸로 사 줘요."

주문을 마친 성빈이 물을 따르고 있는 하연을 달랬다.

"아까 많이 서운했어?"

"킁, 괜찮아요. 저도 성빈 씨라고 부르는 게 편하긴 해요."

성빈이 픽 웃었다.

"난 너무 편하게 부르다 보면, 외부 공식적인 자리에서 실수라도 할까 봐 그랬어."

"공식적인 자리? 아……."

"하긴 당신이 원하는데 그런 게 다 무슨 상관이야."

깨달음이 빠른 하연은 옹졸하게 군 자신이 창피했다.

"하연이라고 불러 줄게."

"아, 정말……."

"물론 '오빠' 호칭도 포기 못 해서 져 주는 거야."

하연이 자신의 얼굴을 두 손으로 가렸다. 성빈이 가린 손을 천천히 내렸다.

"왜 자꾸 얼굴을 가려. 감상 중인데."

"성빈 씨, 속 좁게 굴어서 미안해요."

기어들어 가는 하연의 목소리. 성빈은 따뜻한 도시 남자답게 그녀를 감싸 줬다.

"더 심하게 투정 부려도 돼. 그래도 될 입장이야, 당신 지금."

"치…… 오, 고기 나왔다!"

하연이 과장된 액션으로, 마블링이 선명하게 박힌 소고기를 반겼다. 성빈이 집게로 고기를 불판에 굽기 시작했다.

"오빠가 금방 구워 줄게."

하연이 젓가락을 입에 물었다. 갑자기 장난기가 발동했다.

"근데요, 성빈 씨."

"응."

"아까 성빈 씨가 했던 말 중에, 궁금한 게 있어요."

"뭔데."

"설레는 호칭, 시도 때도 없이 남발하면 감흥이 떨어진다고 했잖아요?"

"그랬지."

하연의 눈모양이 반달로 배시시 쪼개졌다.

"성빈 씨의 논리대로라면 스킨십도 시도 때도 없이 남발하면 안 되는 거 아니에요?"

집게를 움직이던 성빈의 손놀림이 순간 멈췄다.

"감흥 떨어지기 전에, 이제부터라도 최대한 아껴서 할까 봐요."

　　　　＊　　　＊　　　＊

"할아버지 저 왔어요."

집무실 문이 열리고 성하가 들어왔다. 뜻밖의 방문에 큰 회장이 반색을 했다. 안경을 벗어 책상에 내려놓으며 의자에서 일어났다.

"말도 없이 어쩐 일이야? 성하 네 얼굴 보면 나야 좋다만."

"그냥 할아버지 보고 싶어서요."

성하가 사근사근한 어조로 대답을 했다. 소파에 앉은 그녀가 옆에 클러치 백을 내려놨다. 큰 회장이 마주 보고 앉는데, 밖에서 노크 소리가 들렸다.

"회장님, 차는 어떤 걸로 준비해 드릴까요?"

"저번에 내가 중국에 들렀을 때 지인한테 선물 받아 온 용정차인가? 그거 향이 괜찮더군."

"네, 준비하겠습니다."

나가는 비서를 바라보는 성하에게 큰 회장이 말을 붙였다.

"요즘엔 어떻게 지내? 생활하는 데 무리는 없는 거고?"

"할아버지도 참, 제가 진짜 환자도 아니었는 걸요."

"원래 가장 무서운 병이 마음의 병이야. 네 마음에 남은 잔재는 쉽게 지워지질 않겠지. 난 그 점이 우려가 커."

성하의 얼굴에 쓴 미소가 스쳤다.

"저 잘 해낼게요. 할아버지 걱정 안 끼쳐 드리게."

"사람이 어떻게 참기만 해. 힘들면 투정도 부리고, 기대서 울기도 해. 이래 봬도 할아버지 어깨 아직 쓸 만하다?"

성하가 입을 가리며 소리 내 웃었다.

"우리 할아버지는 너무 든든해서 탈이죠."

"그나저나 어멈하고는 어때. 네 오피스텔에 자주 들러?"

큰 회장의 눈초리가 길게 늘어졌다.

"일주일에 세 번은 꼭 들르세요. 번거로우니 그만 오라고 말려도 안 들으세요."

"성하 넌 귀찮더라도, 어미 된 입장에서는 그리하는 게 맞지."

이내 큰 회장이 못마땅한 기색으로 혀를 찼다.

"너한테 하는 거 보면, 그래도 뉘우치는 감정이 보이긴 하는데. 한편으론 왜 그렇게 고집불통인지, 쯧!"

"성빈이 때문에 그러시는 거예요?"

"너도 알다시피 지금 하연이 김천으로 귀향 보내 버렸잖냐."

"어머…… 전 몰랐어요."

사실을 몰랐던 성하의 눈이 큼지막해졌다.

"성하 넌 모르고 있었어?"

"네, 라임사 복귀하고 정신이 좀 없어서 신경을 못 썼거든요. 성빈이도 딱히 말이 없고."

문이 열리고 비서가 탁자에 차를 내려놨다. 잠시 말이 끊겼다. 비서가 문을 완전히 닫고 나가자, 성하가 빠르게 물었다.

"할아버지. 그럼 상황이 어떻게 돌아가고 있는 건데요?"

"하연이 주변 사람들을 좀 건드렸나 봐."

성하의 어깨가 큰 한숨과 함께 내려앉았다. 그녀가 혼잣말을 중얼거렸다.

"성빈이는 왜 말을 안 했지. 요 근래 자주 통화했으면서."

"너 스스로도 지금 추스르기 힘든 판국에, 걱정거리 더 얹혀 줘서 뭣 하려고 말을 해."

"그래도요……."

성하의 안색이 어두워졌다.

"하연이한테 사람도 붙여 놨어. 안심해. 다만 이 정도로 끝낼 김 여사가 아니란 말이지."

"아무래도요."

"주주들 포섭해서 성빈이 녀석한테 목줄 걸려고 하는 걸, 내 조치는 취해 놨어."

큰 회장이 찻잔을 들어 입으로 가져갔다.

"근데 아무래도 찜찜해. 하연이를 괜히 김천에 내려 보내진 않았을 거란 말이지."

"할아버지, 제 추측으로는 아무래도……."

성하의 얼굴에 짙은 시름이 번졌다. 그녀가 쌩한 어조로 말을 덧붙였다.

"하연 씨를 해외로 내보낼 생각인 거 같아요."

큰 회장은 잠시 말이 없었다. 안 그래도 불안한 상태의 성하에게 괜히 말을 꺼냈다는 후회가 들었다. 아니나 다를까 성하의 손이 초조하게 떨리고 있었다.

"성하야. 넌 걱정 안 해도 돼. 할아버지도 다 생각해 놓은 방법이 있어."

"좋은 방법은 아닐 거 아니에요."

성하의 말끝에 날이 서 있었다.

"다른 여러 가지 방법을 강구해 보고 있는 중이기도 하고."

"일단 제가 엄마를 만나 볼게요."

"네가 정 그러고 싶다면…… 알았다. 근데 성하야. 내가 하는 말, 잘 듣거라."

큰 회장의 눈빛이 어느 때보다 진지한 빛을 띠고 있었다.

"지금 이 타이밍에서는 절대 네 어미를 자극하면 안 돼."

"무슨 말씀이세요."

"내 살아오면서 겪었던 경험을 바탕으로 판단을 하자면 아직은 때가 아니야. 위험해."

성하가 아랫입술을 지그시 깨물었다.

"할아버지, 전 엄마와 싸우려는 게 아니에요."

"네 성격이야 잘 알지."

"보잘것없지만 저 또한 경험에서 한 가지 깨달은 게 있다면……."

큰 회장의 눈에 비치는 성하는 감정이 무척 메말라 보였다.

"시간은 기다려 주지 않는다는 거예요."

성하가 눈을 질끈 감았다. 한순간에 세상에서 증발해 버린 자신의 옛 연인이 떠올랐기 때문이다.

"전 믿었어요. 엉킨 실타래는 차분히 풀어 가야 한다고 말이에 요."

큰 회장의 안쓰러운 눈길이 성하에게 향해 있었다.

"시간을 들이더라도 엄마에게 인정받고자 돌아가는 방법을 택했던 전…… 현재 후회 중이에요."

"아무렴. 네 마음 다 안다."

"하지만 운명이라고 생각하고 받아들이기로 했어요. 근데 성 빈이만큼은 안 돼요."

성하의 고동색 눈에 찬바람이 서렸다.

"이번엔 그 운명도 절대 못 이겨요. 제가 어떻게든 우리 성빈 이 지켜 낼 테니깐."

*   *   *

성빈이 멈췄던 집게를 다시 움직이기 시작했다. 남자가 반응 이 없자 하연이 되물었다.

"성빈 씨. 제가 하는 말 들었어요?"

"응? 무슨 말."

성빈이 건성으로 대꾸했다.

"아니 제 말은 성빈 씨 논리대로라면 스킨십도 아껴……."

"저기 하연 씨."

하연의 말을 끊으며, 성빈이 끼어들었다. 그러더니 굉장히 피곤한 표정으로.

"사실 내가 요즘에 부쩍 생각할 게 많아서, 사람 말을 못 들을 때가 많아."

"그래서 다시 얘기해 주려고 하는데, 사람 말은 왜 잘라요."

성빈이 손을 휙 내저었다.

"대충 들은 걸로 칠게. 별로 중요한 얘기도 아니었던 거 같은데."

"허, 허허허허."

성빈의 능청에 하연은 헛웃음밖에 안 나왔다.

"성빈 씨 들은 거 알거든요?"

"자, 다 익었네. 당신 배고파서 더 예민했었잖아. 얼른 먹어."

하연의 구시렁거림은 계속됐다.

"말발이 좋아서 번번이 넘어가긴 하는데, 생각해 보면 죄다 자기 합리화야. 본인 입에서 나오는 건 논리고, 남이 하는 말은…… 우읍!"

하연이 쉼 없이 조잘대는 사이, 익은 고기를 '후.' 불어 식힌 성빈이 그녀의 입에 욱여넣었다. 하연이 우물거리며 성빈을 쏘아봤다.

그것도 잠시, 하연의 얼굴이 급 녹아내렸다. 이놈의 소고기는 왜 이렇게 또 끝장나게 맛있는 거야? 하연은 감동이 밀려들었다. 그런 그녀를 은근한 눈길로 보던 성빈.

"우리 하연이 잘 먹네. 오구오구~ 그렇게 맛있어?"

하연은 순간 제 귀를 의심했다. 내가 방금 잘못 들은 거겠지? 귓전을 오싹하게 스친 단어 하나에 하연은 온몸에 닭살이 돋았다. 씹던 걸 급하게 삼켰다.

"성빈 씨 방금 뭐라고 한 거예요? 제가 잘못 들은 거죠?"

하연이 두 팔을 양쪽으로 교차해 쓱쓱 쓸어내렸다. 성빈의 씩 웃었다.

"예상했던 거보다 반응이 괜찮은데?"

"그럼, 설마…… 방금, 제가 들은 단어가 맞는 거예요? 오…….."

하연이 차마 입 밖으로 꺼내지 못 하는데,

"응, 당신이 들은 게 맞아. 오구오구~ 귀여운 우리 달링."

성빈은 하연이 듣기 편하도록 또박또박 악센트를 줬다.

"으……! 성빈 씨 대체 왜 이래요? 지금 복수라도 하는 거예요?"

"하연 씨. 사실 내심 좋은데, 싫은 척하는 거지?"

하연이 고개를 좌우로 아주 크게 흔들었다.

"진짜 싫거든요?"

마저 익은 고기를 앞 접시에 덜어 놓은 성빈이 집게를 탁 내려 놨다.

"하연 씨 이런 거 좋아하는 거 아니었어? 그래서 아까 '하연 아.'라고 불러 달라고 한 거고."

"그거랑은 엄연히 다르죠!"

성빈이 느슨하게 팔짱을 끼며 의자에 등을 기댔다.

"아니야, 내가 그동안 좀 야박했어. 하연 씨도 여자니깐 이런 애정 표현 좋아하는 게 당연하잖아. 앞으로 싫증 날 정도로 많이 해 줄게."

대답이 없는 하연을 향해, 성빈이 여유롭게 입술 끝을 말아 올렸다. 부들대는 하연.

"미안한데 성빈 씨랑 어울리지도 않을뿐더러, 주책 맞아서 못 들어 주겠거든요?"

"왜? 난 입에 착 감기는데."

"귀가 안으로 돌돌 말려 들어가는 거 같단 말이에요! 으, 다시 생각해도 완전 닭살 돋아!"

하연의 반응에도 성빈은 태연하게 즐기고 있을 뿐이었다.

"그런데 그런 단어는 또 어디에서 주워들었대요? TV나 인터넷도 잘 안 하는 사람이?"

"정구가 태희 씨하고 통화할 때 들었어."

그날의 굴욕이 안 잊히는 성빈이다.

"남의 통화는 왜 들어요?"

"회의 들어가기 전에 오 분만 시간을 달라며 핸드폰 붙잡고 태희 씨한테 사정사정을 하더라고. 상사가 옆에 있든 말든 신경도 안 쓰고."

"둘이 싸웠었나 보다."

하연이 몰입해 귀를 기울였다.

"전화 끊고선 심란해 보이길래, 관심 좀 주려고 물어봤어. 처음 듣는 단어여서, 궁금하기도 했고."

"그래서요?"

성빈이 짜증스럽게 인상을 구겼다.

"그랬더니 사람을 무슨 바보 취급을 하는 거야. 그 유명한 신조어도 모르냐고. 하! 다시 생각해도 열 받네. 그때 과감하게 잘라 버렸어야 했는데."

하연이 배를 잡고 깔깔대기 시작했다.

"아하하, 하하! 정말 재밌네요! 아으, 눈물이야."

"당신은 애인이 바보 취급당한 게 그렇게 웃겨?"

"아니요…… 하하, 내 배꼽 잘 붙어 있나? 진짜 웃기네…… 하아."

성빈의 눈치를 보며, 하연이 터지려는 웃음을 자제했다.

"아무튼 회의 끝나고, 금세 아무 일 없었다는 듯 여우처럼 다가오더니 설명을 해 주더군."

"아하, 어쩐지."

"당신한테 해 주면 좋아할 거라기에, 한번 해 본 거야."

하연이 고기를 집어먹으며, 삐죽 웃었다.

"그런 오글거리는 표현은 해 주는 사람의 성격이랑 어울려야 들을 만하죠. 정구 씨는 수다스럽기도 하고, 다정다감한 데다 성격이 부드러운 편이잖아요."

가만히 듣고 있던 성빈의 눈썹이 꿈틀댔다.

"하연 씨 말 이상하게 하네. 그럼 나는?"

하연은 아차 싶었다.

"내가 당신한테 장난은 좀 쳐도, 다정하게 해 줄 때는 몸으로나 립 서비스나, 뭐 하나 부족하게 해 준 거 있어?"

"전혀 없죠, 저언혀."

성빈의 집요함을 누구보다 잘 아는 하연. 빨리 끝내기 위해서는 완벽하게 수긍하는 태도를 보여야 했다.

"그리고 내가 수다스럽진 않아도, 듣는 건 잘 하는 편이잖아?"

하연의 얼굴이 앞뒤로 열심히 움직였다. 물론 속으로는 '그건 진짜 아니다.' 중얼거리며.

"하다못해 당신이 가끔 시답잖게 날리는 농담도 다 받아 주잖아. 나도 사람이니깐 듣다가 피곤할 때 있어. 그래도 난 하연 씨 입에서 나오는 말이라면 안 놓치려고 노력해."

그렇다면 방금 전에 잘근잘근 씹혔던 '스킨십 농담'은 무엇이란 말인가? 하연은 공감이 안 되면 안 될수록 오버스럽게 고개를 끄덕였다.

"성빈 씨 노력하는 거 잘 알죠."

하연이 밝은 미소를 유지했다. 다행히 눈치 못 챘나 보다.

"하연 씨 하나만 묻자. 내 성격이 별로야?"

"네? 아아아아뇨."

일부러 더 크게 대답했지만 돌아오는 건 속내를 깊게 파고드는 성빈의 눈초리.

"그런데 왜 한 번씩 장난칠 때마다 성격을 은근히 들먹여?"

"제가요?"

"내 성격이 버겁다는 듯이 말하잖아. 당신이 애써 참아 주는 쪽인 것처럼 말이야."

이번만큼은 수긍하기 어려웠지만 하연은 참고 견뎠다.

"아까만 해도 토라진 당신 달래겠다고, 눈치 보며 전전긍긍해 하는 나 못 봤어?"

"네에에? 성빈 씨가요?"

하연은 국어 공부를 다시 해야 하나 고민에 빠졌다. 자신이 알고 있는 전전긍긍의 뜻은 '몹시 두려워서 벌벌 떠는.' 대충 이런 건데, 성빈은 다르게 쓰나 보다.

"하연 씨는 본인이 순한 타입인 줄 아는데, 그거 착각이야. 당신 한 번씩 삐딱선 탈 때면, 나도 감당하기 어려워."

"하하하. 그래요?"

하연의 턱이 관절 인형처럼 움직이며 억지웃음을 밀어 냈다.

"당신 같이 잘 안 그러는 사람이 한번 쌀쌀맞게 굴면 무지 신경 쓰여. 하루 종일 손에 일도 안 잡히고. 그럼에도,"

성빈이 유독 다정한 손길로 자신의 여자가 먹을 소고기를 불판에 올렸다.

"너그러운 마음으로 당신의 모든 걸 포용해 주잖아. 이 정도면 성격도 훈남 아니야?"

"풉, 훈남!"

하연이 재빨리 자신의 입을 틀어막았다.

"당신한테 써먹으면 유용할까 싶어서, 몇 개 더 알아 놨어."

"몇 개까지야……."

"내가 이렇게 세심하기까지 한 남자야. 이래도 내가 오글거리는 표현이 안 어울려?"

하연이 반 포기한 얼굴로 고개를 흔들었다.

"아뇨. 성빈 씨를 위해 만들어진 신조어 같아요."

"지금 비꼬는 거지?"

"그럴 리가요. 진심이에요."

성빈은 뭐 아무래도 좋았다. 전세가 역전됐으니 그걸로 만족했다. 성빈이 잘 익은 고기를 잘라, 하연의 앞 접시에 올려 줬다.

"오구오구~ 이거 다 먹어. 이 오빠는 우리 하연이 먹는 것만 봐도 배불러."

"역시…… 자, 자상한 우리 성빈 씨……."

하연이 말을 더듬으면서도 성빈의 행동에 쿵짝을 맞추기 위해 노력했다. 그녀의 표정이 제법 힘들어 보였다.

"하연이 네가 원했던 반말과 오글거리는 단어까지 합쳤는데. 반응이 좀 시큰둥하네?"

하연은 속이 울렁거렸다.

"네? 아니에요, 성빈 오빠. 너무 조, 좋아서 가슴이 너무 떠…… 떨려서 그래요."

삼킨 고기들이 다시 올라오겠다며 아우성을 쳐 댔다.

'하여간 귀엽기는.'

하연의 본심을 귀신같이 눈치챈 성빈. 싱긋. 큰 눈이 살짝 접히더니, 진한 눈웃음을 쳤다.

"우리 하연이 방금 심쿵했나 봐?"

"성빈 씨가 이겼어요. 그러니 빨리 좀 들어요. 정말 제가 다 먹겠어요."

"그래."

승리의 미소를 머금은 채, 식사를 시작하는 성빈. 그런 남자를 하연이 언제 버거워 했냐는 듯 사랑스러운 눈길로 바라봤다. 살이 좀 빠졌는지, 유난히 턱 선이 날렵해 보였다. 하연의 손이 바빠졌다.

"성빈 씨, 여기."

"잘 먹을게."

"이것도 먹어 봐요. 입맛에 맞을 거예요."

"고마워. 하연 씨도 얼른 먹어."

성빈은 여자가 챙겨 주는 대로 열심히 먹는 성의를 보였다. 떨어진 지 그리 오래된 게 아니었음에도, 참 그리웠던 그녀와의 순간이었다.

"하연 씨 얼굴 보니깐 숨통이 좀 트인다."

"저도 그래요."

"힘들어도 조금만 더 참아 줘. 이제 막바지야."

"네…… 성빈 씨, 그런데요."

하연이 잠시 뜸을 들였다.

"뭔데 그래."

"이게 욕심일지는 모르겠는데…… 어머니에게 인정받는 건 좀 힘들겠죠?"

성빈은 기다란 속눈썹이 천천히 들썩였다.

"하연 씨가 말하는 요지는, 음."

"순수하게요."

"글쎄, 솔직하게 말하면 좀 힘들지 않을까."

성빈이 덤덤한 어투로 대답했다.

"아무래도 그렇겠죠. 성하 언니 일만 보더라도……."

"하연 씨 성격 잘 알아."

성빈이 냅킨으로 입을 닦았다.

"이렇게 갈등 일으키면서 자연스럽지 못하게 내 옆자리에 앉는 거, 많이 부담스럽겠지."

"사실…… 맞아요."

"시도는 해 볼게. 당신 불편한 거 나도 싫으니깐."

하지만 성빈과 하연은 각자 대면했었던 김 여사의 완강한 태도가 떠오르자 속으로 긴 한숨이 터져 나왔다. 식사를 마치고 성빈이 명품 한우세트를 사 들고 식당에서 나왔다.

"하연 씨. 고모님 좀 뵈러 집으로 가자."

"그래서 이거 산 거예요?"

"응, 좋아하실 거 같아서. 서울에서 준비해 온 것도 있긴 해."

카마로에 하연을 태운 성빈이 집으로 향했다.

"성빈 씨, 고모는 괜찮으니깐 걱정할 필요 없어요."

"내가 안 괜찮아서 그래."

"미안해요. 성빈 씨 일도 벅찬데…… 저까지 보태서 말이에요……."

기운이 없는 하연의 목소리.

"하연 씨, 당신 내가 선택한 여자야. 쟁취하고자 조건이 따라붙는 건 당연한 거야."

"반대로 전 성빈 씨한테 해 줄 수 있는 게 없잖아요."

"무슨 소리야. 당신이 지금 얼마나 큰 걸 해내고 있는지 몰라?"

집 앞에 도착한 성빈이 시동을 끄며 말했다.

"내 손을 안 놓고, 끝까지 잡아 주고 있잖아."

"그야……."

"하연 씨. 난 당신이 어머니한테 어떤 모욕을 당했는지 짐작도 안 돼. 아니, 생각하고 싶지도 않아."

김 여사가 하연에게 내뱉었을 독설을 생각하면 가슴부터 먹먹해지는 성빈. 그런 남자를 짠하게 보던 하연이 성빈의 시선을 잡아 눈을 마주쳤다.

"성빈 씨가 말한 대로 결국 제가 손 안 놨잖아요. 그럴 생각도 없을 뿐더러."

"고마워."

"저 잘 견뎠고, 앞으로도 그럴 거예요. 그런데 성빈 씨가 제 몫까지 힘들어하는 모습 보는 건 정말 싫어요. 단순히 생각하면 제가 성빈 씨 옆에 있겠다고 고집 피우는 거뿐인데."

성빈의 눈에 포근한 바람이 들이찼다.

"고집이라…… 하연 씨, 표현 참 귀엽네."

"선생님한테 혼이 좀 났다고, 내 하나뿐인 짝꿍을 바꿀 순 없잖아요."

"큭…… 이 여자는, 하여튼 간에 못 말려."

하연의 애교 섞인 말투에 성빈의 표정이 기분 좋게 풀어졌다.

"학교에서 제일 잘 나가는 학생이고, 얼짱인 데다, 게다가 집도 부자래요. 그런 애가 내 짝꿍이 됐는데, 무조건 잡아야죠. 두 번 다시는 안 올 기회일 텐데."

"푸…… 미치겠네."

하연이 노골적인 시선으로 성빈을 옭아맸다.

"성빈 씨는 장가 다 갔다고 보면 돼요. 전 학창 시절에 그런 로맨스가 없어서, 성빈 씨 붙잡고 평생 청춘 드라마 찍을 거거든요."

성빈이 픽 웃었다.

"난 있지, 하연 씨……."

성빈이 하연의 말간 뺨을 살짝 꼬집었다.

"당신이 내 거라며 스스로 말해 주는 게, 얼마나 큰 힘이 되는 줄 알아?"

"그럼요."

"사실 난······ 당신을 만나기 전 겪었던 시련 때문에, 숨만 붙어 있을 뿐 영혼 없는 밀랍 인형과 다를 게 없었어."

성빈의 손바닥에 얼굴을 기댄 하연이 조용히 경청했다.

"내가 살아갈 수 이유를 만들어 줘서 고마워."

"성빈 씨······."

"그에 대한 보답은 확실히 할게."

하연의 입가에 은은한 미소가 번졌다.

"성빈 씨가 받았던 상처와, 과거의 얼룩······ 전부를 걷어 줄수 있도록 노력할게요."

"믿을게."

"숨 막히게 사랑해 줘서 고마워요."

성빈이 하연에게 '쪽' 가벼운 입맞춤을 해 줬다.

"이만 들어가자."

차에서 내리는데, 마침 순국이네서 저녁을 먹고 나오는 고모와 마주쳤다. 성빈이 자세를 바로 하더니, 고모에게 인사를 건넸다.

"고모님, 저 왔습니다. 그동안 안녕하셨어요."

"여, 왔는가?"

"너무 늦게 찾아뵈서 죄송합니다."

"괜찮아. 추운데 얼른 들어와."

곧장 성빈이 준비한 선물을 들고 고모를 따라 집 안으로 들어

갔다. 거실에서도 가장 따뜻한 바닥에 성빈을 앉히는 고모. 하연이 간단히 차를 준비해서 내왔다.

"왜 또 무릎은 꿇고 그래? 오버하지 말고 편하게 앉게나."

"아닙니다, 고모님. 이게 편합니다."

하연이 긴장한 성빈에게 괜찮다는 눈짓을 해 보였다. 고모가 먼저 선수를 쳤다.

"자네. 그런 똥 싸다가 끊긴 찝찝한 표정할 거 없어."

"정말 면목이 없습니다."

"하연이 내려왔을 때도 말했지만, 세상일이 전부 저 마음대로 되는 줄 아나? 돌부리에 넘어지기도 하고, 비도 세차게 맞아 봐야 인생이 재미진거지."

성빈이 고개를 끄덕였다.

"네, 맞는 말씀이십니다."

"힘들기는 해도. 그 또한 헤쳐 나가면서 즐기면 나름대로 재미 아닌가?"

빈말은 죽어도 못하는 남자.

"그런데…… 고모님, 사실 재밌지는 않은 거 같습니다."

고모가 헛기침을 내뱉으며 불편한 심기를 드러냈다.

"흠, 흐음!"

"고모님 다시 생각해 보니 사실 긴장되는 묘미는 있는 거 같습니다."

"그리고 미용실 접은 건 차라리 잘 됐어. 자네가 멋대로 삼 년이나 임대 계약해 버렸을 때, 하연이 절대 김천에 못 오게 하려고 수작 부린다는 걸 내 눈치채고 있었어."

성빈은 뜨끔했다.

"일만 하다가 죽으라는 건가 의심도 좀 품긴 했지만, 그건 내가 너무 갔다는 생각을 했지."

성빈이 단호하게 고개를 저었다.

"그건 오해십니다."

"알고 있어. 아무튼 내가 하고 싶은 말은 두 사람 성인답게 현명히 잘 헤쳐 나가라는 거야. 청승 떨지 말고."

"고모님. 이해해 주셔서 정말 감사합니다."

시니컬한 고모의 응원에 성빈은 깊은 고마움을 느꼈다.

"사랑이 밥 먹여 주는 것도 아니고, 정 안 되면 갈라서는 것도 답이지."

"네?"

놀란 마음에 언성을 높이는 성빈을 새침하게 쏘아보는 고모.

"자네 똥줄 좀 타라고 한 마디만 더 보태자면. 하연이의 컴백과 동시에 눈을 번뜩이며 노리는 동네 사내놈들이 어디 한둘인 줄 아나?"

성빈의 손이 뒷머리로 향했다. 난처할 때면 한 번씩 나오는 뒷머리를 쓸어내리는 그의 습관. 하연이 고모에게 그러지 말라는 눈치를 줬다.

"흠! 내 그럴 때면 우리 하연이한테는 잘난 애인 놈이 버젓이 버티고 있으니, 눈독 들이지 말라고 경고 날리고 있어. 그러니 걱정 붙들어 매."

"감사합니다. 고모님."

성빈의 표정이 그제야 풀렸다.

"특히 옆집에 사는 순…… 대국인가 하는 노…… 분하고, 강동원 씨 특별 관리 좀 부탁드립니다."

"알았어."

"미용실 문제도 최대한 빨리 해결하겠습니다."

"됐고, 난 이제 식당 나가 봐야겠다."

고모가 몸을 일으켰다. 성빈의 고개가 하연에게로 빠르게 돌아갔다.

"식당…… 은 왜?"

고모가 대수롭지 않다는 듯 귀찮은 표정을 해 보였다.

"미용실에서 바쁘게 움직이다가, 집에만 있으니깐 좀이 쑤셔서 운동할 겸 나가는 거야. 관심 꺼."

"고모님 이건 좀 아닌 거 같습니다."

두터운 점퍼를 챙겨 입는 고모에게 성빈이 강한 어조로 말했다.

"고모님께서 이러시면 제 입장이 정말 곤란해집니다. 그런데 하연 씨는 왜 말 안 했어?"

"네? 이런 거 까진……."

성빈이 그러든가 말든가 현관으로 쓱 걸어가 신발에 발을 끼워 넣는 고모.

"고모님, 잠시만요. 이러시면 제 마음이 얼마나 불편하겠습니까?"

"하이고! 자네 오지랖이 거의 태평양 수준이구만!"

고모가 자신의 앞을 가로막은 성빈을 홱 올려다봤다.

"일단 신경 써 주는 마음은 고맙네. 근데 자넨 너무 유난이야. 식당에 나가서 일하는 게 뭐가 어때서?"

"하지만 고모님."

"식당에서 아줌마들하고 노가리도 까고, 잘생긴 아저씨들 오면 눈 호강도 좀 하고, 게다가 돈도 벌고. 얼마나 좋아?"

성빈은 제 성격대로 밀어붙이고 싶었으나 참았다.

"우리네 평범한 사람들은 다 이렇게 살아. 그러니 신경 끄고 하연이랑 좋은 시간이나 보내. 티는 안 내도 마음고생 많이 하는 거 같던데 잘 달래 주고."

"고모님 다시 한 번 정말 죄송합니다."

성빈이 착잡한 얼굴로 고개를 숙였다. 고모가 대문을 나서기 전에, 하연을 불렀다.

"하연아. 고모 방 장롱에 있는 극세사 이불 꺼내서 덮어 줘라. 날이 많이 춥다."

"고모 알겠어요. 그럼 조심히 다녀오세요."

하연의 말이 채 끝나기도 전에, 서둘러 나가 버리는 고모. 대문밖에는 이미 같이 출근하는 순국이네 아줌마가 차를 대기해 놓고 기다리고 있었다.

"성빈 씨 추운데 그만 들어가요."

"내가 선을 넘는 건 아닌지 조심스럽긴 한데. 하연 씨 왜 말을 안 했어?"

"저도 며칠 동안 말려 봤는데, 도통 안 들으세요. 순국이 아주머니께서도 고모가 정말 즐기면서 일하는 거니깐 걱정 말라고 말씀하시더라고요."

하연의 말에도 성빈의 마음은 편치 않았다.

"하연 씨, 혹시 생활비 문제 때문이라면……."

"전혀 문제없어요."

하연이 단단한 얼굴로 성빈을 올려다봤다.

"제가 당신을 믿는 만큼, 반대로 성빈 씨도 절 믿어 줬으면 좋겠어요."

잠시 대답이 없던 성빈이 이내 작게 답했다.

"하연 씨, 알겠어."

"고마워요."

"하여간 센 척은."

진지하던 하연이 인상을 팍 찌푸렸다.

"센 척이라는 단어 쓰지 마요. 가벼워 보이니깐. 이 남자 어디서 이상한 단어만 잔뜩 배워 왔네."

"하연 씨, 춥다. 들어가자."

성빈은 그녀의 말을 못들은 척 팔을 쓸며 집 안으로 향했다.

성빈이 미리 준비해 온 운동복을 챙겨, 씻기 위해 욕실로 들어 갔다. 그러는 사이 하연이 부산하게 움직였다. 이부자리를 펴고, 집안의 온도를 높였다.

"대충 다 됐나? 은근히 피곤하네."

그때 성빈이 젖은 머리를 털며 나왔다.

"성빈 씨, 욕실이 좁아서 불편했죠?"

"아냐."

"피곤할 텐데, 얼른 좀 쉬어요. 저도 씻고 나올게요."

이불 위에 앉은 성빈이 태블릿 PC로 전송받은 이메일들을 확 인했다. 내일 처리해야 할 일들이 적지 않았다. 정구에게 전화를 건 성빈이 간단한 스케줄 조정을 지시했다.

"개운하다. 성빈 씨 통화중이네."

샤워를 마치고 말끔한 얼굴로 나온 하연이 주방으로 들어갔 다. 두유 두 잔을 따뜻하게 데워 성빈에게로 향하는 그녀. 마침 전화를 끊은 성빈이 머그컵을 받았다.

"역시 성빈 씨 많이 바쁜데, 무리해서 내려온 거였구나."

"당신은 신경 안 써도 돼."

하연이 두유를 한 모금 넘겼다.

"이거 뭔데?"

"두유요. 마시고 싶어서 데워 왔어요."

"애도 아니고. 코코아니, 두유니 이런 거 참 좋아해."

"마시기 싫음 내놔요."

하연이 손을 뻗자, 성빈이 뿌리치며 입으로 가져갔다.

"음, 고소하네. 당신 취향대로 따라 먹다 보니, 나도 입맛이 점점 어려지는 거 같아."

성빈이 다 마신 머그컵을 내려놨다.

"벌써 다 먹었어요?"

"응. 빨리 하연 씨 품에 안고 자고 싶어서."

성빈의 느끼한 눈빛에, 하연이 얼굴을 붉혔다.

"어휴, 창피하게……."

"하연 씨. 나 사실 요즘 불면증이어서 잠을 잘 못 잤어. 당신이 옆에 없으니 허전해서."

이불 위에 몸을 뉘인 성빈이 팔을 벌렸다.

"뛰어 들어, 당장."

하연이 몸을 살짝 배실 꼬며, 수줍게 말했다.

"성빈 씨…… 저도 사실 요즘에, 불면…… 아악!"

"이 여자야. 분명 당장이라고 했지."

그새를 못 참고 상체를 벌떡 일으킨 성빈이 '와락' 하연을 제 품에 끌어당겼다. 하연이 자석처럼 성빈에게 찰싹 달라붙었다. 이불 위에 누운 두 사람. 따뜻한 숨결이 온전히 서로에게 닿았다.

"성빈 씨는 능력 있는 남자니깐 부탁 하나만 할게요."

"박하연, 말만 해. 하늘에 있는 별도 나사(NASA)에 주문해서 따다 줄 테니깐."

하연이 배꼽을 잡고 깔깔댔다.

"아하하하! 하여간 재밌는 남자라니깐."

"부탁이 뭔데."

성빈에게 옴짝달싹 안겨 있는 하연의 눈꺼풀이 느슨하게 풀어졌다.

"있죠, 성빈 씨. 제 부탁이 뭐냐면……."

"응."

하연이 진심을 담아 간절히 말했다.

"시간 좀 멈춰 줄래요?"

"……."

"성빈 씨 품에서 영원히 이렇게 갇혀 있는 게, 제 평생소원이에요."

15장
마지막 언덕

라임사 재고 조사로 인해 평소보다 늦게 퇴근한 성하가 자신의 오피스텔 승강기에 올랐다. 소매를 걷어 시계를 확인하니, 아홉 시가 넘어가고 있었다. 띠띠─ 띠. 도어록 문을 연 그녀가 현관으로 들어서는데 집 안이 환했다.

"이제 오는 거니?"

김 여사가 그녀를 반겼다.

"언제 오신 거예요?"

"좀 됐어."

"엄마도 차암. 오기 전에 미리 말을 해 주시래도 그래요."

"너 바쁜데 내가 알아서 맞춰야지."

성하가 벗는 코트를 받아 주며, 김 여사가 나긋한 어조로 대답을 했다.

"저보다 우리 관장님이 훨씬 바쁜 거 잘 알거든요? 또 저녁 같이 먹으려고, 식사 안 하고 기다리신 거예요?"

"너 밖에서 먹고 왔으면 나중에 먹어."

성하가 두말없이 김 여사의 손을 끌고 주방에 들어섰다.

"어머나, 오늘도 식탁 한가득 채웠네. 두 사람 간단히 식사하는 데, 왜 이렇게 많이 준비했어요. 아주머니 만드시느라 힘드셨겠다."

"그런 거까지 네가 신경 쓸 필요 없어. 그런데 너야말로 이 시간까지 정말 저녁 안 먹은 거니?"

사실 진즉 라임사 직원들과 저녁을 먹은 성하가 태연하게 대답했다.

"어쩌다 보니 놓쳤어요. 엄마도 많이 배고프겠다. 우리 얼른 먹어요."

"국 데워 줄게."

김 여사가 레인지 버튼을 눌렀다. 준비해 온 반찬들 중에 성하가 좋아하는 것들을 앞에 놔 주고, 밥솥에서 밥을 푸기 시작했다. 그런데 김 여사의 손길이 다소 어설펐다. 성하가 그 모습을 보며 속으로 웃음을 삼켰다.

"엄마, 무리하지 마요. 저번처럼 또 떨어뜨리면 정말 손 다쳐요. 이리 줘요, 제가 할게요."

김 여사에게 주걱을 뺏은 성하가 밥을 푸고, 데워진 찌개를 식탁에 올렸다.

"잘 먹을게요. 안 그래도 배고팠었는데. 엄마도 빨리 들어요."

"그래. 부족한 거 있으면 말해라."

김 여사와 성하가 식사를 시작했다.

"역시 아주머니 음식 솜씨는 어디 가지를 않네."

"어렸을 적부터 까다로웠던 너희 남매 입맛을 유일하게 맞춘 분인데 오죽하겠니?"

"에이, 그래도 난 성빈이에 비하면 안 가리는 편이다. 안 그래요?"

김 여사는 답 없이 엷은 미소를 띨 뿐이었다.

"엊그제는 할아버지랑 데이트했어요."

"그랬어?"

"네. 오랜만에 오페라도 관람하고, 저녁도 맛있는 거 먹고, 신형 외제차도 선물 받았어요."

"잘했구나."

"할아버지께서 정말 제 생각을 많이 해 주세요."

"널 원체 예뻐하시잖니."

"네, 그래서 고맙고 감사한 마음이 커요."

그건 김 여사도 마찬가지였다. 늘 한결같은 보살핌으로 두 남매를 아껴 주는 삼촌이 고마웠다.

"저 근데, 엄마."

평소보다 풀어진 엄마의 얼굴을 지그시 들여다보는 성하.

"하연 씨를 김천으로 보냈다는 얘기를 들었어요."

"……."

김 여사의 눈빛이 빠르게 식어 갔다. 성하에게서 시선을 거둔 그녀가 묵묵히 식사를 이어 갔다.

"전에도 말했지만 성빈이가 정말 아끼는 여자예요."

"……."

"성빈이가 유선이와 왜 헤어졌는지는 모르겠지만, 다시 연애를 시작하고 하연 씨한테 마음을 준 건 쉽지 않은 일이었을 거예요."

김 여사가 입을 헹군 컵을 탁— 내려났다.

"김성하. 너한테까지 성빈이와 관련된 그 여자 얘기, 듣고 싶지 않아."

"전 그래도 해야 돼요."

이어지는 성하의 말이 빨라졌다.

"사랑했던 여자와의 실패를 겪은 성빈이가 과연 제대로 살아갈 수 있을까요?"

성하가 단호하게 말했다.

"전혀요. 숨만 붙어 있을 뿐, 메마른 인간이 되겠죠."

"상관없어."

"하나밖에 모르는 그 성격에, 두 번은 없을지도 몰라요. 가슴에 여자를 품는 일."

김 여사의 입술이 비릿하게 뒤틀렸다.

"그건 네 착각이야. 그런 별 볼 일 없는 여자에게 빠졌던 게 성빈이 녀석의 취향이라면, 어떤 여자를 만나도 가능성이 없진 않아."

"엄마, 무슨 말을 그렇게 하세요!"

"김성하. 너희가 원한다는 거, 내가 한번이라도 손에 안 쥐여 준 적 있니?"

성하의 입이 다물어졌다. 김 여사가 싸늘한 눈빛으로 말을 덧붙였다.

"단 한 번도 없어."

"……."

"그런데도 내 처사가 너무하다고?"

"하지만 엄마……."

"내가 너희한테 고집부리는 건 딱 한 가지뿐이야. 그런데 그 하나를 들어주는 게, 그렇게 힘든 거니?"

성하는 쉽사리 대답을 못 했다.

아버지와 사별 후, 어렸을 적부터 남동생과 자신을 홀로 키운 엄마를 생각하면 마음이 짠해지는 성하였다. 그동안 참아 왔던 김 여사는 서운한 기색을 감추지 않았다.

"너희들은 지독하게 본인들 생각밖에 안 하는구나."

"실망시켜 드린 거 알아요."

성하의 목소리엔 기운이 없었다.

"박하연 그 아가씨 조만간 해외로 내보낼 거야."

"엄마!"

"성빈이가 두 번 다시 찾을 수 없는 곳으로 보내 버릴 거야. 성하 년 속으로 그러겠지. 정이 떨어지다 못해, 치가 떨릴 정도로 극악무도하다고."

김 여사의 냉랭한 말투에서는 봐 줄 기미가 없어 보였다.

"내 입장에선 그렇게 할 수밖에 없어. 안 되는 건, 절대 안 되는 거야."

성하는 대답이 없었다. 한동안 침묵이 이어졌다. 성하에게서 시선을 외면했던 김 여사의 눈이 다시 정면에 앉아 있는 딸에게로 향했다. 이내 그녀의 동공이 한없이 흔들렸다.

"성하야, 네 심정 이해 못하는 건 아니야."

"엄마, 전…… 하연 씨의 안 된 사정도, 엄마의 서운한 심정도 다 떠나서…… 그냥…… 그냥……."

원래도 하얀 성하의 얼굴이 더욱 창백해졌다.

"우리 성빈이 힘든 거…… 정말 싫어요."

속이 뒤집어지는 김 여사가 길게 한숨을 내쉬는데, 현관 벨소리가 들렸다. 넋을 놓고 있던 성하가 어깨를 축 늘어뜨린 채, 현관문을 열었다. 뜻밖에도 성빈이었다.

"다행히 집에 있었네. 계속 전화했는데 왜 안 받아? 핸드폰은 폼으로 들고 다녀?"

"성빈아…… 아아아……."

성하가 우는 소리를 하며, 성빈의 넓은 가슴팍에 매달렸다. 성빈의 눈썹이 올라갔다.

"이 누나가 왜 이래. 무슨 일 있었어?"

그때 김 여사가 팔짱을 낀 채, 유유히 걸어 나왔다.

"어머니도 계셨네요."

김 여사가 삐딱한 눈길로 성빈의 인사를 받았다.

"그래. 오랜만에 보는구나."

"할아버지 뵙고 오는 길인데, 임원진 소집하셨다는 얘기 들었습니다. 어머니 뜻대로 안되셔서, 유감입니다."

성빈의 입술 끝이 여유롭게 말렸다. 김 여사가 무표정을 유지했다.

"저번에 차라리 네 목을 조르라고 말한 건, 너 아니었니? 원하는 대로 해 주려고 했던 거뿐이야."

똑같은 성격의 두 모자가 서로 차가운 눈빛을 주고받았다. 눈치를 보던 성하가 빠르게 성빈에게 물었다.

"성빈아. 저녁은 먹었어?"

"대충 먹었어."

"뭐 먹었는데?"

"빵이랑 샐러드."

"그거 가지고 식사가 되니? 사람이 밥을 먹어야지. 마침 잘 됐다. 엄마가 경성 아주머니 반찬 잔뜩 싸 왔는데 같이 먹자."

거절할 겨를도 없이 성하에 의해 식탁 앞에 앉은 성빈이 짧게 한숨을 내뱉었다. 그 찰나의 행동을 놓치지 않은 김 여사가 딱딱하게 말했다.

"피곤한 건 나도 마찬가지야. 하나 있는 아들과 식사하는 자리가 불편하다는 게 말이 되니."

"그러세요? 전 불편하지 않은데."

성빈이 예의 있는 태도로 대답했다. 성하가 밥그릇을 성빈의 앞에 내려놨다.

"국 다시 데워 줄게."

"누나, 괜찮아. 하던 식사, 마저 해."

성하에게 들른 목적대로 안부를 챙겨 묻는 성빈.

"요즘에 라임사 많이 바쁘다며?"

"재고 조사 기간이거든."

"복귀한 지 얼마 안 됐는데, 무리하지 마. 몸 챙겨 가면서 일해야지."

성하가 옅게 미소 지었다.

"네가 할 말은 아닌 거 같은데? 요즘 거의 호텔에서 잔다며."

"이래저래 좀 번거로워서."

"근데 왜 이렇게 못 먹어. 배부른데 내가 억지로 먹이는 건가?"

성빈이 고개를 저었다.

"요즘에 밥을 입에 잘 안 댔더니."

"그럼 너 설마, 매 끼 빵 같은 것만 챙겨 먹는 거야?"

"아니야. 잘 먹고 다녀."

김 여사의 눈동자가 성빈의 얼굴을 찬찬히 살폈다. 이목구비가 더 드러난 게, 얼굴 살이 제법 빠진 게 느껴졌다. 하얀 피부는 유독 파리해 보였다. 안 그래도 늘씬한 체형인데, 살이 더 빠진 탓에 말라 보이기까지 하자 김 여사는 속이 상했다.

"김성빈 내 입에서 잔소리 안 나오게끔 관리 좀 잘하랬지."

"하고 있습니다."

"한 게 그 모양이야?"

"여유 좀 생기면, 다시 운동 시작할 겁니다."

김 여사의 잔소리가 계속됐다.

"다른 거보다 제때 식사나 챙겨서 먹어."

성빈의 움직이던 손이 멈췄다.

"전에는 하연 씨가 아침에도 밥이며, 과일 주스 같은 걸 챙겨 줬었는데 혼자 있으니 다 귀찮아서요."

"그게 지금 내 앞에서 할 소리야?"

"전 사실대로 말 한 거뿐입니다. 왜 이렇게 열을 내세요."

김 여사는 신경질이 잔뜩 났다.

"하나 있는 아들이 김성빈 너라는 게, 어떨 땐 속에서 천불이 나. 아니?"

김 여사의 말에도 별 생각이 없는 성빈. 그때 머릿속에 하연이 했던 말이 떠올랐다.

"이게 욕심일지는 모르겠는데…… 어머니에게 인정받는 건 좀 힘들겠죠?"

"흐음."

성빈은 생각했다. 나중에 하연을 위해서라도 어머니와의 관계 회복을 위해 노력하는 편이 낫겠다고 말이다. 성빈이 한 톤 부드러워진 어조로 김 여사에게 말을 붙였다.

"아니면 앞에 계시니, 좀 챙겨 주시던가요."

김 여사의 눈이 가늘어졌다.

"뭘 말이야."

여전히 서릿발이 선 그녀의 목소리.

"어머니 앞에 제가 좋아하는 반찬 다 있잖아요."

"알아서 먹어."

성빈이 숟가락에 밥을 퍼서 내밀었다.

"쌀쌀맞게 그러지 마시고 좀 얹어 주세요."

"……."

성빈을 노려보는 김 여사는 미동이 없었다.

"팔 떨어지겠어요. 저 송이 전복 볶은 거, 맛있어 보이는데."

"못살아."

김 여사가 인상을 쓰며, 송이와 전복을 성빈의 밥 위에 올려 줬다.

우물거리는 성빈의 얼굴에 흡족한 미소가 번졌다. 성하가 흥미로운 눈으로 두 사람을 관찰했다.

"맛이 괜찮네요. 어머니, 저 이번엔 생선살 좀 발라 주세요."

김 여사가 생선을 뒤적거리며 중얼거렸다.

"김성빈. 너 지금 무슨 수작인지는 몰라도……."

"큼지막하게 잘 바르시네요."

성빈의 티 나는 칭찬에, 김 여사가 딱 잘라 말했다.

"나한테는 안 통해."

김 여사의 말이 안 들리는지, 먹는 것에만 집중하는 성빈.

"어머니가 발라 주시니깐 더 맛있네요."

상황을 예의 주시하던 성하가 가볍게 웃었다.

"성빈아, 너 어제 날이라도 샌 거야?"

"며칠 새긴 했어."

"너 귀여웠던 중학생 시절로 돌아간 거 같아."

성빈도 현재 자신의 행동이 어색해 죽을 것만 같았다. 하지만 이미 시작한 거, 뻔뻔하게 밀어붙이기로 마음먹었다.

"중학생? 갑자기 왜?"

"그때까진 엄마, 엄마하면서 잘도 따랐었잖아. 성빈이 너. 그때 참 귀여웠었는데."

"그래?"

성하에게서 시선을 거둔 성빈이 김 여사를 포근한 눈길로 바라봤다. 움찔. 어색하고 닭살이 돋는 아들의 행동에, 김 여사의 얼굴에 썩은 미소가 띠어졌다.

"김성빈. 적당히 해."

한계에 도달한 김 여사가 강하게 거부권을 행사했다. 성빈이 속으로 깊게 심호흡을 했다. '김성빈, 눈 딱 감고 그냥 한 번만

질러. 금방 끝나.' 곧 성빈의 긴 손가락이 월남쌈을 가리켰다.

"엄마, 성빈이 저거 먹고 싶어. 싸 주세요."

* * *

"어디 보자. 이 책의 위치는……."

하연이 청구 기호를 확인하며, 책을 꽂기 시작했다. 한 권, 두 권. 하연은 요즘 서가에서 홀로 책을 정리하는 시간이 부쩍 늘었다.

"이 책 예전에 정말 재밌게 봤었는데."

간혹 손에 잡힌 책을 시간 가는 줄 모르고 읽기도 했다. 그러다 문득 고개를 돌리면, 어두운 도서관 실내 안으로 비추는 햇살에 눈이 부셨다.

"여전히 많이 바쁘겠지……."

그녀의 눈동자 호수에 잔물결을 타고 그려지는 한 사람. 봄의 기운을 머금은 채, 내리쬐는 저 햇살보다도 눈이 부시는 남자가 한없이 그리운 하연이다.

"보고 싶다. 우리 성빈 씨."

하연의 좁은 어깨가 한숨과 함께 들썩였다. 그때 익숙한 음성이 뒤에서 들려왔다.

"하연 씨, 여기 있었네. 한참 찾았어."

"성하 언니?"

하연의 눈이 커졌다. 성하가 부드러운 미소를 띠며, 하연에게 가까이 다가왔다.

"하연 씨, 왜 말을 안 했어. 바보 같이 혼자서 끙끙 앓기나 하고."

"언니……."

성하가 팔을 벌려, 하연을 꼭 안아 주었다. 위로가 필요했던 하연이 주저 없이 성하의 품에 안겨 들었다. 한참 동안 하연의 등을 쓸어내려 주는 성하.

"혼자서 얼마나 마음고생이 심했을 거야."

"아니에요. 저보단 성빈 씨가 혼자 감당하는 게 마음이 아파요."

하연은 남자의 포근함을 성하에게서도 느낄 수 있었다. 괜스레 울컥해 눈물이 찔끔 새어 나왔다. 창피한 하연이 눈 주위를 쓱 문댔다.

"언니 바쁜데 무리해서 내려오신 거 아니에요?"

"나한텐 하연 씨 일이 더 중요하니까."

성하의 차분한 대답에는 망설임이 없었다.

"그보다 하연 씨. 점심은 아직이지?"

"네, 언니. 저희 식사하러 나가요."

하연이 잡고 있던 일을 얼른 마무리하고 성하와 서가에서 나왔다. 도서관 근처 식당에서 간단히 식사를 마친 성하와 하연이 작은 카페로 들어섰다.

"잘 마실게."

하연이 건네주는 커피를 받으며 성하가 싱긋 웃었다.

"그나저나 성빈이는 자주 못 보지? 거리가 있다 보니."

"네, 그래도 며칠 전에 한번 들렀었어요."

안 그래도 성빈의 걱정이 앞서는 하연이 조심히 운을 뗐다.

"언니. 성빈 씨가 저한테 말을 잘 안 해 줘서 그러는데, 상황이 어떻게 돌아가고 있는 건지 알 수 있을까요?"

"상황?"

"네…… 괜히 안 되는 걸 가지고 혼자 버티고 있는 건 아닐까 하는 걱정이 돼서요."

마주 잡은 하연의 손이 초조하게 꼼지락거렸다. 대답이 없는 성하. 곧 침묵을 깨고, 그녀가 조금은 냉연한 표정을 지어 보였다.

"하연 씨가 하는 걱정 그대로가 맞아. 성빈이 지금 많이 힘든 상황이고, 안 되는 일을 억지로 미련하게 붙잡고 있어."

성하가 당황하는 하연을 똑바로 주시했다.

"내가 이렇게 대답한다면, 하연 씨는 어떻게 할 건데?"

"네?"

"성빈이가 힘들어하는 건 싫으니까, 어쩔 수 없이 헤어지기라도 할 생각이야?"

성하의 선명한 눈동자가 빛이 났다. 상대의 속내를 깊게 파고드는 집요함이 담겨 있었다.

"그건…….""

하연은 쉽사리 대답을 하지 못 했다.

"끝낼 수 있겠어? 성빈이랑."

"……죄송해요."

이내 하연이 떨리는 목소리로 대답을 했다.

"언니, 저 성빈 씨 없으면…… 안 될 거 같아요."

두 사람 사이에 잠시 침묵이 흘렀다. 하연을 빤히 바라보던 성하의 표정이 곧 풀어졌다.

"사실 내가 오늘 하연 씨를 찾아온 건 따로 이유가 있어."

"이유…… 요?"

긴장한 하연이 마른침을 삼켰다.

"성빈이랑 하연 씨 서로 많이 좋아하는 거 알아. 물론 내가 관여할 바는 아니지만, 밀어붙이는 성빈이 성격 잘 아니깐 혹시 하는 조바심에 하연 씨한테 확인하고 싶은 게 있어."

성하의 눈빛이 진지했다.

"아직 엄마를 설득해야 하는 문제가 남아 있긴 하지만."

"네."

"할아버지와 난, 하연 씨가 우리 가족으로 들어와 주었으면 해."

머그잔을 감싸고 있는 하연의 손에 힘이 들어갔다.

"하지만 이건 우리만의 욕심일지도 모르잖아."

"언니……."

"현재 상황에서 약자는 분명 하연 씨기 때문에, 확실한 대답을 듣기 위해 왔어."

성하의 눈매가 느슨해졌다.

"하연 씨 마음이 성빈이와 같다고 받아들여도 되는 거야?"

하연은 망설임 없이 '네.' 라며 대답하고 싶었다. 하지만 그러기에는 마음에 걸리는 것들이 너무 많았다. 머릿속을 스치는 많은 얼굴들과 각자의 사정들. 그리고 김 여사의 협박.

하연이 눈을 질끈 감았다. 예전에 정유선의 일을 겪으면서 성빈이 자신에게 했던 말이 떠올랐다.

"당신이 고약한 마음을 먹으면, 작정하고 날 한 방에 무너뜨릴 수 있는 방법이 있어."

그리고 이렇게 말했지.

"사실 내 약점은 딱 하나야. 바로 하연 씨야."

처음으로 보았던 남자의 약한 모습이었다. 그리고 잊히지 않는 그의 입에서 나온 한 마디.

"당신이 내 손을 놓는 순간, 사람 불구로 만드는 거야."

남자의 성격답게 강하지만, 절박하게 쏟아 냈던 진심이 하연을 무섭게 뒤흔들었다. 하연은 콧잔등이 시큰해졌다. 이기적이라고 손가락질 받아도 상관없었다.

"언니, 저요."

성빈이 했던 말은 비단 그에게만 해당되는 게 아니라는 걸 깨달았다. 그녀 또한 이젠 성빈이 없는 삶은 상상조차 할 수가 없었다.

"염치없지만 성빈 씨의 여자가 되고 싶어요."

하연이 용기를 냈다. 성빈에 비해 많이 부족하고, 그래서 저도 모르게 위축되고, 두려움에 뒷걸음질 치는 자신이 당연하다고 생각했던 그녀는 전부 관두기로 마음먹었다.

"성빈 씨 옆에 있을 수 있게 도와주세요."

하연이 제 진심을 담아 간절히 호소했다.

"언니와…… 그리고 할아버지께 부탁드릴게요. 저희 두 사람 좀 지켜 주세요."

하연에게서 과거 자신의 모습이 파노라마처럼 겹쳐 보이는 성하다. 그녀가 하연의 손을 쓰다듬었다. 다정한 미소를 띠며 말했다.

"우리 성빈이 많이 좋아해 줘서 고마워. 정말."

"아니에요, 언니."

허브차를 한 모금 넘긴 성하가 잔을 조용히 내려놨다. 이젠 그녀가 답을 할 차례였다.

"일단 하연 씨의 걱정과는 달리 일은 순조롭게 잘 풀리고 있어. 할아버지께서 힘을 실어 주신 덕분에."

"정말 다행이에요."

하연의 얼굴이 밝아졌다.

"백화점 경영 승계권의 마무리 단계인 주주 총회 회의가 다음 주에 열리는 걸로 알아."

"아, 네."

"최대 지분을 상속받은 성빈이가 부회장에 취임하게 될 거고."

분통을 터트리던 큰 회장의 모습이 떠오른 성하가 소리 내 웃었다.

"하하, 할아버지가 하연 씨 험담을 얼마나 했는지 알아?"

"저를요? 왜, 왜요?"

"아직 성빈이 부회장 자리에 앉힐 시기가 아닌데, 하연 씨 때문에 하는 수 없이 울며 겨자 먹기로 진행하시는 거라면서. 푸흡."

하연이 민망한 얼굴로 따라 웃었다.

"아무튼 내가 하연 씨한테 한 가지 약속을 해 주자면."

"네."

어느새 웃음기를 거둔 성하의 표정이 단단했다.

"반드시 지켜 줄게. 두 사람."

　　　　*　　　*　　　*

　성빈이 건조한 눈길로 빔 프로젝터가 비추는 스크린을 응시하고 있었다.

　"이번에 중국지사에 오픈한 풀빌라 시설에 대한 만족도가 평균 89.2%로 굉장히 높게 평가받고 있습니다. 기존에 추구하던 고급화와 친환경 컨셉을 접목시킴으로써……."

　연달아 진행되는 회의 속에, 앞에 놓인 차 종류가 벌써 세 번이나 바뀌었다. 오늘은 투자 금액 대비 전반적인 매출에 대한 손익분기점과 그 이상의 순이익에 대한 평가가 이루어졌다.

　"인테리어 작업 원가와 인건비, 그 밖의 모든 경비가 오차 없이 작성된 거 맞습니까?"

　성빈이 회계팀에서 올린 재무 보고서 서류를 넘기며 물었다.

　"네, 대표님. 바로 뒷장에 보시면, 품목별로 분석한 리스트도 첨부해 놨습니다."

　회계팀 김 부장의 대답은 빨랐다. 성빈의 눈이 서류를 꼼꼼하게 훑었다. 곧 그가 느릿하게,

　"참고해서 본 뒤, 피드백 드리죠."

　그 이후로도 한참 동안 회의가 이어졌다. 자정이 훌쩍 지난 시간, 회의를 이끄는 진행자에게서 '이걸로 오늘의 회의를 마칩니다.'라는 말이 떨어지자마자 곳곳에서 숨을 돌리는 소리가 들려왔다.

"그럼 다들 수고 많으셨습니다."

회의실에서 나온 성빈이 복도를 걸으며 갑갑한 넥타이를 풀어헤쳤다. 각 부서에서 올린 결재 서류를 잔뜩 품에 든 정구가 뒤에 따라붙었다.

"사장님, 많이 피곤하시죠. 오늘도 호텔에서 묵으실 거예요?"

"아마도."

"다음 주에 런던 출장 잡히신 거 성경이한테 전달 받으셨죠?"

안 그래도 마음에 걸리던 출장인지라 성빈이 걸음을 멈췄다.

"한 이 주만 뒤로 조율할 수 없어? 지금 타이밍이 별로인 거 너도 알잖아."

"안 그래도 제가 상의를 해 봤는데, 그쪽도 사정상 변경하기 어렵다는 답변입니다."

성빈은 신경질이 났다.

"내가 지금 자리를 비우는 게 얼마나 위험한데, 젠장."

"그러게 말입……."

"이렇게 더럽게 꼬일 건 또 뭐야."

정구가 잔뜩 긴장한 채 성빈의 눈치를 살폈다. 요즘 거의 잠을 못 잔 탓에 수면 부족 상태인 성빈은 신경이 예민할 대로 예민해져 있었다. 집무실에 들어선 성빈이 책상 위에 결재 철을 정리해 올려놓는 정구에게 누그러진 톤으로 말했다.

"오늘 수고 많았어. 이만 퇴근해."

"저 사장님?"

모니터를 보던 성빈의 눈이 정구에게로 향했다.

"사실 이번 풀빌라 프로젝트는 기대치보다 훨씬 높은 성과를 거뒀잖아요?"

"그런데."

"외부 전문 경영인들과 언론에서도 좋은 평가를 받고 있고요."

그에게 여유를 부릴 시간 따위는 없었다. 성빈이 빨리 말하라는 눈짓을 해 보였다. 정구가 목을 가다듬었다.

"사장님께서 하연 씨 때문에 마음이 급하신 건 알지만, 본인 건강도 좀 챙기세요. 잠도 충분히 주무시고, 쌓인 스트레스도 푸시고."

"퇴근이나 해."

"이미 능력남인 거 세상에 인정받으셨고, 다음 주면 하연 씨한테도……."

"그만."

성빈이 말을 도려내며 미간을 좁혔다.

"너 하려는 말 따로 있잖아. 요점만 말해."

"그게 사실은……."

정구가 눈을 굴리며, 빠트리고 가는 건 없나 주변을 살폈다. 슬그머니 뒤로 걸어가더니, 문고리를 콱 부여잡았다. 그러더니 울상을 지으며, 속마음을 토로했다.

"이번 프로젝트에 참여했던 팀들이 결과가 좋아서 분위기가

한창 업 되어 있었거든요. 그런데 사장님께서 너무 몰아붙이시
니깐 다들 시무룩해하고 있어요."

성빈의 눈이 일자로 늘어졌다. 순간 움찔했지만, 정구의 하소
연은 계속됐다.

"그래서 제가 대신 총대 메고 말씀드리는 거예요. 사장님 사정
모르는 직원들은 드디어 노총각 히스테리 온 거 아니냐는 반응
들이에요. 아세요?"

결국 성빈의 인상이 험악하게 변모했다.

"노총각 히스……? 하! 내 어이가 없어서, 진짜……."

"서 차장님이 심각하게 묻길래, 그냥 맞다고 해 버렸어요."

"뭐야?!"

성빈의 살기 어린 눈초리에, 정구가 문을 벌컥 열었다.

"그러니깐 제발 잠 좀 주무세요. 너무 까칠하셔서 다들 오해
하니깐."

"저게 정말!"

"제가 사장님 존경하고 극진히 모시는 거 잘 아시잖아요! 그
럼 내일 뵙겠습니다!"

정구가 나간 문을 성빈이 노려봤다. 생각할수록 기가 막혔다.

"뭐? 노총각 히스테리?"

*　　*　　*

[하연아. 한 십 분 정도면 도착할 거 같거든?]

"생각보다 금방 왔네? 알았어."

하연이 전화를 끊었다. 주말 아침부터 부산을 떨며 집을 치운 그녀는 민경과 케이를 맞을 준비에 여념이 없었다. 괜찮다고 말리는 하연에게 민경과 케이가 걱정된다며 우겨 대는 통에 잡은 약속이었다.

"하연이 누나아!"

밖에서 케이가 큰소리로 그녀를 불렀다. 하연이 토끼처럼 깡충 튀어 나가 민경과 케이를 맞았다. 케이가 울상을 지으며 하연을 와락 껴안았다.

"우리 누나 보고 싶었어! 으어헝!"

"나도, 잘 지냈지?"

"내가 문제야? 우리 누나 볼 살이 쏙 빠졌네, 속상해 죽겠어!"

케이에게 안겨 있는 하연이 민경에게 시선을 돌렸다.

"너도 잘 지냈지?"

"내가 뭐 별거 있겠냐. 네 덕분에 곰팡이처럼 푹 쉬고 있는 중이지, 뭐."

민경이 픽 웃었다. 심각해지려는 하연의 얼굴을 본 민경이 냉큼 말을 이었다.

"농담인 거 알지? 언니가 인맥이 좀 좋잖냐. 그래서 요즘 캐드 도면 작업 일거리 좀 받아서 하는 중이야."

"민경아, 정말 미안해."

민경이 장난스럽게 버럭 성을 냈다.

"야, 박하연. 그렇게 농담을 진지하게 받아치면, 내 인성이 뭐가 되냐?"

"쓰레기?"

케이가 얄밉게 이죽거렸다.

"저걸 진짜! 그나저나 둘이 그만 좀 떨어져. 오글거려 죽겠으니깐."

오랜만에 만난 하연과 민경, 케이가 즐겁게 수다를 떨며 식사를 시작했다. 다소 소란스러웠지만 그 분위기 속에서 하연은 많은 위로를 받았다.

그때 식탁에 올려 둔 하연의 핸드폰 벨소리가 울렸다. 대화가 끊기고, 몸을 일으킨 하연이 주방으로 향했다. 발신자를 확인한 하연의 눈동자가 정처 없이 흔들렸다. 곧 정신을 차린 그녀가 통화 버튼을 눌렀다.

"네, 어머니. 그동안 안녕히 계셨……."

[지금 아가씨네 집 앞이야.]

하연의 심장이 두방망이질을 쳐 댔다.

[할 말 있으니 잠깐 나와.]

"네, 알겠습니다."

전화를 끊은 하연의 얼굴이 하얗게 겁에 질렸다. 김 여사의 예상치 못한 방문에, 자신이 어떻게 처신을 해야 할지 생각할 겨를도 없었다.

하연이 표정 관리를 하며, 거실로 나갔다.

"밖에 어머니가 오셨어."

하연의 말에 민경과 케이의 눈이 동그래졌다.

"지금?"

"응, 잠깐 나오라셔."

"괜찮겠어?"

걱정스러움이 담긴 말에 하연이 애써 태연한 미소를 유지했다.

"응, 나 좀 나갔다 올게."

하연이 웃옷을 걸치고 대문을 나섰다. 김 여사의 차가 바로 앞에 대기하고 있었다. 하연이 뒷좌석 문을 조심히 열었다. 바른 자세로 앉아 싸늘한 분위기를 내뿜고 있는 김 여사.

"열었으면 타."

"네."

하연이 김 여사의 옆자리에 엉덩이를 붙였다. 하연이 조신하게 안부를 물었다.

"어머니, 그동안 잘 지내셨죠."

돌아오는 대답은 없었다. 김 여사가 핸드백에서 봉투 하나를 꺼내 하연에게 건넸다. 마지못해 받아 드는 하연의 손이 미세하게 떨렸다.

"어머니, 이게……."

"전에 말했던 비행기 티켓, 직접 전해 주러 왔어."

무너지는 하연을 똑바로 응시하는 김 여사. 그리고 그녀의 입술이 내뱉는 잔인한 한 마디.

"해외로 떠나."

* * *

"관장님. 성경 씨 오셨습니다."

"들여 보네."

하연을 만나기 이틀 전. 김 여사는 성경을 미술관으로 불러들였다. 부름을 받은 성경이 긴장한 채 사무실 안으로 들어와 고개를 숙였다. 김 여사가 소파에 앉으라는 손짓을 했다.

"마실 건 어떤 걸로?"

"전 아무거나……."

"그럼 허브차로 하지."

나가는 비서에게서 시선을 거둔 김 여사가 다시 입을 열었다.

"갑자기 연락해서 놀랐을 거야."

"네, 조금……."

"이 비서는 성빈이한테 곧바로 이실직고할 거 같아서 그쪽을 불렀어."

성경이 소리 나지 않게 침을 꼴깍 삼켰다.

"별건 아니고 성빈이 스케줄 좀 확인하려고 하는데."

"사장님 일정 말씀이세요?"

김 여사는 말없이 고개만 끄덕였다. 압박 어린 시선에 부담을 느낀 성경이 가방에서 태블릿 PC를 꺼냈다. 일정표를 확인한 성경이 고개를 들었다.

"오늘 일정부터 말씀드리면 될까요?"

"이번 주는 됐어. 혹시 다음 주에 출장 잡혀 있는 거 있나?"

"네, 화요일 오전에 런던으로 출국 예정이세요."

김 여사가 잠시 턱을 괴었다.

"화요일이라……."

"그런데 저…… 사장님 일정은 왜 여쭤 보시는지……."

성경이 조심스럽게 물었다. 김 여사의 대답은 간결했다.

"그거까지 그쪽이 알 필요는 없어."

"아…… 네."

"이런 시답잖은 스케줄을 확인한다고, 내가 그쪽을 부른 이유는 말 안 해도 알겠지?"

감을 못 잡고 있는 성경에게, 김 여사가 설명을 보탰다.

"오늘 내가 성빈이 일정 체크한 것에 대해, 어디에도 발설하지 말라는 거야."

"아……."

"특히 성빈이나 이 비서한테 말이야."

김 여사의 까만 눈동자가 성경을 똑바로 주시했다.

"대충 알아들었으리라 믿어."

"아, 네…… 네!"

대화를 끝내고 미술관을 빠져나오는 성경의 마음 한구석이 꺼림칙했다. 김 여사가 자신에게 했던 마지막 말이 유독 마음에 걸렸다.

"아들이 어질러 놓은 건, 제때 치워 주는 게 어미의 몫이 겠지."

*　　*　　*

"해외로 떠나."

김 여사의 입 밖으로 나온 한마디가 하연을 깊숙이 찔렀다. 봉투를 쥔 하연의 떨리는 손을 내려다보던 김 여사가 덤덤하게 말을 이었다.

"화요일 저녁 비행기야. 그리고 한 가지 조건을 붙이자면."

"……."

"아가씨 전 애인 김달수랑 같이 떠나."

김 여사의 도를 넘는 처사에 하연은 울컥했다.

"어머니 그건 정말! 아니……잖아요."

"알아."

감정 없이 밀어내는 김 여사의 대답.

"내가 품위를 좀 지킨다고 한들, 이 진흙탕 싸움이 깨끗해지진 않지. 그럴 바에야 확실한 편이 나을 테고……."

하연의 눈시울이 점차 붉어졌다.

"성빈이 녀석이 아가씨를 최대한 빨리 단념할 수 있게 하는 방법은 그거뿐이야."

"그건 어머니 착각이세요."

하연의 목소리가 단호했다. 반대로 봉투를 쥔 그녀의 손은 격한 감정을 드러내듯 심하게 흔들렸다.

"어머니께서 오해를 살 만한 그 어떤 연출을 하셔도 흔들릴 사람 아니에요."

"과연 그럴까?"

"성빈 씨는 제가 자기밖에 모른다는 걸, 누구보다 잘 알고 있어요."

김 여사의 눈매가 가늘어졌다.

"그게…… 사실이기도 하고요."

"……"

"어머니 제 솔직한 심정은요. 성빈 씨 절대 포기 못 한다고, 해외에도 안 나가겠다고, 전부 마음대로 하시라고 말씀드리고 싶어요."

코너에 몰린 하연은 절박했다.

"그런데 제가 왜…… 못 그러는 줄 아세요?"

하연의 눈이 뜨거워졌다. 이내 굵은 눈물방울이 그녀의 볼을 타고 흘러내렸다.

"저한테는 고모가 있어요. 제가 사라지면 성빈 씨만큼이나 저를 찾아 헤맬 단 하나뿐인 제 가족이요."

"해외에 나가는 이유야 적당히 갖다 붙이면 되잖아."

"네, 맞아요. 다만 가족이 많지 않은 저로서는…… 반대로 성빈 씨한테 어머니가 얼마나 큰 의미인지 잘 알고 있어요."

하연의 울음이 밴 목소리에 한층 호소력이 짙어졌다.

"전…… 제가 사랑하는 남자의 어머니에게 거역하고 싶지 않아요. 상처 드리고 싶지도 않고……."

"……."

"아들을 많이 아끼시는 만큼, 지켜 내기 위해 외로운 싸움 중이신 거 잘 아는데……."

약간은 쉰 목소리로 하연이 힘없이 말했다.

"어떻게 제 대답이 쉬울 수가 있겠어요…… 어떻게……."

하연의 말을 곱씹던 김 여사의 얼굴에 허탈한 기색이 번졌다.

"고양이가 쥐 생각해 주는 격이로구나."

"어머니……."

"왜 주변에서 아가씨 편을 못 들어 줘서 안달인지 이해가 안 됐었는데 말이야. 이제는 조금 알 것도 같아."

하연을 향한 김 여사의 눈빛에는 불신 그 이상의 복잡함이 서려 있었다.

"내가 아가씨를 과소평가했어."

김 여사의 입술이 뒤틀렸다. 가슴에 밀려드는 이상한 감정에 하연을 더욱 세차게 밀어냈다.

"순진한 줄로만 알았는데, 사람 홀리는 여우 같은 면까지 있었어."

"……."

"허술한 우리 집안 인간들은 그 뻔한 수작에 쉽게 넘어간 걸 테고."

"……."

"나한테도 통할 거라고 착각했겠지. 그런데 틀렸어."

김 여사의 빨간 입술이 열리더니 독설을 내뱉었다.

"자기 앞가림도 못하면서, 남 위해 주는 척 오지랖 부려 대는 아가씨 같은 타입 딱 질색이야. 주제넘고 건방져."

떨쳐 낼 수만 있다면, 더한 말로도 상처를 줄 수 있는 김 여사였다.

그런데 막상 내뱉고 나니 왜 저의 가슴이 쓰라린지 모르겠다. 잠시간 침묵이 흘렀다. 간혹 들려오는 하연의 가냘픈 신음이 김 여사의 귀에 거슬렸다.

"제가 어머니께 드린 말은……."

하연이 눈길이 애처롭게 김 여사에게 닿았다.

"진심이에요."

"……."

"제 마음이 닿지 않는다면 어쩔 수 없지만 전…… 그래도 어머님을 미워할 수가 없어요……."

하연의 서러움이 목소리에서 슬프게 묻어났다.

"그리고 저 또한…… 어머니에게 미움 받고 싶지 않아요."

"그만."

"성빈 씨한테 반했던 그 순간부터, 어머니에게 사랑 받는 저를 꿈꿔 왔어요."

듣고 있기 힘든 김 여사가 차창으로 고개를 돌려 하연을 외면해 버렸다.

"성빈 씨에 비해 제가 많이 부족한 거 알아요."

"……."

"어머님이 보실 때 양심 없어 보이는 것도 당연하고요."

지금 이 순간이 마지막 기회라는 걸 하연은 알고 있었다.

"제가 아무리 애를 써도, 모자란 부분이 많아 맘에 안 차시겠지만……."

"……!"

큰 용기 낸 하연이 김 여사의 손을 붙잡았다.

"저 평생 노력할게요. 성빈 씨한테 누가 되지 않도록 조심하고, 또 어머니 실망 안 하시게 좋은 모습 보여 드릴게요."

"넌 정말……."

김 여사가 자신의 손등에 겹쳐진 하연의 손을 떨치며 냉랭하게 쏴붙였다.

"자존심이란 것도 없니?"

내면 깊은 곳에서 올라오는 위험한 감정에 적신호를 느낀 김 여사.

"내가 이렇게까지 널 밟는데…… 막말을 해 대고, 수준 이하의 행동으로 상처를 주는데도 도대체 너란 애는 왜 이렇게 밖에 나오지 못하는 건데! 도대체 왜!"

차분한 성격의 김 여사가 이성을 잃더니 언성을 있는 대로 높였다.

"나 같으면 치가 떨리고 질려서라도 관두겠어. 사랑? 하! 그래, 뭐 대단한 감정이라고 쳐. 그런데 이런 모욕을 당하면서까지 견디는 너도 참 독하고 대단하구나."

김 여사가 흥분에 찬 거친 숨을 몰아 내쉬었다.

"정말 죄송해요……."

하연이 고개를 푹 숙였다.

"제가 할 수 있는 방법이 별로 없어서…… 진심을 전하는 거밖엔…… 부담 드렸다면 정말 죄송해요……."

김 여사는 하연의 진정성 어린 말을 듣는 게 거북했고, 한편으로는 위험하다는 판단이 들었다. 더 이상 듣는 건 곤란했다. 무언가 흔들리는 게 느껴졌다.

"어머니 저는요."

하연이 방금 전에 자신을 내친 김 여사의 손으로 다시 다가갔다.

"다가오지 마. 사람이 말을 하면 좀 들어."

"네……."

김 여사의 까칠한 반응에 잔뜩 위축된 하연이 작게 대답했다.

"성빈이 곁에 어떻게든 있겠다고 고집 피운다면 더 이상은 안 말려. 단 그만한 대가를 치를 준비는 해야 할 거야."

하연에게 온 목적대로 김 여사는 강하게 밀어붙였다.

"아가씨 주변 모든 사람들을 무너뜨릴 거야. 하나뿐인 고모는 물론이거니와 처음엔 괜찮다고 했던 친구들이 등을 돌리며 성화를 부려 대겠지. 어떻게든 자기들 인생 돌려놓으라고 말이야."

김 여사의 말을 듣는 하연의 얼굴이 사색이 됐다.

"성빈이가 지켜 줄 거라고 기대한다면 큰 착각이야."

"……어머니."

"그 녀석 성격이 어디에서 나왔을 거 같아?"

착 가라앉은 김 여사의 고압적인 눈빛이 어두운 기운을 내뿜었다.

"바로 나야."

서둘러 입을 떼려는 하연의 말을 그녀가 가로막았다.

"할 말 끝났으니 이만 내려."

"제 얘기도 좀 들어 주세……."

"내리래도?"

말문이 막힌 하연의 허벅지 위로 쉼 없이 눈물방울이 떨어졌다. 작은 신음조차 내지 않았다. 김 여사는 하연을 철저하게 외면하고 있었다. 하지만 그 와중에도 뚝뚝 무겁게 떨어지는 눈물방울 소리와 간신히 집어 삼키는 숨소리로 하연이 얼마나 목메어 울고 있는지 알 수 있었다. 그래도 보지 않고, 듣지 않고, 관심을 거뒀다.

"어머…… 니, 으…… 그럼 조심히 가세요."

하연이 차에서 내리자, 김 여사의 꼿꼿하던 자세가 단숨에 무너졌다. 시트에 팔을 짚으며, 열이 오른 이마에 손을 갖다 댔다. 운전석에 탄 기사가 뒤를 돌았다.

"사모님. 괜찮으세요?"

"출발해요."

"네. 알겠습니다."

곧 차가 출발을 했다. 룸미러로 대문 앞의 하연이 보였다. 순간 김 여사는 숨이 막혀 왔다. 연인을 잃은 직후 병실에서 보았던 성하의 얼굴이 겹쳐졌기 때문이다.

"하아, 하……."

김 여사가 가쁘게 뛰는 심장 부근을 움켜쥐었다. 악몽 같은 지난날의 고통이 떠올랐다. 그녀는 하연에게 비수를 꽂으면서도, 반대로 자신을 찌르는 듯한 착각이 들었다. 현기증이 밀려들었다. 불현듯 하연이 쏟아 냈던 말들 중에, 한마디가 떠올랐다.

"성빈 씨한테 반했던 그 순간부터, 어머니에게 사랑 받는
저를 꿈꿔 왔어요."

낯선 감정이 가슴 언저리에 파도처럼 밀려들었다. 이유는 알 수 없으나 눈 주위가 따끔거렸다. 그러던 찰나, 성빈에게서 도착

한 한 통의 메시지.

「어머니, 식사는 하셨어요?」

김 여사는 요즘 저답지 않게 따뜻한 관심을 표현하는 아들의 행동이 영 마음에 안 들었다. 어떤 의도인지 눈에 빤히 다 보이는 수작이었기에. 김 여사가 종료 버튼을 눌러 버렸다.

창밖을 내다보는 그녀가 상념에 빠졌다. 이해가 안 되지만, 또 그럴 리는 없겠지만 왠지 모르게 자꾸 고민이 되었다. 그때 띠링. 또다시 성빈에게서 메시지가 날아왔다.

「확인하신 거 다 알아요. 왜 답장이 없으세요? 사람 걱정되게.」

김 여사가 미간을 좁히며, 짜증스럽게 자판을 꾹꾹 눌렀다.

「관심 꺼. 너 할 거나 해.」

정확히 오 분 뒤, 성빈에게 온 답장을 확인한 김 여사의 얼굴에 어이없는 미소가 번졌다.

「어머니가 유일하게 하실 줄 아는 계란프라이가 갑자기 먹고 싶네요.」

한편 멀어져 가는 김 여사의 차를 바라보던 하연이 깊은 한숨을 내보냈다. 손에 달랑 쥐어져 있는 비행기 티켓. 참아 보려 아무리 애써 봐도 계속 쏟아지는 눈물 덕에 자꾸만 시야가 흐려졌다.

김 여사가 한심한 말투로 무심코 던졌던 '넌 정말…… 자존심이란 것도 없니?' 그 순간에는 차마 대답할 수 없었던 하연이 울먹이며 혼잣말을 더듬거렸다.

"자존심 그런 게 다 무슨 소용인데…… 흑, 날 그렇게나 아껴 주는 그 사람한테…… 내 모든 걸 걸고 뛰어드는 건…… 절대…… 으흑…… 박하연 창피한 일이 아니야…… 그깟 수모 좀 당하는 게 어때서……."

감정을 추스르기까지 하연은 몇 번이나 자신을 내려놓았다. 곧 그녀는 시간이 얼마 없다는 걸 깨달았다. 마음이 급해졌다.

"도와줄 수 있는 사람은……."

주머니에서 핸드폰을 꺼낸 하연. 그녀의 얇은 손가락이 한참 동안 통화 버튼을 누를까 말까 망설이고 있었다. 결심이 선 하연이 어디론가 전화를 걸었다.

[안 그래도 하연이 너한테 연락해 보려던 참이었는데 마침 잘했구나.]

"할아버지. 그동안 안녕하셨어요?"

[목소리 들어 보니 내 안부나 물을 때가 아닌 거 같구먼.]

하연이 니트 소매 끝에 삐져나온 엄지손가락을 지그시 깨물었다.

"저 그게…… 할아버지……."

[말 안 해도 대충 알아. 성빈이 어멈이 찾아갔다며. 뭐라고 하든?]

김 여사가 손에 쥐여 준 봉투를 내려다보는 하연.

"해외로 떠나라고 하셨어요. 다음 주 화요일 저녁예요."

[흐음, 그랬단 말이지.]

하연의 목소리가 처연하게 가라앉았다.

"할아버지. 염치없는 거 알지만 저 좀…… 도와주시면 안 될까요?"

[안 그래도 네가 방금 한 말을 기다리고 있었다.]

큰 회장의 나직한 음성이 굵어졌다.

[김 여사 서울 돌아오는 대로 서둘러 만나 보마. 그러니 너무 걱정하지 마.]

"죄송해요. 저도 최선을 다했는데……."

자신이 한없이 초라하게 느껴지는 하연이다.

"어머니께 진심을 전하면…… 그러면……."

[분명 통할 거다.]

자신 없이 흐리는 하연의 말끝을 갈무리해 주는 큰 회장. 이어지는 가벼운 농담.

[만약 통할까, 말까 하면 내가 매운 소스 좀 쳐 줄 테니깐 너무 걱정 말고.]

"할아버지……."

하연은 백화점에서 자신에게 약속한 그날부터 늘 한결같은 따스함으로 보듬어 주는 큰 회장에게 벅찬 감사함을 느꼈다. 고맙다는 말을 전하는 것조차 죄송스러울 만큼 과분한 사랑.

"성빈 씨만큼이나 사랑해요. 할아버지."

이끌리듯 제 고마운 마음을 표현하는 하연. 불쑥 내뱉은 말이었지만 그녀는 진심이었다.

[어허허. 이거 감동이구나.]

"막상 말씀드리고 나니 너무 쑥스럽네요."

큰 회장이 박장대소를 터트렸다.

하연을 편하게 해 주려는 큰 회장의 밝은 태도에 엉망이었던 그녀의 마음이 풀렸다.

[내 살면서 이렇게 멋대가리 없는 사랑 고백은 처음이구나.]

"아, 창피해. 잊어 주세요."

하연의 얼굴이 홍당무처럼 빨개졌다. 인자한 미소가 절로 그려지는 큰 회장은 다시 한 번 마음을 먹었다. 이 티 없이 맑고, 마음이 예쁜 아이를 성빈의 짝으로 맺어 주기로.

[그리고 하연아. 일단 성빈이한테는 비밀로 하거라. 내가 나서기도 전에 급한 성격 때문에 일 망칠 놈이니.]

"네, 할아버지."

큰 회장의 말의 요점을 알아들은 하연이 차분하게 대답했다.

[그럼 조만간 보자꾸나.]

"네. 저 때문에 괜히 신경 쓸 일 얹혀 드려서 죄송해요."

큰 회장의 눈에 포근한 바람이 들이찼다.

[내 전에도 말했지만 하연이 넌 우리 집안에 귀한 단비가 될 존재야. 그러니 이런 액땜쯤이야 별거 아니지.]

"할아버지……."

[너 또한 한 집안의 귀한 자식인데, 이런 일을 겪게 한 보상은

내 섭섭하지 않게 할 거야. 그러니 처져 있댈 어깨 펴거라. 그럼 먼저 끊으마.]

하연은 여전히 눈물이 고인 채, 끊긴 핸드폰을 내려다봤다.

"정말 고마우신 분이야."

띠리링. 그때 다시 울려 퍼지는 벨소리. 성빈이었다. 하연이 눈물을 추스를 겨를도 없이 반가운 마음에 통화 버튼부터 눌렀다.

"성빈 씨!"

[……당신 목소리가 왜 그래?]

"네? 뭐가, 아니 왜요?"

하연이 급하게 목소리를 가다듬었다. 하지만 성빈의 촉은 예리했다.

[하연 씨 울고 있었지?]

"네? 그게…….."

[어머니 다녀가셨다는 보고 들었어. 둘러댈 생각하지 마.]

성빈의 음성에 찬바람이 휘몰아쳤다.

"다녀가시긴 했는데…… 별말씀은 없으셨어요."

[그걸 지금 나보고 믿으라고?]

하연의 말 같지도 않은 변명에 성빈이 언성을 높였다.

"성빈 씨, 진정해요. 방금 할아버지랑 통화도 했어요. 해결해 주신다는 답변도 들었고."

전화기 너머로 성빈의 가시가 잔뜩 돋친 예민한 감정이 그대로 전해졌다.

"미안해요. 성빈 씨 숨기는 거 극도로 싫어하는 거 잘 아는데……."

[괜찮아.]

성빈이 마음을 겨우 진정시켰다. 하지만 하연은 섣불리 말을 잇지 못했다.

[하연 씨, 정말 괜찮아.]

"저도 얼마나 성빈 씨 곁에 있고 싶은지 어머니께 잘 말씀드렸어요. 그러니깐……."

하연의 흐려지는 말에, 성빈이 아픈 마음을 숨기며 칭찬을 보냈다.

[잘했네, 우리 하연이.]

"성빈 씨……."

[내 어머니지만 어떤 분인지 잘 아는데, 많이 애썼어. 당신.]

성빈의 다정한 말투에, 하연이 픽 웃었다. 앞선 큰 회장과의 통화로 마음이 많이 진정된 상태였다.

"화냈다가, 잘했다고 칭찬했다가. 정말 종잡을 수가 없는 남자라니깐."

[그게 내 매력이잖아.]

하연이 가볍게 소리 내 웃었다. 성빈은 런던 출장 전, 하연을 보고 갈 예정이었다.

[내일 당신 보러 갈게.]

"정말요? 진짜 너무너무너무 좋다."

신이 난 하연이 바로 받아쳤다.

[방금 보인 하연 씨 반응, 정말 가식적이었던 거 알지?]

"왜요. 정말 좋아서 그런 건데…… 치…….'"

이튿날 출장 간다는 얘길 꺼내야 하는데, 쉽게 입이 떨어지질 않았다. 기대에 찬 하연의 음성이 성빈을 흔들었다. 곤란한 맘에 괜히 신난 하연을 타박했다.

"대충 언제쯤 와요?"

[오후에.]

"저번처럼 하룻밤 자고 갈 거죠?"

성빈의 입술이 무겁게 떨어졌다.

[아니. 얼굴만 보고, 가야 할 거 같아.]

"아…… 하긴, 우리 성빈 씨가 워낙 바쁘니깐. 괜찮아요."

의자 등받이에 목덜미를 기댄 성빈이 눈을 나직이 감았다.

[하연 씨, 미안.]

"괜찮대도 그래요. 전 성빈 오빠 얼굴만 봐도 만족해요."

하연의 다정한 오빠란 단어에도 성빈의 찌푸려진 인상은 펴질 줄 몰랐다.

[난 만족 못 해. 당신이 상상 속의 애인도 아니고, 옆에 두지도 못해, 만지지도 못해. 무엇 하나 당신을 느낄 수 있는 방법이 없잖아.]

하연은 남자의 말을 들으며 자신의 손에 끼워진 반지를 응시했다. 성빈이 뜨거운 숨결을 담아 제 마음을 전했다.

[요즘, 밤마다 잠을 설쳐. 내 품에 안겨 따뜻하게 온기를 나눠 주던 당신이 사라져서 말이야.]

"성빈 씨······."

[이 모든 게 끝난 후엔, 당신을 얻은 대가로 달콤한 휴식을 충분히 즐길 거야. 무슨 의미인지 알고 있지?]

하연의 얼굴이 수줍게 피었다.

"성빈 씨가 바라는 상····· 줄게요."

[기대할게.]

기분이 풀어지면서 장난기가 발동한 성빈이 말을 덧붙였다.

[하연 씨한테 받을 상 기대하면서, 운동 좀 다시 시작해야겠다.]

＊　　＊　　＊

김 여사가 미술관에 들어서는데, 큐레이터가 따라붙었다.

"관장님. 이번 주말부터 전시될 작품 리스트입니다."

"빠진 품목 없이 정리는 끝낸 거지?"

연달아 기획된 유명 작가 전시회 때문에 요즘 미술관 내부는 정신이 없었다. 큐레이터의 대답은 신속했다.

"네. 관장님께서 따로 신경 쓰실 일은 없으십니다."

"수고 많았어."

"그리고 사무실에 회장님 와 계십니다."

김 여사의 눈썹이 휘어 올라갔다.

"언제부터?"

"한 이십 분쯤 되셨어요. 관장님 곧 도착하실 거 알고 계시던
데요."

사무실 문을 열자, 차를 마시고 있는 큰 회장의 모습이 눈에
들어왔다. 김 여사가 장갑을 벗으며 책상 쪽으로 걸어갔다.

"저희 다음 주에 보기로 한 거 아니었어요?"

김 여사의 물음에, 큰 회장이 태연한 얼굴로 맞받아쳤다.

"네가 빨리 보자고 성화를 부리길래, 내 친히 와 준 거다."

"벌써 전해 들으셨나 봐요."

"제아무리 날고뛰어도 내 손바닥 안이라는 걸 잊지 말거라."

김 여사가 큰 회장을 보고 마주 앉았다. 비서가 들어와 차 종
류를 묻자 괜찮다며 나가라는 눈짓을 했다. 먼저 입을 연 건 큰
회장이었다.

"하연이한테 결국엔 티켓 들려 줬다며? 해외로 떠나라고."

"네, 그랬어요."

기다렸다는 듯 김 빠르게 대답하는 김 여사.

"결국엔 또 성하 때와 같은 방법을 택하는구나."

"제 입장에선 어쩔 수 없어요."

김 여사의 대답에는 조금의 망설임도 없었다. 큰 회장이 그런
그녀를 한참 동안 말없이 응시했다. 곧 중압감을 못 견딘 김 여

사가 날카롭게 반응했다.

"삼촌이 말 안 해도, 저 지독한 인간인 거 누구보다 잘 알고 있어요."

"누가 뭐래냐?"

큰 회장이 심드렁하게 대꾸했다.

"꼬락서니를 보아하니 돌아가는 방법은 글러먹은 거 같고……
단도직입적으로 말하마."

입을 꾹 다문 김 여사가 큰 회장의 다음 말을 기다렸다.

"내 반대로 너에게 힘을 실어 주기로 마음을 고쳐먹었어."

"그게 무슨 말씀이세요?"

"네가 의도했던 대로 이번 성빈이 부회장 취임식 무산시킬 예
정이다."

김 여사의 곧게 선 눈꺼풀이 연속으로 깜빡였다.

"네가 포섭하려다 실패했던 주주들은 물론 내 측근들에게도
언질을 해 두마."

"뭘요?"

"성빈이 부회장 임명에 반대표를 던지라고 말이다."

태연하던 큰 회장의 눈빛에 검푸른 날이 섰다. 김 여사는 예상
치 못한 큰 회장의 말이 당혹스러웠다.

"단 너는 그냥 잠시 성빈이를 옥죌 생각이었겠지만, 나한테 두
번은 없어. 한번 물 건너간 후계자 자리는 전문 경영인에게 맡길
거고, 이후에 내 뒤를 이을 인물은 우리 집안사람이 아닌 주주들

의 추천 표결에 의해 뽑힌 사람으로 세울 거야."

긴 설명을 마친 큰 회장이 여유롭게 찻잔을 들어 입으로 가져
갔다.

"이건 말이 안 돼요. 이미 성빈이한테 약속하신 자리잖아요."

"생각이 바뀌었어."

차분함을 유지하려고 애쓰는 김 여사를 보고는 큰 회장이 차
를 한 모금 넘기며 싱긋 웃었다.

"이번 취임식 무산되는 즉시, 언론에 공표할 거야. 변호사 통
해서 서면 작성도 이루어질 거고. 너도 알다시피 내가 번복하는
걸 무진장 싫어하잖냐."

"삼촌."

"나도 나이가 있으니 노망이라도 들어서 방금 한 말을 엎어 버
릴 수 있지 않겠느냐? 실수를 면하려면 확실한 매듭을 지어 놔
야겠지."

김 여사가 아랫입술을 잘근 깨물었다.

"저 지금 협박하시는 거예요?"

"아니라곤 말 못 하겠구나. 네가 눈치 하나는 빠른 편이지."

큰 회장이 다리를 꼬며 느긋하게 대답했다.

"삼촌! 전 이해가 안 돼요."

"알아. 어차피 네 자식이고, 내가 이렇게까지 나오는 게 과한
오지랖이라는 거."

김 여사의 눈빛이 차게 식었다.

"그 여자 하나 때문에 계열사를 걸고 절 협박하신다는 게 말이 돼요? 이게 지금?"

"이 정도가 아니면 네가 굽히지 않을 테니깐."

큰 회장의 대답은 간단했다.

"도대체 그 여자가 뭔데요? 이렇게 감싸줄 만큼 당최 뭐가 그렇게 대단하다고…… 하!"

김 여사는 기가 찼다.

"대단한 거 없어. 네가 맘에 안 들어 하는 것도 당연한 거고."

"그런데 도대체 왜 그렇게 편을 들어주시는 건데요!"

걷잡을 수 없는 흥분에 휩싸인 김 여사를 큰 회장이 차분히 바라봤다.

"그래. 말마따나 세상에 반이 여자야. 하연이처럼 성격도 좋고, 네가 바라는 집안까지 괜찮은 여자? 물론 찾아보면 많겠지. 그래서 네 욕심 이해 못 하는 것도 아니야."

둥글게 말린 김 여사의 손이 부들거렸다. 큰 회장이 짧은 헛숨을 내뱉었다.

"그런데 무엇보다 성빈이 녀석이 좋다고 하잖니."

"아무리 그래도……!"

"요즘 지 여자 지켜 내겠다고. 발등에 불 떨어져서 일은 일대로 많지, 임원직 관리에, 내 비위까지 맞춘다고 그놈이 얼마나 혼자 고군분투하는 줄 아느냐?"

큰 회장의 얼굴에 안쓰러운 기색이 번졌다.

"우리 집안을 이을 딱 한 명뿐인 놈이야."

"……."

"혼자 계열사를 짊어져야 하는 그 녀석의 어깨가 얼마나 무겁 겠어. 또 앞으로 해내야 할 일을 생각한다면, 분명 부담스러움을 넘어서 두렵기까지 할 거야."

여전히 불편한 표정의 김 여사를 큰 회장이 달랬다.

"그런 그 녀석을 지탱해 줄 무언가가 반드시 필요하지 않겠 니."

"……."

"그 버팀목이 하연이라면, 우린 기꺼이 내주어야 해. 불쌍한 녀석을 위해."

싸한 공기가 무겁게 사무실에 내려앉았다. 김 여사가 침묵을 깨고 입을 열었다.

"그래도 제가 반대한다면요?"

"흠."

큰 회장이 어깨를 으쓱했다.

"아까 말했던 그대로 진행할 참이다. 타협은 없어."

"정말 너무하시네요."

"화요일에 잡힌 출장 성빈이 대신 내가 갈 예정이야. 비서한테 는 말해 놨지만, 성빈이 녀석한테는 비밀로 하라고 했어."

김 여사는 부아가 치밀었다.

"결국엔 네 자식이야. 결정은 알아서 해."

"……."

"끝까지 안 내킨다면 하연이 해외로 보내. 안 말릴 테니."

"협박은 있는 대로 다 하셨으면서!"

김 여사의 격한 반응에 큰 회장이 얄밉게 고개를 기울였다.

"혹여 성하한테라도 계열사 맡기려나 간 보고 있다면 진작 포기해."

"정말 이러시기예요?"

"이 정도면 하연이 값어치가 나쁘지 않은 거 같은데 적당히 비싸게 굴어."

큰 회장의 눈에는 심통이 잔뜩 난 김 여사의 표정이 그저 귀여워 보였다.

"너랑 더 이상 노닥거릴 시간 없어. 심심할 때 이거나 한번 읽어 보거라."

큰 회장이 정장 주머니 안쪽에서 종이 한 장을 꺼내 탁자에 내려놓았다. 굳어 있는 김 여사의 어깨를 살짝 어루만져 준 큰 회장이 사무실을 나갔다. 그렇게 오 분의 시간이 지났다.

"이건 또 뭐야."

길게 한숨을 내쉬는 김 여사. 큰 회장이 두고 간 종이를 신경질적으로 집어 들었다. 고이 잘 접힌 종이를 펼쳐든 김 여사의 눈이 가늘어졌다.

"손이 귀한 집안에 단비…… 같은 소리 하고 있네, 하!"

*　　*　　*

　"계약할 때 필요한 서류 빼놓지 않고 꼼꼼히 체크했어?"

　"전부 챙겼습니다."

　자신 있는 말투로 정구가 대답을 했다. 성빈이 정장 재킷을 걸치며 말을 덧붙였다.

　"지금 김천에 잠깐 갔다가, 내일 아침 바로 공항으로 갈 거야."

　"하연 씨 얼굴 보고 오시게요?"

　성빈이 말없이 고개를 끄덕였다. 정구가 나가려는 사장의 손에 더치커피를 건넸다.

　"밤길에 운전 조심하세요. 내일 뵙겠습니다."

　"너도 고생 많았어."

　성빈의 얼굴에 가식이 깃든 다정한 미소가 떠어졌다. 일전에 정구에게 '노총각 히스테리'에 대한 소문을 들은 직후부터 그는 이미지 관리에 힘쓰기 시작했다.

　"내일 새벽에 나오려면 피곤할 텐데, 집 가서 눈 좀 붙여."

　"아, 네. 사……장님."

　성빈이 격려 어린 손길로 정구의 어깨를 툭 치고선 집무실을 나갔다. 어색한 사장의 표현 방식에 정구의 손발이 오그라들었다. 그 와중에 지쳐 보이는 성빈의 얼굴에 정구는 바로 어제 큰 회장과 나눴던 통화 내용을 떠올렸다.

"회장님 잘 지내셨어요?"

[잘 못 지내. 자네가 모시는 상사 덕분에, 요즘 골머리가 아파.]

"하하. 어쩐 일로 전화 주셨어요? 아는 대로 보고 올리겠습니다."

[하연이한테 전화가 왔는데, 김 여사가 찾아왔다더군. 자네는 아는 바 없어?]

정구의 얼굴이 어두워졌다.

"네, 아직요. 하연 씨가 뭐라고 하세요?"

[티켓을 쥐어 줬나 봐.]

"아, 사모님께서 결국에는⋯⋯."

정구의 입에서 낮은 신음이 흘러나왔다.

[저번 주에 나한테 보고했던 거에서 변경된 일정은 없는 거지?]

"네, 모레에 런던 출장⋯⋯ 아⋯⋯."

큰 회장이 한 질문의 요지를 깨달은 정구가 말끝을 흐렸다. 성빈이 런던으로 출장 간 사이, 하연을 해외로 내보내려는 김 여사의 계획을 알아차릴 수 있었기 때문이다.

"큰 회장님 그럼 어떻게 해야 할까요?"

[그 출장 내가 대신 갈 거야.]

김 여사보다 한 수 위인 큰 회장의 태도는 사뭇 태연했다. 정구가 조심스럽게 물었다.

"그럼 제가 할 일은 사장님께 알려 드리는 건가요?"

[그 녀석한테는 입도 벙긋하지 마.]

"네?"

단호한 큰 회장의 대답에 정구가 마른침을 삼켰다.

[마지막은 김 여사한테 결정권을 맡길 거야. 내가 힘을 쓴다 한들 성빈이 녀석 어미가 완벽하게 인정하지 않으면 그게 무슨 의미가 있어?]

"아, 네…… 그렇죠."

정구가 뒤통수를 긁었다.

[성빈이 녀석은 일정 그대로 진행되는 걸로 알게 내버려 둬.]

"알겠습니다."

[출장에 필요한 서류는 정 비서 보낼 테니깐 잘 챙겨 보내고.]

큰 회장이 이렇게까지 나오는 데에는 그만한 이유가 있으리라 믿으면서도, 정구는 걱정이 앞섰다.

"회장님. 주제 넘는 거 알지만 만약에 일이 잘못되기라도 한다면 사장님께서 가만 안 있으실 거예요."

큰 회장은 대답이 없었다. 정구가 하는 우려가 그에게도 큰 고민이었다. 아무리 이길 수 없는 장치를 걸어 놨다고 하더라도, 김 여사의 독한 면을 우습게 볼일은 아니었기 때문이다.

[만약 일이 잘못된다고 하더라도……]

허나 큰 회장의 생각은 분명했다. 자신이 억지로 성빈의 옆자리에 하연을 끼워 앉힌다고 한들 평생 함께할 가족에게 인정받지 못한 삶은 행복할 수 없다고 판단했다. 또한 성빈의 옆자리가 결코 평범하고 가볍지 않기에 그는 더욱 신중을 가했다.

옆에 있는 것만으로도 불행해질 수 있는 위험 요소가 충분하기 때문에.

[결국 제 어미한테 인정받지 못한다면 어쩔 수 없는 거겠지.]

"하지만 회장님……."

[그 또한 운명인 거야. 성빈이가 감당해야 할 몫이고. 하지만 자네는 너무 걱정할 거 없네.]

큰 회장의 입가에 비열한 미소가 그려졌다.

[김 여사가 내 인상 깊게 봤던 영화 올가미에 나오는 정신 나간 엄마가 아닌 이상은, 절대 내가 한 협박을 거스르지 못해.]

싸늘함이 묻어나는 큰 회장의 말에 정구가 그제야 안심을 했다. 마른입을 축이려 커피잔을 집어 들었다.

"협…… 박을 하셨군요."

[누가? 내가? 아닌데? 난 마음이 여린 우리 루나를 따뜻하게 설득했을 뿐이야.]

정구가 마시고 있던 커피를 순간 뿜을 뻔했다.

"루…… 루나요? 사모님 성함이 루나세요?"

[그래. 제법 잘 어울리지?]

"푸흡, 아! 네…… 네! 아무튼 그럼 회장님 지시대로 따르겠습니다."

[그럼 수고해.]

전화를 끊은 정구가 배를 부여잡고 깔깔대며 웃어젖히기 시작했다.

*　　*　　*

"하연 씨, 아쉽다. 이제 정말 정들었는데……."

종이컵을 입에 문 다정이 속상한 표정을 지었다. 하연이 옅게 웃었다.

"저도 더 있고 싶은데 아쉬워요. 두 분 그동안 잘해 주셔서 정말 감사해요."

"저기 하연 씨. 정말 좋은 소식인 거죠?"

하준이 안경테를 올리며 염려가 묻어나는 얼굴로 물었다. 처음 만났던 그날부터 밝은 척은 하지만, 가끔씩 어두운 면을 보이던 하연이 내심 마음에 걸렸다. 하연이 가벼운 어조로 대답했다.

"네, 하준 씨. 김천에 오면 자주 놀러 올게요. 많이 못 도와 드린 거 같아 죄송하네요."

"별말씀을요."

하준이 인상 좋은 얼굴로 고개를 저었다. 다정이 끼어들었다.

"하연 씨는 그럼 바로 서울로 가는 거예요?"

"아…… 글쎄요. 상황을 좀 봐서요."

이렇다 대답하기 곤란한 하연이 어색한 대답을 밀어냈다.

"그렇구나."

다정의 질문이 더 이상 이어지지 않자 하연은 안심했다. 사실 주말에 찾아온 김 여사에게 내일 자 오후 비행기 티켓을 받은 하연은 잡고 있는 일부터 빨리 정리하는 게 맞겠다는 생각이 들었다. 물론 집요하게 묻는 동원에게 변명하는 게 힘들었지만 어찌 잘 넘길 수 있었다.

김 여사가 다녀간 후로 잔뜩 긴장한 하연은 잠도 잘 못 자고, 식사도 제대로 못 한 상태에서, 빠르게 뛰는 심장을 진정시킬 길이 없었다.

그녀의 머릿속은 엉망진창이었다.

'정말 이대로 떠나야 하는 건 아닐까? 만약 그렇다면 혼자 남겨질 고모한테 뭐라고 변명을 해야 하지? 아니야. 성빈 씨를 두고 떠날 일은 절대 없을 거야. 그런데 어머니께서 경고하신 대로 주변 사람들이 피해를 보면 어떡하지? 난 그 모든 걸 어떻게 감당하지?'

한 번씩 짙게 새어 나오는 긴 한숨. 하연이 컴퓨터 주변을 정리하며 마지막 퇴근 준비를 하는데 뒤에서 목소리가 들려왔다.

"하연아."

보지 않아도 알 만큼 익숙한 목소리. 하지만 듣고 싶지 않은 목소리. 달수였다.

하연이 눈을 질끈 감았다. '왜 하필 이럴 때에.' 뒤를 돈 하연이 말없이 달수를 응시했다.

"하연아. 우리 얘기 좀 해."

"너답지 않게 왜 이렇게 경우 없이 나오는 건데?"

"연락도 다 안 받고, 만나 주지도 않으니깐 어쩔 수 없이 들어온 거야. 미안해."

하연이 차갑게 대꾸했다.

"더 이상 너랑 할 말 없어."

"박하연. 난 있어."

"너 정말……."

"네가 전에 물었지? 김 대표 엄마한테 협박이라도 받았냐고."

"……."

"사실 맞아. 그래서 나 지금 죽겠어."

달수에게 제대로 눈길도 안 주던 하연이 얼음처럼 굳어졌다. 다정과 하준이 그런 둘에게 궁금한 시선을 보내고 있었다. 하연의 어깨가 무겁게 내려앉았다.

"나 곧 퇴근해. 나가서 얘기해."

"그래."

달수를 먼저 내보낸 뒤 하연이 급하게 마무리 인사를 하고 도서관을 나갔다. 창가에 선 다정이 거리를 두고 근처 공원 쪽으로 걸어가는 두 사람을 보며 고개를 갸웃거렸다.

"도대체 무슨 일이지?"

"아무래도 분위기가 좀 심상찮아 보이던데."

하준이 찜찜한 표정을 거두지 않고 있는데, 입구에서 성빈이 모습을 드러냈다. 다정의 눈이 살짝 커졌다. 창밖의 하연 쪽으로 시선을 돌렸다가 다시 성빈을 봤다. 어딘지 모르게 익숙한 얼굴인데…… 분명 어디에서 봤는데…… 봤는?!

"어……?!"

데스크로 걸어가던 성빈이 다정의 손가락질에 순간 멈칫했다. 소리는 본인이 질러 놓고 깜짝 놀란 다정이 얼른 입을 가렸다. 성빈이 찡그렸던 미간을 천천히 풀었다.

"저 죄송한데, 하연 씨는 어디에 있습니까?"

"아…… 아아……."

버퍼링에라도 걸렸는지 다정이 쉽사리 대답을 못 하고 있자, 하준이 대신 대답했다.

"방금 퇴근했습니다. 그런데 어떤 남자분이 찾아오셔서 같이 나가셨어요."

"남자?"

별생각이 없던 성빈의 얼굴이 무섭게 일그러졌다. 하준이 고개를 끄덕였다.

"그 남자분이랑 하연 씨, 별로 분위기가 안 좋아 보이던데. 저쪽 도서관 근처 공원으로 한번 가 보시겠어요?"

"알겠습니다. 감사합니다."

계단을 성큼성큼 내려가는 성빈의 얼굴이 험악하게 변했다.

하연과 지금 함께 있는 건 달수가 틀림없었다. 한편으로는 마음이 복잡했다. 혹시나 싶어 달수의 뒤를 캐 보니, 김 여사에게 협박을 받은 정황이 포착됐기 때문이다. 점차 이성의 한계에 도달하는 성빈이 스스로에게 조용히 되뇌었다.

"김성빈, 어느 때보다 침착해야 돼. 하연 씨한테 실망스러운 모습을 보여선 안 돼."

* * *

"김 대표 엄마한테 내일 저녁 비행기 티켓 전달 받았지?"

"달수야."

공원 한편에 도착한 달수가 급하게 말을 꺼냈다.

"복잡하게 생각할 거 없어. 일단 떠나. 거기에서 우리 새롭게 시작하자."

"어머니께 어떤 협……."

하연의 대답을 흘려보내며, 제 할 말을 쏟아 내는 달수.

"물론 너한테 용서받지 못할 실수한 거 잘 알아. 대신 평생 갚으면서 살게. 그러니깐……."

"……협박을 당한 거야?"

어두운 하늘 아래, 희미한 가로등 불빛에 비치는 남녀는 서로 각자 다른 말을 건네고 있었다. 하연은 강하게 몰아붙이는 달수가 버거웠다. 그녀로선 매우 난처했다. 자기 때문에 곤경에 처한 달수에게 모질게만 굴 수도 없는 노릇이었고, 그렇다고 받아 주는 건 더더욱 힘이 들었다.

"나도 인정해. 처음엔 너 많이 힘들겠지. 하지만 시간이 지

나고, 네가 느끼는 빈자리를 내가 계속 채워 주다 보면 언젠가
는……."

달수가 절박하게 하연의 팔목을 붙잡았다.

"김달수, 이거 놔. 싫어!"

"알았으니깐 내가 하는 얘기 좀 들어."

"……싫어."

달수에게 잡힌 하연의 팔목이 옥죄어 왔다.

"너 곤란하게 한 건 정말 미안하게 생각하고 있어. 그래서 나
지금 이러고 있으면 안 되는데, 성빈 씨 곧 올 텐데, 네가 하는
말 듣고 있는 거잖아. 있지…… 달수야."

하연이 팔목을 빼내려 비틀어 봐도 소용이 없었다.

"그런데 나 안 갈 거야! 너랑 못 떠나. 백 번은 더 나를 잡고 흔
들어도…… 소용없을 거야!"

달수의 눈동자가 냉한 파란빛을 띠더니 번쩍였다.

"박하연! 넌 진짜 너밖에 생각 못 하지?!"

"……."

"내가 언제 너 싫다는데, 억지 부린 적 있었어? 친구였을 때도,
애인이었을 때도 말이야!"

"……달수야."

목청을 한껏 올려 소리를 질러 대는 달수를 하연이 놀란 눈으
로 쳐다봤다. 그의 말대로 달수가 이렇게까지 하는 건 처음이었
다.

"내가 이렇게까지 나오는 데에 이유가 있을 거라는 생각은 안 들어?!"

이 구질구질하고 더러운 이유를 어떻게든 숨기고 싶었다. 그러나,

"박하연 널 데리고 이 나라에서 나가지 못하면 내 가족들은 다 죽어! 아픈 우리 아버지는 치료도 못 받고, 누나는 임신했는데 매형은 당장에 직장에서 잘리게 생겼어…… 또…… 그리고 또…… 하아……젠장……."

하연에게서 고개를 돌린 달수가 거친 숨을 내뱉었다. 분통이 터졌다. 너무 놀라 커진 하연의 눈은 한동안 작아질 줄을 몰랐다. 그러던 그녀의 눈에서 이내 굵은 눈물이 거침없이 떨어졌다.

"우윽…… 미…… 미안…… 해…… 우흑…… 달수야……."

"하연아……."

"정말…… 윽…… 나 때문에…… 흐윽…… 미안……."

두 손으로 얼굴을 가린 하연이 계속해 사과를 했다. 한번 터진 울음소리는 작아질 줄 몰랐다.

'이런 네 모습 볼까 봐 두려워서 말 못 했던 건데…….'

하연을 내려다보는 달수는 미칠 것만 같았다. 가슴이 미어졌다. 더 이상은 못 견디겠는 달수가 하연의 떨리는 어깨를 세차게 끌어당겨 품에 가둬 버렸다.

"박하연 그만 좀 울어. 너 지켜보고 있는 나부터 죽겠으니깐."

"김달수 너 지금 뭐 하는 거야!"

하연이 있는 힘껏 달수를 밀쳐 냈다. 하연에 의해 허탈한 눈빛으로 밀려나는 달수의 뒤로 성빈이 서 있었다. 눈물이 번진 하연의 눈이 커다래졌다.

"서…… 성빈 씨……."

성빈이 그 시선을 외면한 채, 고개를 숙이고 머리를 쓸었다.

"하아."

끓어오르는 감정을 대변하는 듯 격한 날숨이 성빈에게서 흘러나왔다. 허리춤에 손을 얹은 성빈이 뒤를 돌았다. 하연은 자신에게 등을 내보이는 성빈의 행동에 심장이 쿵 떨어졌다. 성빈의 구두가 그대로 앞을 향해 몇 발자국 움직였다.

"성빈……씨!"

하연은 덜컥 겁이 났다. 자신을 부르는 소리에 걸음을 멈춘 성빈. 하연이 그를 향해 달려갔다. 멀지 않은 거리, 그러나 지금이라도 자신의 곁에서 영영 사라져 버릴 것만 같은 남자의 허리를 부둥켜안았다.

"저 남겨 놓고…… 이대로 가 버리면 어떡해요!"

성빈의 허리를 끌어안은 하연의 팔에 힘이 무섭게 들어갔다.

"아닌 거 알잖아요. 방금 성빈 씨가 본 건…… 우흑……."

"누가 뭐래."

자신의 허리에 둘러진 하연의 팔을 푼 성빈이 뒤를 돌았다. 어린애처럼 어깨를 들썩이며, 억울하다는 표정으로 울음이 터진 하연. 그녀를 향해 자세를 낮춘 성빈이 입을 열었다.

"하연 씨, 단지 감정이 너무 격해져서 진정시킬 필요가 있었어."

"난…… 흑…… 또 성빈 씨가…… 오해한 줄 알고…… 욱……."

성빈의 손이 하연의 뺨을 부드럽게 어루만졌다. 그는 안 되겠는지 정장 안쪽 주머니에서 손수건을 꺼내 하연의 지저분한 눈가를 닦아 주기 시작했다. 성빈의 눈초리가 자상하게 내려갔다.

"이런 일로 오해할 리가 있나. 당신에 대한 내 믿음이 얼마나 큰데. 다만……."

성빈의 위압적인 살기를 띤 눈동자가 달수에게로 향했다.

"방금 전에 느꼈던 감정대로라면 김달수 저 자식을 정말 죽일지도 모른다는 생각을 했어."

"성빈 씨……."

"그런데 그러면 안 되잖아. 그래서 잠깐의 시간이 필요했던 거 뿐이야."

다정한 성빈의 말에 눈물이 어느 정도 멎은 하연이 속삭였다.

"달수도 어머니에게 협박 받은 게 맞았어요."

"알아."

현재 성빈은 참고 있는 이유는 분명했다.

"그렇지 않았다면 김달수 저놈을 진작 저 세상에 보내 버렸을 거야."

"참을…… 거죠?"

성빈의 성미를 잘 아는 하연이 걱정스러운 얼굴로 물었다. 성빈이 차갑게 대꾸했다.

"참아도 내가 참아. 당신 입에서 그런 말 나오는 거, 별로야."

"미안해요."

"가뜩이나 나 때문에 눈물 쏟는 당신 보는 것도 짜증스러운데. 저 자식 품에서 우는 하연 씨 모습 봤을 때 내 기분이 어땠을 거 같아?"

성빈의 얼굴에 자신을 비웃는 조소가 번졌다.

"김달수 저 자식도……하연 씨도 아닌…… 나 자신이 용서가 안 됐어. 한심하고."

"그런 말…… 하지 마요…….'

하연이 애틋한 눈으로 성빈을 올려다봤다. 이내 그가 나지막이 중얼거렸다.

"오늘부로 다시는…….'

"성빈 씨."

"당신 눈에서 눈물 쏟게 만드는 일 없을 거야. 어떤 식으로든."

성빈이 다시 한 번 하연을 꽉 안아 주었다. 곧 하연을 품에서 떼 낸 성빈이 거침없이 달수를 향해 걸어갔다. 그에게 맞설 준비를 하는 달수의 얼굴이 제법 단단하게 변했다.

"더럽게도 말이 안 통하는군."

"마찬가지야. 아무것도 해결 못 하면서, 하연이 상처만 더 깊어지게 방치하는 당신 행동에 나도 기가 차."

달수의 비아냥에 성빈의 손등 위 힘줄이 꿈틀댔다. 굳게 닫힌 성빈의 입술.

"김 대표. 당신은 두렵지도 않아? 훗날 모든 게 더 엉망이 된 다음에 하연이한테 받을 원망 말이야. 지금은 물론 당신을 많이 사…… 그래, 사랑하니까 견딘다고 쳐도……."

성빈은 대답하지 않았다.

"기대했던 믿음이 흐려지고, 당신 어머니에게 받은 상처로 가슴이 너덜너덜해지면…… 결국 하연이도 지쳐 버릴 거야."

달수의 힐난은 이어졌다.

"착해 빠진 저 성격으로는 당신한테 표현도 못하겠지. 혼자서만 끙끙 앓고……."

"……."

"당신의 이기심에 제대로 지켜 주지도 못하면서 하연일 옆에 둘 바에는 그냥 관둬. 김 대표 당신도……."

달수가 설득조로 말했다.

"후회하는 하연이를 보고 싶지 않잖아."

달수의 마지막 말에 성빈이 허공에 대고 헛웃음을 터트렸다. 그의 표정이 오싹하게 가라앉았다.

"김달수. 전부 관두고 하나만 묻자."

"대답하지."

"당신이 이렇게까지 나오는 이유, 내 어머니 협박 말고 하연 씨를 향한 딴마음도 있는 건가? 당신한테 다시 갈 수도 있겠다 하는 기대 같은 거?"

성빈의 질문에 달수가 자존심을 세웠다.

"당신이 이렇게 중간에서 방해만 안 하면, 아예 불가능한 것도 아니야."

"대답이 재밌네."

성빈이 빠르게 받아쳤다.

"김달수 당신이 방금 하연 씨 생각해서 나한테 충고한 말, 토씨 하나 안 빼놓고 가슴에 선명하게 새기지. 적어도 헛소리는 아니니깐."

곧 무섭게 일그러지는 그의 얼굴.

"하지만 딱 거기까지야. 방금 내가 던진 질문에 대한 당신의 대답은 어리석은 걸 넘어서 위험했다는 것만 알아 둬. 정말 마지막이니, 잘 들어."

성빈의 뒤틀린 입술 사이로 위협적인 경고가 흘러나왔다.

"당신을 밟을 수밖에 없는 명분을 내게 주지 마."

"……."

"더 이상의 자극은 위험해."

고압적인 눈빛의 성빈이 끊어 말했다.

"그러다 당신. 정말 다치는 수가 있어."

달수의 입이 일자로 굳게 닫혔다. 원래도 하얀 성빈의 얼굴에 핏기가 사라졌기 때문이다. 그 어느 때보다 어두운 연인의 얼굴을 멀리서 알아본 하연.

"성빈 씨……!"

불안한 마음을 못 견디고 달려온 그녀가 성빈을 불렀다. 하지

만 달수에게서 날이 선 눈길을 쉽사리 떼지 않는 성빈. 오기가
든 달수가 앞에 선 하연의 팔목을 잡아당겼다.

"박하연 그런 바보 같은 표정 그만 좀 짓고……!"

탁― 성빈의 오른손이 달수의 멱살을 거칠게 움켜잡았다. 분
노에 부들거리는 성빈의 주먹.

"이 개자식아. 사람 말이 우습지?"

"이거 안 놔?!"

성빈의 손을 붙잡은 달수가 떼 내려고 반항을 해 봤지만 소용
이 없었다. 멱살을 쥔 손에 힘만 더욱 거세게 들어갈 뿐이었다.
이미 이성을 잃은 성빈의 나머지 손이 빠르게 들어 올려졌다.

"난 분명히 경고했어. 무시한 건 네놈이야."

성난 눈동자를 치켜뜬 성빈의 미간에 깊은 주름이 파였다. 얼
굴을 뭉개 버리겠다는 살의에 찬 그의 주먹이 달수에게 향하는
순간, 하연이 팔을 붙잡았다.

"성빈 씨…… 제발요……! 제발……."

애원하는 하연의 음성이 그의 귀에 꽂혔다. 허공에 뜬 그의 주
먹이 달수의 얼굴 앞에서 멈췄다. 바짝 선 성빈의 속눈썹이 한없
이 흔들렸다. 이내 그가 거친 호흡을 내뱉었다.

"하아, 하……."

"성빈 씨, 저 좀 봐요. 저 좀……."

하연이 얼른 성빈의 팔을 내렸다. 남자의 뺨을 두 손으로 감
싼 그녀가 달수에게 향해 있던 얼굴을 자신에게로 돌렸다. 하연

이 그에게 부드럽게 물었다.

"괜찮아요?"

성빈이 불쾌한 얼굴을 해 보였다.

"내가 괜찮을 게 뭐가 있어. 당신은 나보다 저 자식 죽을까 봐 지금 전전긍……."

"관심 없어요."

하연이 단호하게 말을 끊었다. 조금은 극단적이고, 달수 앞에서 못할 말이라는 걸 알고 있지만 어쩔 수 없었다. 성빈의 손을 어루만져 주는 하연.

"그냥 성빈 씨 손에 상처 나는 거 싫어서 그래요."

"……핑계는."

"우리 성빈 씨 나중에 후회할까 봐 그래요. 정말 그뿐이에요."

성빈의 퍼런빛을 띠던 눈동자에 점차 이성이 돌아왔다. 반대로 달수의 멍한 얼굴엔 괴로움이 퍼졌다. 사실 그는 애초부터 쉽게 풀릴 거라 기대하지 않았다. 하연의 순애보적인 성격을 잘 알고 있었기에.

'젠장. 다 예상했던 일인데, 왜 이렇게까지 심장이 아픈 거지.'

예상 밖의 일이 아님에도 달수는 눈 주위가 시큰거렸다. 그의 목적은 단 하나였다. 자신의 가족을 지켜 내고, 하연을 향한 소중한 감정 그대로 충실하게 잘 위로해 주고 싶은 마음뿐.

어느샌가 그 마음이 눈덩이처럼 커져 욕심을 낸 그는 끝에 와서야 깨달았다. 결국 하연의 어깨에, 상처에, 마음에. 짐을 보탠

것뿐이라는 걸. 바보 같았다.

'달수야…… 미안.'

성빈을 안은 하연이 고개만 빼 성빈이 듣지 못하도록 소리 내지 않고 입 모양으로 사과를 건넸다. 많이 지쳐 있을 제 애인의 심기를 조금이라도 건드리고 싶지 않은 하연의 배려였다. 그 모습에 달수는 허탈했다.

"성빈 씨, 진정은 좀 됐어요?"

"응, 괜찮아."

달수를 외면한 채, 생각을 정리한 성빈이 짧게 대답했다. 하연이 눈을 마주치며, 싱긋 웃었다.

"다행이에요. 달수한테는 제가 잘 말할게요."

"안 돼."

"하지만 아까처럼……."

"끝은 내가 마무리해."

성빈이 하연을 자신의 뒤로 보내며 달수 앞으로 다가섰다.

"김달수 당신도, 그리고 나도 많이 지쳤어. 인정하지?"

"그렇긴 하네."

"하연 씨에 대한 말이 나오면 답이 안 나오니깐, 일적으로만 말하지."

두 남자는 심적으로나, 정신적으로 이미 많이 지친 상황이었다. 그 때문에 육체적 피로감도 컸다.

"이번 주 내로 당신 가족에 대한 일은 바로 해결해 줄게."

"확실해?"

무엇보다 가족의 일이 너무나 중요한 그였다. 성빈의 대답은 깔끔했다.

"확실히 약속하지."

"조금의 불이익도 없어야 돼. 나는 상관없지만 아버지나, 누나 네는 특히."

달수가 재차 강조했다. 성빈이 고개를 끄덕였다.

"당신이 받은 정신적인 피해에 대한 보상도 어떤 방식으로든 할게."

"그런 건 상관없어. 다만……."

성빈의 뒤에 가려진 하연에게로 달수의 시선이 향했다.

"하연이나 제대로 지켜."

"약속하지."

성빈이 끓어 오르는 화를 참으며 힘겹게 대답했다. 한편 눈치 가 없는 달수는,

"하연이 저 계집애가 태연해 보인다고 정말 그런 게 아니야."

"……."

"힘들고 아플수록 강한 척하는 게, 쟤 특징이지. 바보 같 이……."

겨우 진정시킨 성빈의 심기가 다시 꽈배기처럼 꼬이기 시작했 다.

"하연이 겁도 많은 거 알지? 저 나이 먹고 귀신 무서워하는 애

는 재밖에 없을 거야. 요즘은 사람이 더 무서운 판국인데 그것도 모르고……."

"……."

"아 참, 그리고 하연이가 한겨울에 아이스크림 먹는 걸 좋아하는데…… 스트레스 받으면 하루에 세 개까지도 먹더라고."

이쯤 되니 성빈의 자세가 저절로 삐딱해질 수밖에 없었다. 물론 고개도, 눈빛도, 입술마저도.

"요즘 그쪽 덕분에 많이도 먹을 텐데, 감기 안 걸리게 잘 챙……."

"이봐, 김달수 씨. 지금 한번 또 해 보자는 거야?"

선인장 같이 뾰족한 성빈의 반응에 달수가 말끝을 흐렸다.

"뭐 좋아. 당신이 방금 해 준 지적, 내 관대한 마음으로 다 수용하지."

"관대한이라……."

"나도 당신 입에서 확실히 들어야 할 말이 하나 있어."

"뭐지?"

"하연 씨 앞에 다시는 나타나지 않겠다는 말."

달수에게 한 발자국 다가간 성빈이 그를 내려다봤다. 빈틈없는 시선이었다.

"평생 동안."

"그럼 김 대표 당신도 분명하게 대답해. 하연이 끝까지 책임지고 행복하게 해 줄 자신 있어?"

성빈의 대답에는 일 초의 망설임도 없었다.

"물론."

자신감 넘치는 성빈의 눈빛을 받아 내며, 한참 동안 대답이 없는 달수. 이내 그가 긴 한숨을 흘려보냈다.

"알겠어. 약속하지."

달수의 대답에 성빈의 눈썹이 반듯해졌다. 발길을 떼려던 달수가 주머니에 손을 넣었다. 꼼지락. 손안에 잡히는 무언가를 만지작거렸다. 혹시 또 몰라,

"지금 온 거면 하연이랑 당분간 있을 건가?"

성빈은 말없이 고개를 끄덕였다. 계속되는 달수의 참견이 짜증스러웠다.

"떨어지지 말고 꼭 붙어 있어. 오늘도, 내일도."

돌려서 말할 수밖에 없는 처지의 달수가 강조하고, 또 강조했다.

"적당히 하고 좀 가지 그래. 안 그래도 우리한테는 짧은 밤인데, 그쪽까지 보탤 필요는 없잖아?"

"하여간 까칠하기는."

"뭐?"

"아니. 그럼 이만."

뒤돌아 가려던 달수가 잠시 망설였다. 성빈의 뒤에 있는 하연에게 멋쩍은 얼굴로 살짝 손을 흔드는 달수. 그가 아쉽게 마지막 인사를 꺼냈다.

"하연아. 그동안 곤란하게 만들어서 미안."

"괜찮아."

성빈의 눈치를 본 하연이 뒷말을 덧붙였다.

"그리고 나도 정말 미안해."

불같은 성격을 지닌 성빈의 음성이 무시무시하게 두 사람을 갈라놓았다.

"지금 내 앞에서 두 사람 뭐 하는 짓이야?"

"저 때문에 피해 본 것도 있고, 마지막이기도 하고⋯⋯."

하연이 기어 들어가는 목소리로 소심하게 항변했다. 성빈의 얼굴에 찬바람이 쌩쌩 불었다.

"마지막 같은 소리 하네. 당신 정신 제대로 안 차릴래?"

"저 지금⋯⋯ 아주 정신 멀쩡한데요?"

기분을 풀어 주려는 하연의 장난 섞인 말이 되레 성빈을 자극했다.

"이 여자가 또 자기 남자가 누군지 헷갈리기 시작했네."

"삐지지 말아요."

성빈의 등 뒤에 선 하연이 고개를 빼꼼 내밀었다. 그 상태로 성빈을 올려다본다.

"성빈 씨 줄에, 잘 서 있으니깐."

16장

해피엔딩

김 여사는 미술관 한편에 위치한 작업실에 홀로 있었다. 캔버스에 유화 작업을 하는 그녀의 손길이 섬세했다. 환한 조명 아래 그녀의 표정은 어두운 빛을 띠고 있었다.

"여기 계셨네요?"

뒤에서 성하의 음성이 들렸다. 김 여사는 미동 없이 잡고 있는 작업에 집중을 할 뿐이었다. 성하가 다시 한 번 부드러운 어조로 제 엄마를 불렀다.

"엄마 얼굴 보고 싶어서 들렀어요."

"미안한데……."

김 여사의 말투엔 찬바람이 가득했다.

"지금은 네 얼굴을 보고 싶지 않구나."

"많이 속상하신 거 알아요."

성하는 김 여사의 마음을 전부는 아니더라도 느낄 수 있었다. 자식에 대한 실망스러움과 견디기 힘든 절망감 같은 거겠지. 성하의 입이 어렵게 떨어졌다.

"엄마는 성빈이나 저한테 부족함 없는 부모이신데……."

"……."

"자식인 저희는 실망감만 안겨 드리네요."

미안함을 전하는 성하의 한마디.

"……정말 죄송해요."

하지만 김 여사는 여전히 대답하지 않았다.

"할아버지께 전해 들었어요. 내일 성빈이가 출장을 가고…… 또 엄마가 하연 씨를 해외로 보내려고 한다는……."

결국 김 여사가 날을 세우고 받아쳤다.

"그래서 성하 너도 똑같은 일 되풀이해서 후회하기 전에 바로 잡으라는 협박이나 하려고 들른 거니? 내 말이 맞아? 그래?"

열이 뻗치는 김 여사가 거세게 성하를 몰아붙였다.

"그런 거 아니에요…… 엄마."

"아니긴 뭐가 아니야."

"저번에 엄마가 했던 말…… 하나도 틀린 거 없어요. 바라는 한 가지를 못 해 주는 자식 때문에 속상한 엄마의 마음 충분히 이해돼요…… 당연한 거고…… 그런데……."

성하의 흐려지는 말끝에 힘이 들어갔다.

"우리…… 성빈이 한 번만 봐주면 안 될까요? 성빈이가 유일하게 욕심 부리는 여자이기도 하고…… 지켜 낸다고 엄청 애쓰는 거 엄마도 보셨잖아요."

고개를 돌려 외면해 버리는 김 여사. 그녀의 등 뒤로 천천히 다리를 접는 성하였다.

"……엄마 부탁 좀 할게요."

"너……."

자신의 앞에서 무릎을 꿇은 딸의 모습을 발견한 김 여사의 눈에 불꽃이 튀었다.

"김성하! 지금…… 너 뭐하는 짓이야!"

"마지막으로…… 엄마 마음 한 번만 아프게 할게요. 정말…… 죄송해요……."

김 여사의 벌어진 입에서 격한 날숨이 터져 나왔다. 기가 차는 그녀였다. 슬픈 얼굴을 한 성하가 차분하게 엄마를 설득했다.

"성빈인 저랑 달라요. 하연 씨를 잃게 된다면 그 상실감을 견뎌 내지 못할 거예요. 엄마와의 관계도 회복하지 못할뿐더러, 어떤 결과를 초래할지 전 눈에 보여요."

김 여사의 눈 주위가 점차 붉어졌다.

"김성하 그딴 거…… 다 상관없어. 일어나지도 않은 그런 게 문제가 아니라…… 나한테는…… 하아…… 나한텐……."

"엄마……."

김 여사의 격한 반응에 성하의 눈이 당혹스러움으로 커져 갔다. 김 여사의 입술이 신경질적으로 틀어졌다.

"너한테 그런 짓까지 한 내 앞에서…… 네가…… 무릎까지 꿇는 건…… 하아…… 너무 잔인하잖아! 김성하 이건…… 아니잖아!"

김 여사가 이젤에 얹혀 있는 캔버스를 구석으로 집어 던져 버렸다. 그녀는 깊게 곪았던 상처가 터져 버린 듯한 쓰라림에 인상을 구겼다.

"김성하 너 당장 일어나지 못해?!"

성하의 눈꺼풀이 느릿하게 내려앉았다.

"성빈이 허락해 주세요."

"너…… 정말……."

"제가 이렇게까지 하는 이유는…… 엄마를 위해서이기도 해요."

김 여사를 올려다보는 성하의 눈이 뜨거워졌다.

"잃고 싶지 않아요. 엄마, 그리고 성빈이…… 제 하나뿐인 유일한 가족."

"하아! 하……."

"다시 한 번 애원하는 딸을…… 이번만큼은 외면하지 말아 주세요."

성하의 얼굴엔 지난날의 괴로움이 스쳐 지나갔다.

"제 부탁. 반드시 들어주실 거라고 믿어요."

귀에 선명하게 박히는 딸 성하의 마지막 말에 김 여사는 결국 굵은 눈물방울을 떨어뜨렸다.

"이렇게밖에 못하는 절…… 미워하셔도 괜찮아요."

"……."

"그렇지만 전…… 엄마를 많이 아끼고 사랑해요. 이런 제 마음…… 모르시진 않잖아요."

김 여사의 불편한 시선에, 쉼 없이 떨어지는 눈물에, 성하가 굽혔던 다리를 일으켰다. 철옹성처럼 단단하기만 했던 엄마의 무너진 모습에 그녀는 가슴이 아팠다.

"엄마."

김 여사에게 다가간 성하. 흔들리고 있는 제 엄마의 어깨를 따뜻하게 끌어안아 줬다.

"전 있죠…… 엄마의 딸로 태어난 게 너무 행복해요."

＊　　　＊　　　＊

하연의 손이 성빈의 이마에 닿았다. 흘러내린 머리카락을 스륵, 뒤로 넘겨 줬다. 정면을 보며 운전을 하던 성빈이 자신을 바라보는 하연의 애틋한 눈길에 고개를 돌렸다.

"사람을 왜 그렇게 뜨겁게 쳐다봐?"

"그냥, 잘생겨서요."

하연의 온기를 담아 속삭였다. 성빈이 머리를 쓸어 넘기며 픽 웃었다.

"얼굴 닳겠네. 그나저나 당신 많이 피곤하지?"

"네, 조금."

"나도 숨 좀 돌리고 싶긴 한데. 주변에 마땅한 데 없을까?"

하연은 생각했다. 왜 이 남자만 만나면 허기가 질까. 마음에 안정이 와서일까?

"성빈 씨 배고프지 않아요?"

"그럼 우리 저녁 먹자."

"분위기 있고 예쁜 식당 아는데, 돈가스 맛있게 잘해요. 우리 거기 갈래요?"

언제나처럼 성빈의 대답은 시원했다.

"난 당신이 원하면 어디든 괜찮아."

하연의 안내에 따라 도착한 가게 앞 주차장에 카마로를 세웠다. 동화 속에 나오는 요정의 집을 모방한 듯 귀여운 인테리어가 돋보였다. 반짝반짝. 화려한 전구들이 가게 전체를 감싸고 있었다.

"성빈 씨. 가게 너무 예쁘지 않아요?"

"응, 나름."

"추운데 빨리 들어가요."

하연이 성빈의 등을 떠밀며 가게 안으로 들어섰다. 아기자기한 내부는 외관 못지않게 잘 꾸며져 있었다. 창가 쪽에 자리를 잡은 두 사람에게 점원이 다가왔다.

"저희 돈가스 두 개랑, 그린 샐러드 주세요."

"네, 알겠습니다."

하연이 컵에 물을 따라 성빈에게 내밀었다.

"고마워."

"성빈 씨 오늘 정말 고생 많았어요. 저 때문에……."

성빈은 이왕 이렇게 된 거 여자의 기분에 맞춰 주기로 했다.

"꽃 주위에 똥파리들이 많은 건 당연한 건데 새삼스레, 뭘."

"똥파리가 아니라, 벌이겠죠. 근데, 그럼 제가 꽃?"

"그래. 그치만 이번이 마지막이야."

성빈은 자신을 향한 결심을 입 밖으로 내뱉었다.

"더 이상 하연 씨 주변에, 똥파리 꼬이는 일 없게 만들 거야."

"꽃이 너무 예쁘면 언제든지 또……."

"하연 씨 맞춰 줄 때 일 절만 해. 눈치 없이 굴지 말고. 응?"

성빈이 눈썹을 휙 올리며 단칼에 무안을 주자, 하연이 입술을 실룩거렸다.

"어휴, 성격하고는. 칭찬을 하려면 제대로 해 주던가."

"사람이 적당 선을 알아야지."

"본인은 잘 모르나 본데. 성빈 씨도 잘난 척 무지 심하거든요?"

성빈이 어처구니가 없다는 표정을 지어 보였다.

"하연 씨 방금 '척'이라고 했어?"

"그만요."

"있는 사실과, 척은 엄연히 달라. 내가 친절하게 설명을 해 주자……."

양쪽 귀를 막은 하연이 고개를 흔들었다.

"쯧, 박하연 하여간."

"와아! 돈가스 나왔다. 진짜 맛있겠다."

테이블에 세팅되는 돈가스를 보며, 신난 하연이 손바닥을 마주쳤다. 성빈이 팔짱을 풀며, 그런 하연을 못마땅하게 응시하다가 작게 웃었다. 하연이 포크와 나이프를 집어 들었다.

"야~무지게 먹어야지! 성빈 씨도 얼른 들어요."

"기다려. 내가 해 줄게."

성빈이 하연의 손을 멈추게 한 뒤, 제 앞에 놓인 돈가스를 썰기 시작했다. 그의 손이 간결하고 차분하게 움직였다. 정확한 모양으로 썰린 돈가스를 하연의 앞에 놔 주며 성빈이 권했다.

"하연 씨, 들어. 많이 배고팠을 텐데."

"고마워요. 잘 먹을게요."

돈가스 한 조각을 입에 넣은 하연의 얼굴엔 행복한 미소가 번졌다. 그런 여자를 바라보는 성빈의 입가에도 흡족한 미소가 떠올랐다. 성빈이 자상하게 물었다.

"하연 씨. 내가 썰어 주니깐 더 맛있지?"

"그걸 말이라고 해요."

"이제부터라도 자주 해 줄게. 가만 보면 당신은 이런 작은 거에 더 행복을 느끼는 편이니깐."

하지만 하연은 남자에게 많은 것을 바라지 않았다.

"다 괜찮으니깐, 옆에만 있어 줘요."

성빈의 눈동자 색이 진해졌다.

"김성빈 당신, 내 남자로만 있어 줘요. 그거 하나면 전…… 충분하니깐."

하연은 자신이 내뱉은 간지러운 말이 쑥스러웠다. 하지만 자신이 방금 입 밖으로 꺼낸 말은 그녀의 진실된 바램이었다.

"하연 씨, 난 말이야."

"네."

"당신이 한 번씩 표현해 주는 그 마음에……."

성빈의 눈빛은 어느 때보다도 그윽했다.

"얼마나 힘을 얻는지 몰라."

"그럼 다행이에요."

성빈이 냅킨을 집어 하연의 입술 옆에 묻은 돈가스 소스를 닦아 주었다.

"내 모든 상황이 완벽하지 않아도 난 가끔……."

"……네."

"당신으로 인해, 숨 쉬고 있다는 게 벅찰 만큼 행복할 때가 있어. 박하연 당신이란 여자 때문에 말이야."

하연의 눈망울에 성빈에 대한 사랑이 차올랐다.

"김달수 그 자식이 그런 말을 하더군."

"무슨……."

"당신이 먼 훗날 나 때문에 지쳐…… 후회라도 하게 되는 날이 오면 어떻게 할 거냐고 말이야."

"그럴 리가 없잖아요."

하연이 빠르게 받아치며, 고개를 저었다. 성빈이 희미한 미소를 띠었다.

"만약 정말 그런 날이 온다고 해도 말이야."

"성빈 씨……."

"난 당신을 놓아 줄 생각이 없어. 아니, 못 해."

성빈이 저열한 실소를 터트렸다.

"나 정말…… 나쁜 놈이지?"

"아니요."

하연은 속상한 마음에 눈이 붉어졌다.

"울지 마. 더 이상 당신 울리면, 나란 놈 사람도 아니야."

성빈이 굳은 표정을 풀며 하연을 달랬다.

"알았으니깐 성빈 씨도 안 어울리게 그런 자신 없어하는 표정 짓지 말아요."

"그래, 식겠다. 얼른 먹어."

불편한 기색의 하연이 고개를 끄덕였다. 하연의 먹는 모습을 말없이 바라보는 성빈. 출장 간다는 말을 꺼내야 하는데, 왠지 쉽지가 않았다.

"하연 씨, 요새 잠은 좀 자?"

"사실 잘 못 자요."

"왜…… 그러고 보니, 얼굴이 좀 까슬하네."

하연이 집은 돈가스를 성빈의 입에 넣어 줬다.

"성빈 씨 품에서 늘 자다가…… 혼자 자려니까 좀 허전하고…… 가위에도 가끔 눌리고……."

"식사는?"

"챙겨 먹긴 하는데, 소화가 잘 안 돼요."

"기분은 좀 나아졌고?"

물어오는 성빈에게 답하려 자신을 되돌아보던 하연은 기분이 묘했다.

"그냥…… 좀 왔다 갔다…… 해요."

하연의 대답을 듣고 있자니, 출장 간다는 말이 더욱 입 밖으로 안 나오는 성빈이다. 반대로 하연은 불안했다. 자신의 입장을 걱정한 남자가 혹여 손을 놔 버리는 건 아닌지 말이다.

"……하연 씨, 그렇구나."

그런 데다 이 남자 평소답지 않게 말투가 왜 이렇게 흐리멍덩한지 모르겠다. 뭔가 말을 꺼내려다가도 이내 입을 다물었다. 울컥한 하연이 남자를 쏘아봤다.

"성빈 씨, 방금 제가 했던 대답 잘 들었죠?"

"음?"

"이게 다 그쪽 때문이에요. 그러니깐 딴생각은 말아요. 전…… 성빈 씨 없으면 안 되니깐."

난감한 눈빛을 한 성빈이 그녀를 외면하며 창가 밖으로 시선을 돌렸다. 하연에게 말을 꺼내야 하는데 더욱 말하기 어려운 상황이 되어 버렸다.

'이 남자가 정말 오늘따라 왜 이래?'

하연이 보내는 생소한 눈빛을 외면하며 성빈이 돈가스에 시선을 고정했다. 조용한 식사가 끝이 나고 후식으로 원두커피 두 잔이 나왔다.

"향이 너무 좋다. 성빈 씨, 그죠?"

"괜찮네."

"그보다 더 좋은 건, 성빈 씨랑 같이 있는 이 시간이……."

부드러운 하연의 음성에 성빈의 입가에 옅은 미소가 번졌다.

"전 너무 좋아요."

쑥스러운 하연이 고개를 돌려 창밖의 고요한 밤 풍경을 구경했다. 그런 그녀에게서 눈을 못 떼는 성빈이다. 남자의 눈에는 그 어떠한 아름다운 것보다도 반짝이고 예쁜 제 여자였다.

"눈에 넣어도 아프지 않을 거라는 말…… 요즘 실감하는 중이야."

"무슨 말이에요?"

성빈이 잔을 내려놓았다.

"난 살면서 말이야."

"네."

"뭔가 원하는 게 생겼을 때, 단 한 번도 가질 수 없을 거라는 걱정을 해 본 적이 없었어."

성빈의 입에서 소리 없는 날숨이 흘러나왔다.

"그런데 말이야."

남자의 말에 집중하는 하연.

"당신을 갖기 위한, 이 일련의 과정 속에서 처음으로 '두려움'을 느꼈어."

"두려움이요?"

"어쩌면…… 정말 어쩌면…… 이번엔 내 뜻대로 쉽게 되지 않을 거라는……."

"성빈 씨……."

하연이 말끝을 흐리는 성빈을 안쓰럽게 불렀다. 이내 쓴 미소를 짓는 남자.

"한편으로는 신이 내게 주신 유일한 시련이 아닐까 싶기도 해. 정말로 원하는 것을 갖기 위해 필요한 시련."

선명한 빛을 띤 성빈의 눈이 하연을 바라봤다.

"이 말이 당신에게는 어떻게 들릴지는 모르겠지만 말이야."

"네……."

"난 이 지독하게 힘든 시련마저도 이젠 고맙게 느껴져."

하연에 대한 깊은 본심을 고백을 하는 성빈의 태도는 사뭇 덤덤했다.

"당신이란 여자에 대한 의미를 새삼 분명히 깨닫게 되었고."

"성빈 씨……."

"몹쓸 죄인이 된 내가 앞으로 당신에게 갚아야 할 몫이 크다는 걸 알게 돼서……."

커피 잔을 감싸고 있는 하연의 손을 성빈이 그러쥐었다.

"더 분발하고 많이 노력할 거야. 내 오점을 만회하기 위해."

하연의 눈초리가 살포시 내려갔다.

"방금 고백한 성빈 씨 결심. 너무 든든해요."

"당신한테 미안해."

성빈의 잠긴 목소리가 하연의 마음을 아프게 했다.

"저…… 성빈 씨?"

"응."

"오늘따라 왜 이렇게 힘이 없어요?"

"사실 당신한테 해야 할 말이 있는데 쉽게 입이 떨어지지가 않네."

해야 할 말이라는 단어에 하연이 고개를 갸우뚱했다.

"뭔데 그래요? 말해 봐요."

"음…… 내일 할게."

"오늘 밤에 다시 가야 하는 거 아니었어요?"

"맞아."

"그런데 왜……."

하연의 심장이 빠르게 뛰었다. 그런 그녀의 상태를 눈치챈 성빈이 싱긋 웃었다.

"정말 별거 아니야. 그런 심각한 표정 지을 거 없어."

"안 그러려고 하는데, 요즘에 자꾸……."

하연이 두근대는 심장 근처에 손을 뻗었다.

"작은 일로도 불안해져요."

"나 때문이야."

"성빈 씨도 참. 그런 거 아니에요."

하연이 태연하게 대답하며 표정을 풀었다. 성빈이 낮게 한숨을 내쉬었다.

"하연 씨, 그만 일어나자. 덕분에 잘 먹었어."

"여기 돈가스 맛있었죠?"

"응, 괜찮네. 나중엔 고모님이랑 같이 오자."

계산을 마친 두 남녀가 가게에서 나왔다. 성빈이 조수석 문을 열어 하연을 태웠다. 카마로에 오른 성빈이 시동을 걸며 시간을 확인했다.

"성빈 씨, 빨리 출발해야 해요?"

"아니야. 아직 여유 있어."

"이 밤에 다시 올라가려면 많이 피곤할 텐데……."

성빈이 걱정되는 하연은 마음이 심란해졌다. 그러는 사이 차는 빠르게 달려 집 앞에 도착을 했고, 둘은 얼른 안으로 들어섰다. 다소 긴장했던 성빈이 집 안을 살피며 하연에게 물었다.

"고모님은 오늘도 일 나가신 건가?"

"네."

"음, 그럼 언제쯤 오시는데?"

하연이 벽시계를 올려다봤다.

"두 시간 정도 뒤에 오실 거 같은데, 왜요?"

"그냥. 얼굴 좀 뵙고 가려고."

"괜찮아요. 새벽에 올라가면 힘드니깐, 그냥 출발해요."

"아니야. 드릴 말씀도 있고 해서."

하연은 역시 뭔가 이상하다는 느낌이 들었다. 하지만 더 이상 묻지 않고 커피포트에 물을 올리는데 성빈이 다가왔다.

"차는 아까 마셨잖아. 준비하지 마."

"그래도……."

"벌써 열한 시야. 당신 잘 준비나 해. 재워 주고 갈게."

"제가 애도 아니고 괜찮아요."

성빈이 하연의 뺨을 쓰다듬으며 다정하게 말했다.

"얼른."

짧은 남자의 속삭임에 하연이 순순히 말을 들었다. 씻고 잠옷으로 갈아입고 나온 그녀의 눈에 이불을 펴는 성빈이 보였다. 얼른 자라며 이불을 두드리는 성빈의 모습에 하연이 일단 이불 위에 누웠다. 손을 뻗어 성빈을 껴안은 하연이 얼른 옆에 누우라고 보챘다. 옆으로 누운 성빈이 하연의 등을 토닥거려 주었다.

"왜 이렇게 애 취급을 해요?"

그렇게 말하면서도 하연은 노곤한 몸에서 힘이 점차 빠지는 걸 느꼈다. 눈을 껌벅껌벅. 마수에 걸린 눈꺼풀이 자꾸만 내려갔다. 완벽한 수면에 빠졌을 때, 새어 나오는 하연의 숨소리를 확인한 성빈.

파스텔컬러의 알록달록한 수면 잠옷을 껴입은 하연의 모습이 무척 귀여웠다. 그녀를 내려다보는 성빈의 입가에 잔잔한 미소가 걸렸다.

"자는 모습도 참 예쁘네."

하연의 흐트러진 앞머리를 성빈이 부드럽게 넘겨 줬다. 한 번씩 달싹이는 입술 틈새로 가벼운 숨결이 퍼져 나왔다. 태연했던 성빈의 짙은 눈썹이 휘어졌다.

"……앙……으아…….."

그새 꿈이라도 꾸는지 하연이 몸을 뒤척이며 구시렁거렸다. 그런 하연의 어깨를 지그시 부여잡은 성빈. 온몸에 돋아나는 전율을 무시하며, 하연에게 입술을 갖다 댔다.

"쪽…….."

가벼운 입맞춤에, 하연이 입술을 오므렸다. 한층 자극을 받은 성빈은 마음이 동했다. 살짝 벌어져 있는 하연의 입술. 성빈이 마른침을 삼켰다.

"…….."

성빈이 애써 감정을 추슬렀다. 조금만 참자. 곧 있으면, 원하는 만큼 그녀를 안을 수 있잖아. 성빈이 이불을 끌어당겨 하연의 어깨까지 덮어 주었다. 이불 안으로 잡은 그녀의 손을 성빈이 따뜻하게 어루만졌다. 그렇게 한참 동안이나, 하연의 곁을 묵묵히 지키는 성빈.

"……하연아."

적막을 깬 성빈의 달콤한 음성이 나지막이 그녀를 불렀다.

"널 사랑해. 진심으로."

성빈의 깊은 눈매가 진한 빛을 발했다. 그때 밖에서 인기척이 들렸다. 성빈이 몸을 일으켜 하연의 방문을 조용히 닫고 나갔다. 고모와 인사를 나눈 성빈이 준비해 온 무언가를 내밀며 부탁을 했다. 얼마 후 집을 나서는 남자는 굳은 얼굴로 차에 올라탔다. 출국하기 전 마지막으로 만나 볼 사람이 있었다.

*　　　*　　　*

야심한 새벽, 똑똑. 누군가 서재의 문을 조심히 두드렸다.

"사모님 침실에 안 계시길래, 혹시나 해서 와 봤는데……."

"그냥 생각할 게 좀 있어서요."

김 여사가 회색 실크 가운을 여미며, 책상 위에 놓인 지구본을 손가락으로 살짝 돌렸다.

"저…… 도련님이 와 계세요."

김 여사의 손가락이 순간 멈췄다. 그녀의 눈치를 살피는 관리인 아주머니.

"주무신다고 할까요?"

잠시 생각에 잠겼던 김 여사가 이내 피곤한 얼굴로 대꾸했다.

"……들여보네요."

정확히 오 분 뒤. 성빈이 문을 열고 서재 안으로 들어왔다. 김 여사가 창이 넓게 난 밖을 바라보며 그가 들어오는 문을 등지고 서 있었다. 성빈이 낮게 헛기침을 내뱉었다.

"흠, 어머니."

"……."

"저 때문에 일부러 주무시다가 나오신 건 아니죠?"

"그럴 리가 없잖니."

김 여사는 성빈에게 뒤돌아 볼 생각조차 없어 보였다. 그저 냉랭한 그녀의 대답만이 돌아올 뿐.

"이번 주에 주주총회 특별 결의안 마지막 회의 잡힌 거 알고 계시죠?"

"……."

"제 부회장 경영 승계가 이루어질 예정입니다."

김 여사의 까만 눈동자가 파동을 일으켰다. 이내 조금은 잠긴 목소리로 말을 꺼냈다.

"결국 네 뜻대로 됐구나."

"네."

"축하한다."

상실감이 담긴 김 여사의 목소리에, 성빈은 마음이 불편했다.

"오해하지 마세요. 전 단지 이 소식을 어머니께 가장 먼저 전하고 싶었을 뿐이에요."

김 여사의 굳어 있던 무표정이 살짝 느슨해졌다.

"분명 기뻐하실 거라고 믿었고. 또 내심 기특하다고 칭찬해 주실 걸 아니까요."

"……."

"제가 그렇게 열심히 한 이유가 결코 하연 씨 하나만은 아니에요."

성빈이 목소리에 힘을 실었다.

"어머니에게 인정받기 위함이기도 했어요."

"하…… 정말 재밌구나."

어느새 김 여사의 눈가가 촉촉해졌다. 여전히 그녀는 뒤를 돌 생각이 없어 보였다.

"약속할게요. 앞으로 어머니 실망시키는 일 없을 겁니다."

"과연 그럴까?"

"하연 씨도 결국 마음에 드실 거예요. 어머니를 많이 닮은 제 눈에 들어온 여자잖아요."

김 여사의 입술이 못 마땅하게 뒤틀렸다.

"어머니도 분명 반하실 며느리일 거라는 보장…… 제가 할게요."

"글쎄."

"믿어 주세요."

그녀의 뒤로 다가간 성빈이 어깨를 감쌌다. 어느새 자신보다 한참 커 버린 아들의 징그러운 스킨십이 짜증스러우면서도 싫지 않은 김 여사였다. 목덜미에 얼굴을 깊게 묻는 성빈.

"어머니. 저는 말이죠."

아들의 음성이 어느 때보다도 무거웠다.

"할아버지가 안 계셨을 때, 제가 지켜내야 할 여자가 두 명 있습니다."

"……."

"바로 어머니와 누나예요."

김 여사는 진하게 밀려드는 감정에 심장이 요동쳤다. 성빈이 말을 이었다.

"잘 지켜 내겠다고 약속하겠지만, 사실 저도 사람인지라 한편으론 두렵기도 해요."

김 여사는 '왜 아니겠어, 우리 아들.'이란 말이 입 밖으로 나올 뻔했지만 가까스로 참았다. 이를 악물었다.

"그런 저에게 힘을 주는 세상에 단 하나뿐인 버팀목이……."

김 여사는 자신의 귀를 막아 버리고 싶었다.

"바로 하연 씨입니다."

"……하아, 흑."

김 여사가 결국 울음을 터트렸다. 그런 엄마를 품에 꼭 안아 주는 성빈이다. 이 따뜻한 온기라도, 엄마를 위로해 줄 수 있다면 얼마나 좋을까. 성빈은 괴롭지만 쐐기를 박아야 했다.

"제가 목숨보다 사랑하는 두 여자를 지킬 수 있도록 하연 씨를 허락해 주시면 안 되겠습니까?"

김 여사가 오열하며 결국 돌아서서 아들의 가슴팍을 세차게 내리쳤다.

"이…… 나쁜 놈아…… 우흑……윽……!"

"죄송해요."

성빈은 엄마의 울분을 고스란히 받아 냈다. 그녀가 진정될 수 있도록 한번씩 '죄송하다.'는 말로 달래 주었다. 성하에 이어 성빈까지 상대한 김 여사는 더 이상 힘이 남아 있질 않았다. 얼마 후,

"괜찮으세요? 일부러 차게 준비해 달라고 했어요."

성빈이 김 여사의 손에 얼음이 띄어진 유자차를 건넸다. 김 여사의 눈에 독기가 서렸다.

"김성빈. 너 애초에 내 속 뒤집을 작정하고 아줌마한테 찬 음료 준비해 달라고 한 거지?"

"아니라곤 말씀 못 드리겠네요."

신경질이 난 김 여사가 유자차를 단숨에 들이켰다.

"저 그리고 아침에 영국으로 출장 갑니다."

"어쩌라고."

"머무는 기간이 다소 길어질 거 같아요. 중요한 거래처라."

김 여사는 입을 다물어 버렸다. 성빈이 가식적인 얼굴로 다정하게 엄마의 손을 잡았다.

"어머니를 믿습니다."

"김성빈. 이 손 안 놔?!"

성빈이 김 여사의 손을 꽉 움켜잡고 안 놔주었다. 다만 약간의 살벌함이 담긴 눈웃음을 지을 뿐이었다.

"전 어머니처럼 점잖은 여자를 본 적이 없습니다."

"허……!"

"제가 없는 동안에, 행여 하연 씨한테……."

겨우 진정했던 김 여사의 눈에 불길이 치솟았다. 뜨거운 불을 본 성빈이 말을 급하게 바꿨다.

"어머니, 사랑하고 존경합니다."

*   *   *

"네, 회장님."

[지금 어디야.]

먼저 공항에 도착해 사장을 기다리던 정구가 뒤통수를 긁적였다.

"저 사실…… 공항입니다."

[뭐야?! 내가 그렇게 알아듣게 말했는데, 결국 지 고집대로 하겠다 이거지? 내 이걸 진짜!]

큰 회장의 언성이 전화기를 타고 쩌렁쩌렁 울렸다. 정구가 눈을 질끈 감았다. 그때 저 멀리에서 성빈이 걸어오는 게 보였다. 정구가 큰 회장에게 다급하게 말했다.

"저 회장님 정말 죄송한데, 제가 상황 좀 파악하고 이따가 전화 드려도 될까요?"

[쯧……! 마음대로 해. 내 분통이 터져서, 원!]

통화 종료 버튼을 누른 정구가 사장을 향해 환하게 웃어 보였다.

"사장님, 피곤해 보이시네요. 여기 커피 좀 드세요."

"고마워."

정구가 내미는 테이크아웃 잔을 받아 든 성빈이 커피를 한 모금 넘겼다. 정구가 사장의 눈치를 힐끔 살폈다.

"하연 씨 보고 곧장 오시는 길이세요?"

"응, 어머니한테도 좀 들르고."

정구가 눈을 동그랗게 뜨고 물었다.

"사모님께서 별다른 말씀은 없으셨어요?"

"응."

"아아⋯⋯."

정구의 입에서 낮은 신음이 흘러나왔다. 성빈이 그런 정구를 흘겨봤다.

"너 반응이 왜 그래?"

"아, 아닙니다."

"서류는 빠진 거 없이 잘 챙겼지?"

"그럼요."

군더더기 없는 정구의 대답에 성빈이 고개를 끄덕이며 의자에 앉았다. 그가 주머니를 뒤져 핸드폰을 꺼냈다. 하연에게 출장 소식을 알려야 하는 남자의 마음이 제법 무거웠다.

"고모. 이번엔 된장찌개에 굴 좀 넣고 끓여 봤어요."

"이야, 맛있겠다."

하연의 앞에 마주 보고 앉은 고모가 찌개 국물을 떠먹어 봤다.

"이제 정말 시집가도 되겠네."

"정말요? 드실 만해요?"

"그래. 원체 네 엄마가 요리를 잘했는데, 손맛이 닮았나 보다."

하연이 어깨를 쓰윽, 올렸다. 어젯밤에 성빈을 두고 잠이 든 하연이 고개를 갸웃거렸다.

"혹시 어제 성빈 씨가 고모 올 때까지 기다렸어요?"

"응, 얼굴 보고 갔어."

하연이 숟가락을 입에 물며 중얼거렸다.

"새벽녘에 혼자 올라가느라 얼마나 고생이 많았을까……."

고모가 시니컬한 표정으로 대꾸했다.

"걱정 마. 내가 뜨신 홍삼차 한 잔 먹여서 보냈으니깐."

"아……."

"진하게 우린 거니께, 피곤은 좀 가셨을 거야."

하연이 나물을 뒤적거렸다.

"저 대신 챙겨 주셔서 감사해요."

아침 식사를 끝내고 하연이 나갈 채비를 했다. 연하게 화장을 마친 그녀가 단정한 원피스를 챙겨 입고선 거울을 들여다봤다. 나쁘지 않았다.

"간식은 어떤 걸로 사 갈까?"

어제 달수가 들이닥치는 바람에 마지막 인사도 제대로 나누지 못한 하연이 도서관에 들르기로 마음먹었다. 시계를 보니 동원의 집으로 넘어가면, 시간이 딱 맞을 것 같았다.

"하연아! 지금 나가려고?"

"네, 가방 좀 마저 챙기고……."

하연이 핸드백에 지갑이며, 다이어리를 부산하게 챙겨 넣었다. 그런 그녀를 옆에서 멀뚱멀뚱 고모가 말없이 지켜봤다. 하연이 고개를 들었다.

"고모 왜요? 하실 말씀이라도 있어요?"

"응? 으……응, 그게……."

잠시 망설이던 고모가 말고 있던 손을 폈다. 손바닥 가운데에는 핑크색 꽃 모양 브로치가 반짝이며 빛을 내뿜고 있었다. 하연의 눈이 커졌다.

"브로치예요?"

"응. 저번 주에 열린 오일장에 갔는데, 예뻐서 너 주려고 사 왔어."

"어머…… 정말요?"

네 개의 잎이 진주알 모형으로 둘러싸여 있는 브로치였다. 금테가 고급스럽게 둘러싸고 있었고, 정중앙에는 명품 브랜드를

상징하는 장식이 박혀 있었다. 하연이 작게 웃었다.

"하하, 이 브로치 짝퉁인가 보다."

"그래? 아는 브랜드야?"

고모가 하연의 검은 코트 오른쪽에 브로치를 달아 줬다. 하연이 감동 어린 눈빛으로 고모를 바라보더니 포옥, 안겼다.

"고모 너무 예뻐요. 정말 고마워요."

"됐어. 싸구려야, 싸구려."

하연이 애정이 듬뿍 담긴 목소리로 애교를 피웠다.

"……고모 항상 옆에 있어 줘서 너무 감사해요. 사랑해요."

"이 계집애가, 징그럽게."

"에이, 말은 그렇게 해도 사실 좋잖아요."

곧 하연이 품에서 떨어져 나가자 고모가 브로치가 잘 달렸나 다시 한 번 만지며 확인을 했다.

"잘 어울리네. 준 사람 성의 생각해서, 절대 떼지 말어."

"네! 알겠습니다!"

하연이 이마에 손을 직각으로 올리며 경례하는 제스쳐를 취했다. 벽시계를 바라보던 하연이 후다닥, 현관으로 달려갔다.

"고모 저 다녀올게요!"

현관 맨 바닥에 앉아 부츠를 발에 끼워 넣은 하연이 문을 열고 나왔다. 훅, 찬바람이 얼굴을 서늘하게 덮쳤다. 하연이 대문을 열고 나오는데, 익숙한 차 한 대가 서 있었다.

"딸꾹."

누구의 차인지 단번에 알아챈 하연은 저도 모르게 딸꾹질이 터졌다. 머릿속 사고가 정지됨과 동시에 혼란스러움을 느꼈다. 전신을 휘감는 두려움에, 하연이 부동자세로 얼음이 되어 버렸다. 그때 차창 문이 슥 내려갔다. 번뜩. 김 여사와 눈이 마주친 하연이 침을 삼켰다.

　"뭐하고 있어."

　"아, 안녕하세요. 어머니. 그런데 이른 아침부터 어쩐 일로……."

　하연은 별의별 생각이 다 들었다. 해외에 안 나간다며 고집을 부렸으니, 직접 보내 버리기 위해 오신 건가? 그게 아니라면 이 아침부터 왜 들르신 거지? 난 어떻게 행동을 해야 하지?

　"당장에 경찰이라도 부를 겁먹은 표정이로군."

　하연의 얼굴을 응시하던 김 여사가 비아냥거렸다.

　"네? 어머니…… 아, 아니에요! 오해세요!"

　"됐고, 일단 타기나 해."

　심장이 콩콩 뛰는 하연의 데시벨이 한껏 올라갔다.

　"네에?"

　"차에 타라고."

　"아, 네…… 네……."

　하연이 주뼛거리며 안 떨어지는 걸음으로 차로 향했다. 달칵. 차 문을 여는 하연의 마음은 어지러웠다. 김 여사 옆에 앉은 하연의 얼굴에 어두운 그늘이 졌다.

"사모님, 출발할까요?"

"네."

김 여사의 눈동자가 힐끗, 하연에게로 넘어갔다. 마주잡은 손가락을 꼼지락거리고 있는 하연은 상당히 불안하고 초조해 보였다. 김 여사가 낮게 한숨을 쉬며 툭, 한 마디를 내뱉었다.

"지금 공항으로 가는 중이야."

"고…… 공항은 왜요?"

하연이 말을 더듬었다. 한층 떨리는 심정을 감추지 못한 채.

"왜냐니. 성빈이한테 데려다줄려고 하는 거잖아."

"네?"

하연의 눈동자가 이 센티는 커졌다. 눈치가 제로인 하연의 태도에 김 여사가 못 견디고 결국 짜증을 부려 댔다.

"오늘 성빈이 해외로 떠나잖아. 알면서 왜 그래?"

"정말요? 모, 몰랐어요."

김 여사가 하연을 곁눈질 하며 되물었다.

"몰랐다고?"

"네…… 어제 딱히 말이 없었는데…….."

어제 성빈과의 일을 곱씹는 하연을 지켜보던 김 여사. 이내 그녀의 입술 끝이 교묘하게 말려 올라갔다. 김 여사가 팔짱을 끼더니, 까칠하게 말했다.

"내가 아가씨 대신에, 성빈이를 해외로 내보내려고."

"네?"

"제안을 했어. 내가 원하는 대로 해외 지사에서 삼 년 정도 썩는다면 두 사람 관계, 다시 생각해 보겠다고."

하연의 눈꺼풀이 파르르 떨렸다. 김 여사의 연기는 계속됐다.

"아가씨한테는 말하지 말고 떠나라고 했어."

"……."

"몸이 멀어지면, 마음도 멀어지게 될 거라는 판단을 했지. 약속은 지켰나 보네."

"정말…… 정말…… 너…… 무하세요. 우흑……."

채 몇 초도 안 돼, 하연의 눈에서 닭똥 같은 굵은 눈물이 후두둑, 떨어졌다. 그 모습에 살짝 당황한 김 여사가 이내 인상을 쓰며 하연을 타박했다.

"아가씨는 우는 게 취미야? 그만 좀 울어."

"어머니가…… 딸꾹, 어머니가 자꾸 울리시잖아요! 우허헝……!"

하연이 울음 섞인 목소리를 한껏 높이며 지지 않고 받아쳤다. 김 여사는 피곤함을 느꼈다.

"그래서 데려다주는 거잖아. 그만 좀 울어."

"그럼 어머니, 성빈 씨…… 어머니의 소중한 아들…… 해외에 안 보내실 거죠? 제발요…… 제발……."

김 여사가 심드렁한 얼굴로 콧방귀를 뀌자, 하연의 울음소리가 다시 커져 갔다.

"으허헝! 어머니 제에발요…… 흑…… 차라리! 저도 같이 떠날

게요."

"실성했니? 안 보낼 테니깐, 너야말로 제발 그만 좀 징징대."

"……흑, 딸꾹."

김 여사의 확실한 대답을 듣고 나서야 하연이 진정하기 시작했다. 눈가를 손등으로 쓱쓱 문대는 하연의 무릎 위로 김 여사가 손수건을 내려놨다. 여전히 무표정을 유지한 채.

"어머니, 감사해요."

"됐어. 지저분하니깐, 얼른 닦기나 해."

"네……."

얼마 후 안정을 되찾은 하연이 손수건을 꼭 움켜쥐었다.

"저…… 어머니?"

"말해."

"마음을 돌리신 이유를…… 여쭤 봐도 될까요?"

김 여사가 어깻숨을 크게 들이켰다.

"전에 내가 했던 말 기억하니?"

"어떤……."

"아가씨를 배려한다고, 내 아들을 죽일 수 없다는 말."

하연은 다시 콧잔등이 시큰해졌다. 이내 김 여사가 차창 밖 풍경으로 시선을 돌렸다.

"그런데 성빈이 녀석이 죽지 않으려면 버팀목이 필요하다고 하더군."

"……."

"바로 아가씨."

하연의 입술이 살짝 벌어졌다. 김 여사가 건조한 투로 갈무리
했다.

"내가 아가씨를 허락한 이유 또한 같아. 정말로 내 아들의 숨
통을 끊을 수는 없으니까. 그뿐이야."

하연은 자신을 외면하며 덤덤하게 말하는 김 여사에게서 깊
은 쓸쓸함을 느꼈다. 제 탓인 걸 누구보다 잘 알기에 하연은 마
음이 아팠다. 면구스러운 얼굴로 운을 떼는 그녀.

"어머니, 정말 죄송⋯⋯."

"됐어."

김 여사가 하연의 말을 무질렀다. 어느새 김 여사가 그녀를 똑
바로 주시하고 있었다. 하연을 대하는 쌀쌀맞은 태도는 여전했
지만, 확실히 전과는 분위기가 달랐다. 잠시 뜸을 들이던 김 여
사가 짧게 한숨을 흘렸다.

"이제부터 그런 죄송하다는 소리 다신 하지 마. 다 끝난 마당
에."

"네, 어머니."

"그리고 난⋯⋯ 그래, 난 말이지⋯⋯."

김 여사는 자신이 내린 결정을 다시 한 번 굳건하게 부여잡았
다.

"난 뒤끝은 없는 사람이야."

"아⋯⋯."

"그 말인즉, 당장은 좀 힘들긴 하지만 아가씨를 인정할 거라는 얘기야."

"……."

"알아들었어?"

하연은 순간 심장이 쿵 떨어졌다. 급속히 차오르는 눈물을 꾹 참으며, 그녀가 고개를 끄덕였다.

"제발 그만 좀 울어 대."

"너무…… 너무 감사하고…… 좋아서……."

"거참 피곤하네."

김 여사는 말은 그렇게 해도 그동안 하연을 마음고생시킨, 작은, 아주 작은 미안함에 눈초리를 슬그머니 내렸다. 하지만 최대한 티 내지 않으며 하던 말을 이었다.

"주변은 다시 정리해 줄 테니까, 원래 자리로 복귀해."

"감사합니다."

그때 김 여사의 눈에 하연의 코트 오른쪽에 위치한 브로치가 반짝이는 게 보였다. 그녀의 눈매가 점점 가늘어졌다. 손을 뻗은 김 여사가 브로치를 살짝 들어 올렸다.

"아가씨 거야?"

"아, 브로치요? 고모가 선물해 주신 거예요."

"정확히 언제?"

"아, 아침에 나오는 길에 달아 주셨어요. 시장에서 저한테 어울릴 거 같다며 사다 주신 거예요."

일순간 김 여사의 얼굴에 싸늘한 바람이 스쳐 지나갔다.

"김성빈, 내 이 자식을······."

브로치 가운데에 볼록 튀어나와 있는 장식을 살피던 김 여사의 눈에 불꽃이 튀었다. 입에 침도 안 바르고 뭐라고?

"어머니를 믿습니다."

"전 어머니처럼 점잖은 여자를 본 적이 없습니다."

"어머니, 사랑하고 존경합니다."

김 여사가 배신감에 치를 떨며 부들거렸다.

"어머니 왜 그러세요? 괜찮으세요?"

"아니다."

김 여사의 얼굴에 섬뜩한 분노가 번졌다. 하연의 가슴에 걸려 있는 브로치 가운데 있는 건 초소형 카메라임이 분명했다.

결국 믿는다던 아들놈한테 제대로 뒤통수를 맞은 김 여사는 빈정이 상해 인상이 구겨진 채로 입을 다물어 버렸다.

'언짢으신 거 같은데, 왜 그러시지?'

하연은 긴장한 채 김 여사의 눈치를 살폈다. 빠르게 달린 차는 어느새 공항에 도착했고, 기사가 하연 쪽 차 문을 열어 주었다. 아까보다 누그러진 김 여사가 하연과 눈을 마주쳤다.

"비행기 뜨기 전에, 얼른 잡아."

"어머니, 정말······."

하연이 뒷말을 흐리자, 김 여사가 냉연하게 잘라 말했다.

"고마운 거 알겠으니깐, 늦기 전에 빨리 가 봐."

"네! 금방 올게요."

마음이 급한 하연이 차에서 내려 달리기 시작했다. 감정이 북받쳐 눈물이 터졌다. 이제야 어제 성빈이 했던 이상한 행동들이, 왜 그랬는지 퍼즐이 맞춰졌다.

"사실 당신한테 해야 할 말이 있는데 쉽게 입이 떨어지지가 않네."

어딘지 모르게 난처한 기색과, 몇 번이나 무언가 말을 꺼내려다 말던 남자의 행동들. 고모에게는 아마도 자신을 잘 부탁한다는 말을 전한 거겠지.

"아흑, 성빈 씨……!"

하연은 울음을 참을 겨를도 없이, 미친 듯이 성빈을 찾아 주변을 살폈다. 그때 먼발치에서, 다리를 꼰 채, 의자에 앉아 핸드폰을 만지작거리고 있는 남자가 눈에 들어왔다.

"성빈씨이이이이!!"

하연이 남자의 이름을 외치며, 온힘을 다해 달리기 시작했다. 마침 하연에게 전화를 걸려던 성빈이 의아한 눈빛으로 자신을 향해 달려오는 그녀를 쳐다봤다.

"하연 씨……? 여긴……."

눈물에 의해 검게 번진 마스카라 때문에 추잡한 판다가 돼 버린 그녀를 성빈이 내려다봤다. 와락. 하연이 성빈의 허리에 손을 두른 채 얼굴을 묻었다.

"성빈 씨 정말 너무해…… 당신이 나한테 어떤 남자인데, 우흑! 말도 없이 날 떠나요……흑…….."

성빈은 하연의 행동이 당혹스러웠다. 갑자기 나타난 것도, 알 수 없는 말을 하는 것도.

"하연 씨, 왜 그래?"

"저한테 다른 남자는, 꾁! 필요 없어요! 현빈, 흑…… 원빈, 김우빈 그 어떤 남자를 데려다 놔도, 으흑! 저한테는…… 욱……! 저한테는 우리 성빈 씨가 최고란 말이에요!"

하연의 외침에 바쁘게 지나가던 사람, 여유롭게 앉아 있던 사람, 급한 일로 통화하던 사람, 하다못해 화장실이 급해 뛰어가던 사람까지도 두 사람에게 시선을 고정했다.

"하연 씨……."

성빈의 얼굴이 새빨갛게 달아올랐다. 어지간한 일로는 포커페이스가 무너진 적이 없는 그였다. 성빈은 하연과 사귀면서 처음으로 그녀가 창피했다. 그래. 창피해도 너무 창피했다.

"이 남자야, 어떻게 저한테 이래요! 꿀 먹은 벙어리처럼 굴지 말고 어서 말 좀 해 봐요!"

"하연 씨, 제발……."

성빈은 집중된 시선에 부담을 느끼며 괴로운 신음을 흘렸다.

남자의 속도 모르고 하연은 허리를 끌어안은 채 미친 듯이 흔들어 댔다. 성빈은 잠깐 질 낮은 생각까지 들었다.

'그냥 모르는 사람인 척할까? 아니, 안 돼. 그럼 하연 씨를 미친 여자 취급할 테지.'

더 이상 못 견디겠는 성빈이 하연의 손을 낚아채 구석으로 질질 끌고 갔다. 하연은 끌려가는 와중에도 쉬지 않고 성빈에게 서운함을 쏟아 냈다.

"성빈 씨 정말 나쁜 남자예요. 알아요?"

"그래, 나 나쁜 놈이야."

"제멋대로인 당신 행동에 질려 버렸어요."

"알았어."

하연은 정신이 왔다 갔다 거렸다.

"아아…… 사실 질려 버린 건 좀 과장된 거고 너무 서운해서 그만……."

"당신 마음 이해해."

"그래도 그렇지. 어떻게 절 버리고 떠날 생각을 해요?"

"누가? 내가?"

성빈이 어금니를 꽉 깨물고 적당히 대꾸해 줬다.

"다시 생각해도 저 너무 감정이 북받쳐서…… 흑……."

공항 구석진 모퉁이에 도착한 성빈이 하연의 손을 놔주었다. 하연이 다시 훌쩍이기 시작했다. 성빈이 허리에 손을 얹더니, 하연에게 단호하게 말했다.

"박하연. 그만 울고, 뚝."

자신 좀 알아 달라고 울며 떼쓰는 어린아이가 어른에게 혼났을 때 느끼는 것처럼 하연은 한층 북받치는 서러운 감정을 느꼈다. 하연의 표정이 흐트러지려고 하자, 성빈이 재차 엄하게 말했다.

"당장 뚝……!"

어찌나 단호한 태도인지 하연이 저도 모르게 울음을 꿀떡 삼켰다. 대신 최대한 '난 현재 너무 서럽고, 화가 나서 당신이 미워 죽겠다.'는 얄궂은 눈빛으로 성빈을 쏘아봤다.

"하연 씨, 일단 설명 좀 듣자."

성빈이 자신을 쏘아보는 하연의 뺨을 자상하게 쓰다듬었다. 그가 침착하게 물었다.

"여긴 어떻게 왔어?"

"어머님이 데려다주셨어요."

하연의 대답에 성빈의 미간에 깊은 주름이 잡혔다.

"어머니가?"

"네, 성빈 씨가 저 대신에 해외에 삼 년 동안 나가 있기로 했다면서요."

"뜬금없이 무슨 소리야. 내가? 삼 년?"

어처구니가 없는 성빈이 재차 되물었다.

"그래서 어제도 자꾸 빙빙 돌리기만 하고, 말 못 꺼냈던 거 아니에요?"

"어이가 없네."

"어쩐지…… 평소랑 행동이 좀 다른 게 이상하다 싶었어요."

혼자 결론을 내는 하연을 보며 성빈이 이내 픽 실소를 터트렸다. 하연의 양쪽 눈 끝이 신경질적으로 올라갔다.

"지금 웃음이 나와요?"

"그게 아니라. 하연 씨, 내 말 좀 들어 봐."

언제 울었냐는 듯 하연이 삐딱한 자세로 팔짱을 꼈다.

"어디 해 봐요."

"당신 많이 화난 거 같은데, 일단 진정 좀 해."

"성빈 씨가 입장 바꿔 놓고 생각을 해 봐요."

빨리 오해를 풀어 주는 게 낫겠다는 판단이 드는 성빈.

"어제 당신한테 하려다 말았던 말은, 나 오늘 런던으로 출장가."

"음? 출장이요? 떠나는 게 아니라요?"

남자의 뜻밖의 대답에 하연이 고개를 갸웃거렸다.

"내가 어제 당신 상태에 대해서, 꼬치꼬치 캐물었던 거 기억나?"

"아…… 네."

"하연 씨가 나한테 했던 대답도?"

하연이 천천히 고개를 끄덕였다.

"당신 두고 장기 출장 다녀온다고 하면 불안해할까 봐, 차마 말을 못 꺼냈던 거야."

"그래도……."

"아까 하연 씨 달려올 때, 전화해서 말하려던 참이었고."

성빈이 하연을 끌어당겨 품에 깊숙이 가두며 속삭였다.

"내가 당신을 두고 어딜 가."

"그럼 어머니께서는…… 왜……."

하연에게서 전해지는 따뜻한 온기에 성빈의 심장이 말랑해졌다. 그가 해답을 줬다.

"하연 씨, 당신 낚인 거야."

"네?"

"아직도 모르겠어?"

하연의 입에서 그제야 '아' 짧은 탄식이 흘러나왔다. 성빈이 출장 가는 걸 모르는 그녀에게 김 여사가 장난을 쳤다는 걸 깨달았기 때문이다.

"정말 다행이긴 한데……."

"응."

"사람 애간장 다 녹여 놓고, 어머니 정말 너무해서. 피이……."

속이 상한 하연. 불퉁한 얼굴로 입술을 쭉 내밀었다. 그 모습이 귀여워 죽겠는 성빈이 자세를 낮춰 하연에게 가볍게 '쪽' 입을 맞췄다.

"성빈 씨."

"응?"

"다시 해 줘요."

하연이 얼굴을 들어 입술을 내밀었다.

"음아! 성빈 씨, 다시."

"음······."

"쪽, 음."

"으음······."

성빈이 몇 번이고 자신의 입술을 찍어 내렸다. 어젯밤부터 내심 마음고생이 극에 달했던 두 연인의 마음이 솜사탕처럼 녹아내렸다. 곧 정신을 못 차리던 하연이 눈을 번쩍 떴다.

"성빈 씨, 비행기 뜬 거 아니에요? 런던 가야 한다면서요."

"아, 그렇지."

성빈은 망할 타이밍에 속으로 욕을 씹어 댔다. 성빈과 하연이 원래 있던 장소로 가자, 정구가 태연하게 의자에 앉아 인터넷 기사를 보고 있었다. 인기척에 고개를 든 정구가 활짝 웃었다.

"아, 사장님. 하연 씨."

"우리 서둘러야 할 거 같은데. 너 너무 여유로운 거 아니야?"

"네? 아니, 저 그게······."

자리에서 벌떡 일어난 정구가 우물쭈물거렸다. 브리프케이스를 챙겨 든 성빈이 하연에게 이별의 인사를 하기 위해 몸을 돌렸다.

"우리 하연이 오빠랑 잠시 떨어져 있어도 잘 지낼 수 있지?"

하연이 차마 떨어지지 않는 입술을 힘겹게 열었다.

"오빠 없이는 견디기 좀 힘들 거 같긴 한데······ 별수 없죠."

"자주 연락할게."

"화장실 가는 시간까지 아껴서 전화해야 해요?"

"당연하지. 당신 목소리를 들을 수만 있다면⋯⋯."

이보다 더한 신파극은 없었다. 뒤에 서 있는 정구의 표정은 차게 식어 갔다. 두 남녀의 절절한 사랑에, 눈물이 다 날 지경이었다. 하지만 더 늦춰지면, 목숨이 위태롭다는 걸 알고 있는 그였다. 정구가 불쑥 끼어들었다.

"사장님, 잠시만요."

하연에게 향해 있던 성빈의 다정한 눈동자가 정구에게로 향했다. 약간은 짜증스럽게 툭.

"왜?"

"저⋯⋯ 그게⋯⋯."

"뭔데."

성격이 급한 성빈이 빨리 말하라는 눈짓을 보냈다. 에라, 모르겠다.

"런던 출장 안 가서도 됩니다. 이미 큰 회장님께서 사장님 대신에 출국하셨어요."

"뭐?"

"아무래도 큰 회장님께서 이 모든 상황을 예상하신 거 같습니다."

성빈은 말이 없었다. 평온했던 그의 얼굴이 점차 무섭게 일그러졌다.

"그리고 이정구, 넌 할아버지가 이 모든 상황을 예상한 걸 이미 다 알고 있었던 거고."

정구가 억울한 투로 변명을 늘어놓기 시작했다.

"사장니임…… 아시다시피 제가 무슨 힘이 있겠습니까아? 위에서 하라고 하면, 하는 거죠오."

"방금 말 똑바로 했네."

그러나 성빈은 봐줄 기미가 없어 보였다.

"네가 모시는 상사가 할아버지인가 보지?"

"에헤이, 사장님. 서운하게 무슨 말을 또 그렇게 하십니까. 단지 전 더 높으신 분께 복종할 뿐입니다. 아시면서……."

정구가 윙크를 발사하며 어설픈 애교를 떨어 댔다. 입을 굳게 닫은 성빈의 시선은 여전히 매서웠다. 하연이 남자의 팔을 잡아 흔들었다.

"성빈 씨, 결과만 봐요. 네? 정구 씨도 입장이 있잖아요."

"이정구 너."

성빈이 인내의 숨을 깊게 들이켰다.

"나중에 회사에서 따로 얘기해."

마음이 급한 정구가 사장과 하연을 번갈아 보며 숨도 안 쉬고 말을 쏟아 냈다.

"대신 회장님께서 진행하는 계약 사항 제가 전달받아서 꼼꼼히 처리한 뒤에 보고 올릴게요. 그동안 제대로 쉬지도 못하셨는데, 하연 씨랑 좋은 시간 보내세요."

하지만 성빈의 싸늘한 눈빛은 쉽게 가라앉지 않았다. 정구가 서류 가방과 준비해 온 것들은 잔뜩 챙겨 들었다. 성빈은 이내 맥이 탁, 풀려 버렸다. 그래, 하연이 말한 대로 '결과'만 보자.

"하연 씨, 나중에 봬요. 사, 사장님 그럼 저는 이만 호텔로 들어가 보겠습니다."

인사를 건네는 정구에게 다가간 성빈이 손을 들었다. 움찔. 긴장한 정구가 주춤거리며 한 발자국 뒤로 물러났다. 탁탁. 성빈이 기계적으로 정구의 어깨를 두드렸다.

"여러모로 고생 많았어."

"어휴, 사장님 무슨 말씀이세요. 전 한 것도 없는 걸요."

탁탁.

"무슨 일 있으면 바로 전화하고."

"네, 알겠습니다."

탁탁.

아무리 생각해도 앙금이 남는 성빈이 정구만 볼 수 있게 검은 그림자를 드리웠다.

"하지만 이미 깨진 신뢰는 회복하기 어렵겠지. 너 나중에 두고 봐."

하연에게 뒤를 도는 성빈의 얼굴이 다시 온화해졌다. 그런 남자가 천사의 형상으로 보이는 하연. 잘했다는 미소를 띠며, 성빈에게 냉큼 팔짱을 끼었다. 정구는 잠깐 굳어 있다가, 어쨌든 넘어간 게 어디냐 스스로를 위로하며 얼른 자리를 떠 버렸다.

"우리 성빈 씨는 역시 대인배라니깐. 어쩜 마음까지 태평양이야."

"저 녀석도 입장이 난처했을 텐데. 내가 이해해야지, 뭐."

성빈의 눈초리가 순하게 내려갔다. 그런 남자가 너무 사랑스러운 하연의 눈에 하트가 떠올랐다. 성빈은 양심에 찔렸지만, 제여자에게 다정한 남자로 보이는 걸 포기할 순 없었다.

"어머니 너무 오래 기다리시는 것 같아요, 빨리 가요."

"아직 밖에 계셔?"

"아마 그러시지 않을까요? 얼른 서둘러요."

하연이 성빈을 재촉해, 공항 밖으로 나왔다. 아까 하연이 내렸던 자리에 검정색 벤츠가 서 있었다. 오랫동안 기다렸던 김 여사의 눈이 날카로워졌다.

"아주 신났네."

팔짱을 낀 채, 신나서 룰루랄라 나오는 두 사람을 보며 그녀가 혀를 찼다.

"가만 보니, 둘 다 맹추 같은 게 아주 잘 어울리는 한 쌍이야."

어느새 벤츠에 근접한 성빈과 하연을 노려보던 김 여사가 기사에게 지시했다.

"출발해요."

"네?"

"저것들 꼴 보기 싫으니깐, 서둘러 출발해요."

성빈이 하연을 데리고 인사를 하러 벤츠로 다가가는 찰나. 부웅. 시동이 걸린 벤츠가 그대로 출발해 버렸다. 놀란 하연의 입이 반쯤 벌어졌다.

"성빈 씨?"

당혹스러운 눈으로 자신을 올려다보는 하연의 머리를 쓰다듬어 주는 성빈.

"당신도 어머니 성격 대충 파악했잖아. 불편하셔서 저러시는 걸 거야."

"알긴 하는데…… 그래도……."

성빈이 확신에 찬 어조로 그녀를 달랬다.

"걱정할 거 없어. 정말로."

"알겠어요."

성빈이 팔짱을 끼고 있는 하연의 팔을 잡아 코트 안으로 밀어넣었다. 꼬옥. 자석처럼 찰싹 달라붙은 두 사람.

"하연아. 같은 하늘 아래, 우리 두 사람 이렇게 서 있으니깐 너무 좋다."

"정말, 저도…… 저도 그래요."

이 자유로운 기분을 만끽하기까지 얼마나 많은 길을 돌아오고, 수많은 시련을 견뎌 냈던가? 두 연인은 벅찬 감격에 휩싸였다. 하연은 청승맞게 눈물이 나려는 걸 참았다.

"이제야 비로소 살 거 같다."

"성빈 씨, 저도…… 그래요."

제약이 없는 사랑, 누군가에겐 지극히 평범한 일인지 몰라도

둘에겐 너무나 절실했던 단 하나의 바람이었다. 성빈과 하연은
서로를 품으며 생각했다.

'너무나 힘들었던 이놈의 지독한 사랑⋯⋯.'

하연의 턱을 들어 올린 성빈이 그녀의 이마에 입을 맞췄다.

'두 번은 못 해 먹겠다. 그러니깐⋯⋯.'

하연의 찡긋거리는 콧잔등에 다시 입을 맞췄다.

'마지막 내 종착역은 바로 당신으로 정했어.'

그 순간 하연이 발뒤꿈치를 번쩍, 들어 올렸다. 자신의 코끝에
서 내려오고 있는 성빈의 입술을 그대로 덮치는 그녀. 싱긋 웃은
성빈의 팔이 하연의 허리를 강하게 휘어 감았다.

'김성빈, 당신이란 남자를⋯⋯.'

'박하연, 당신이란 여자를⋯⋯.'

이젠 내 사람이 확실해진 당신, 우리의 미래엔 행복한 로맨스
만 기다릴 뿐.

'내 모든 걸 바쳐, 당신만을 사랑해.'

17장

100% 로맨틱

"성빈 씨. 저 마트에 좀 들르게, 먼저 올라갈래요?"

남자의 맨션 지하 주차장 승강기에 오른 하연이 고개를 뒤로 젖혔다. 그런 여자를 뒤에서 끌어안고 있던 성빈이 투정을 부리 듯 고개를 저었다.

"당신이랑 잠깐이라도 떨어져 있기 싫어."

"집에 아무것 없지 않아요? 간단히 장봐서 금방 올라갈 테 니……."

"이 여자야…… 싫다니깐."

하연의 목덜미에 고개를 파묻은 성빈이 안 어울리는 떼를 썼 다. 흘러내리는 성빈의 머릿결에서 나는 은은한 샴푸향이 하연 의 코끝을 간지럽혔다.

"아이 참…… 고집도."

"같이 봐. 오래 걸리는 거 아니면."

성빈과 하연이 함께 마트 안으로 들어섰다. 하연은 무얼 해 주면 좋을까, 고민을 하다가 야채를 좋아하는 남자를 위해 샤브샤브를 해 주기로 결정했다.

"청경채랑, 버섯이랑, 배추 그리고…… 에, 또……."

성빈은 자신이 든 노란 바구니에 담기는 것들을 내려다봤다.

"뭐 하려고 야채를 이렇게나 많이 담아?"

"샤브샤브 하려고요. 성빈 씨 저번에 잘 먹길래…… 괜찮죠?"

성빈은 두말 않고 호응을 해 주었다.

"나야, 뭐 당신이 해 주는 거면 뭐든 맛있지."

"흥, 말이나 못하면."

"내가 뭘?"

하연이 과일 코너로 발걸음을 옮기며 투덜거렸다.

"항상 입맛에는 다 맞는다며 칭찬은 그렇게 하면서. 젓가락이 세 번 이상 안 가는 음식들이 그동안 얼마나 많았어요. 성빈 씨는 기억 못 하죠?"

"내가 그랬었나?"

하연의 뾰족한 눈초리를 외면하며 성빈이 심드렁하게 대꾸했다.

"제 딴엔 맛있을 거 같은 메뉴 선택해서, 몸에 좋은 재료 넣고, 입맛에 최대한 맞춘다고 부단히 노력을 해도…… 매번 고전하니, 이제는 점점 자신감이 떨어져서 해 줄 맛이 안 나요."

하연이 속상한 얼굴로 입술을 부풀렸다. 성빈이 만면에 미소를 띠며, 부드러운 어조로 그녀를 달랬다.

"오늘부터 당신이 해 주는 음식. 하나도 안 남기고 다 비울게. 그럼 되지?"

"……쿵, 정말요?"

"그렇대도. 그러니깐 우리 하연이 그만 기분 풀어."

성빈의 말 한마디에 또 금세 녹아내린 하연이 입술을 삐죽거렸다.

"하여간 이 오빠 자상한 척은."

"그럼 대충 다 집은 건가?"

"네. 계산하면 될 거 같아요. 어머, 어떻게…… 다크서클을 내려온 거봐."

계속된 과로에, 어젯밤 날까지 샌 성빈의 창백한 얼굴은 피로에 절어 있었다. 환한 데서 자세히 보니 평소에는 볼 수 없었던 다크서클까지 진하게 번져 있었다. 하연이 서둘러 성빈의 등을 떠밀었다.

"우리 집으로 빨리 올라가요."

"왜 그래?"

"일단 성빈 씨 눈 좀 붙여야겠어요."

하연의 재촉에, 성빈이 산 것들을 들고 맨션으로 올라갔다. 삐빅. 현관문이 열리고, 여자를 벽면에 밀친 성빈이 얼굴을 두 손으로 감쌌다. 피곤함을 풀 휴식보다 더 애타게 원한 하연이었다.

"그동안 미치는 줄 알았어."

"……."

"하아, 정말 당신 때문에……."

성빈이 위험한 분위기를 조성했다. 하연은 힘이 바짝 들어간 그의 팔을 붙잡았다.

"성빈 씨 마음은 잘 알아요. 그런데 지금은 그보다 잠이 필요하고…… 숨도 좀 돌리고…… 낮이기도 하고……."

사과처럼 얼굴이 빨개진 하연이 몸을 살짝 꼬았다.

"누가 뭐래?"

"네?"

"그냥 당신이 그리워서 미치는 줄 알았다고. 이 여자는 왜 또 호흡이 거칠어져."

하연의 빨간 얼굴이 검은빛을 띠고 한층 붉어졌다. 성빈의 가슴팍을 탁— 밀쳐 낸 하연이 씩씩대며 눈을 모로 세우고 노려봤다. 성빈이 실소를 터트렸다.

"장난친 거야. 장난…… 윽!"

하연의 말아 쥔 주먹이 그대로 성빈의 아랫배를 퍼억! 가격했다. 성빈이 배를 문지르며, 얼굴이 터지기 일보 직전인 하연의 머리를 귀엽게 헝클어트렸다.

"사랑하는 연인끼리 밝힐 수도 있는 거지, 뭐가 창피하다고 그래."

퍼억—! 하연의 주먹에 한층 살벌한 힘이 실렸다. 이번엔 성빈의 등이 새우처럼 접혔다. 성빈의 큰 눈이 깜박깜박. 하연이 남자를 벽에 몰아세우며 더 해 보라는 눈짓을 해 보였다.

"하연 씨 지금 나한테 손찌검한 거야?"

"누가 하게 만드는데요? 네?"

매번 돌직구로 날리는 성빈의 말장난에 이골이 난 하연은 이참에 버릇을 잡자 싶었다.

"요즘에 데이트 폭력이 얼마나 사회적으로 크게 대두되고 있는 문제인지 알아?"

"이 남자가 아직도 정신을 못……!"

이번엔 성빈이 날아오는 하연의 양쪽 팔을 낚아채 결박했다. 등 뒤로 닿는 차가운 벽의 감촉에 하연이 움찔했다. 성빈이 고개를 삐딱하게 기울였다.

"……하연 씨."

"이거 놔요! 정말 못됐어!"

남자의 그윽한 음성이 더 기분 나쁜 하연이 소리쳤다. 성빈이 결박한 손을 그대로 붙잡은 채, 기울였던 고개를 낮춰 하연과 시선을 마주했다. 살짝 올라가는 그의 입술 끝.

"그동안 계속 기운 없어하더니, 이제야 좀 보기 괜찮네."

"……"

"그동안 당신 뒤로하고 혼자 서울에 올 때면, 심장 반쪽을 버려두고 온 기분이었어."

성빈은 지난날을 떠올리기만 해도 심장이 욱신거렸다.

"난 항상 당신한테 철없는 애정 표현을 강요하지만 말이야."

성빈의 눈동자에 짙은 진심이 묻어났다.

"나는 당신 절대 못 이겨."

"무슨……."

"얼마나 조바심이 나면, 시도 때도 없이 붙잡고 확인을 하겠어."

성빈은 점차 그녀에게 물들어 가는 자신이 신기했다.

"난 철저하게 을인 입장이야. 몸도 마음도 당신한테 철저하게 묶여 있으니깐."

검붉었던 하연의 뺨이 이번엔 분홍빛으로 물들었다.

"성빈 씨는 어쩜 그런 낯부끄러운 말을 아무렇지도 않게 해요? 참 신기해."

"이런 거 간지러워서 싫어?"

성빈이 물음에, 하연이 얼른 고개를 저었다.

"그런 건 아닌데…… 심장을 누가 긁는 거 같아서요."

"난 더한 표현도 가능해. 다만 당신은 좀 어색해하니깐, 내가 누워서 절 받기 식으로라도 이끌어 내는 거야. 팔 아프지? 놔줄게."

"아뇨."

이번에는 하연이 거부했다.

"이왕 하는 김에 더 해 봐요. 잘난 우리 오빠."

"참나."

성빈이 듣지 않고 하연의 팔을 놔주었다.

"당신이 잘난 척하는 나를 무지 재수 없어 하는 건 아는데."

"제가요?"

"그래. 내 딴에는 계속 '나 잘났다.' 매력 어필을 하는 거야."

순진한 눈을 말똥말똥 굴리며 묻는 하연에게 딱밤을 탁— 놓는 성빈.

"내가 이 정도로 괜찮은 남자인데. 그쪽이 잘 모르는 거 같아서, 내 입으로 직접 친절히 알려 주는 거니깐 잘 기억해 둬라. 그리고 절대 놓치지 마라. 뭐 그런 거지."

"아, 그런 깊은 뜻이……."

하연의 작은 탄성에 성빈이 설명을 덧붙였다.

"한마디로 세뇌를 시키는 거지. 나라는 근사한 남자한테 박하연 이 여자야 빠져라, 빠져라."

"어머나……."

"이제 잘 알겠지? 내 잘난 척은 당신을 지키기 위한 한낱 순정남의 연기일 뿐이라는 걸."

"푸흡……!"

뻔뻔한 성빈의 태도에 하연이 못 참고 웃음을 터트렸다.

"당신이 볼 땐, 아닌가 보지?"

성빈이 정색을 하며 진지하게 물었다. 하연이 급하게 도리질을 했다.

"아니요. 우리 성빈 씨 정말 멋진 남자죠."

"흠."

"진짜래도요?"

"……."

딱딱하게 굳은 성빈의 표정은 쉽게 풀리지 않았다. 하연이 입술을 내밀었다.

"오빠, 하연이 입술에 뽀뽀?"

"안 해."

"아, 왜요! 해 줘요오! 자아, 여기 입술."

"싫어."

하연이 남자의 목에 매달렸다.

"이 여자야. 입술 가지고는 안 돼."

번쩍. 하연의 엉덩이를 받쳐 든 성빈이 소중히 그녀를 품에 안았다. 복도를 따라 침실로 들어간 성빈이 하연을 침대에 내려놨다.

"하연 씨, 일단 나 좀 쉬고 싶어."

여자의 옆으로 쓰러지듯 성빈이 몸을 뉘었다. 그는 자신보다 한 뼘 위에 있는 하연의 허리에 팔을 둘러 고개를 파묻었다. 남자가 비비적거리는 걸 느끼며 하연이 푹신한 베개를 집어 성빈의 목 뒤에 고정해 줬다.

"고마워. 하연 씨도 같이 한숨 자……자……."

"알겠어요. 얼른 눈 좀 붙여요."

금세 졸음이 몰린 게슴츠레한 눈으로 하연을 올려다보는 성빈. 하연이 손바닥을 펼쳐 성빈의 눈에 살며시 올렸다. 성빈의 눈꺼풀을 내린 그녀가 사근사근한 어조로 그에게 속삭였다.

"우리 성빈 씨…… 그동안 너무 고생 많았어요."

실로폰 같이 울리는 연인의 청아한 음성이 성빈의 귓전을 타고 잔잔하게 흘러들었다.

"한결같은 당신의 과분한 사랑에 전 가끔 눈물이 나요."

잠에 몽롱하게 취한 성빈은 점점, 정신이 흐릿해져 갔다.

"잘난 척한다며 매번 구박을 하긴 해도……."

"……."

"전 성빈 씨처럼 근사한 남자를 본 적이 없어요."

하연이 성빈의 머릿결을 천천히 쓰다듬었다.

"당신이 아직도 제 남자라는 게 신기해요. 너무 행복하고. 그러니깐……."

"……."

"앞으로 제가 더 잘할게요. 사랑해요."

하연의 달콤한 고백을 끝으로 성빈은 깊은 수면에 빠졌다. 길었던 악몽은 전부 끝이 났고, 그는 비로소 편안한 휴식을 맞이할 수 있었다.

"쪽…… 내 사랑."

성빈의 이마에 하연이 입술을 떨어뜨렸다. 얼마간 자는 성빈을 흐뭇하게 지켜보던 하연이 소리 죽여 침실을 빠져나왔다. 그녀는 남자에게 먹일 저녁을 분주하게 준비하기 시작했다.

*　　*　　*

이른 초저녁, 성빈이 잠에서 깼다. 하연이 김천에 내려간 뒤, 적막하기만 했던 집 안에 오랜만에 따뜻한 온기가 맴돌았다. 하연이 때맞춰 성빈을 살피고자 모습을 드러냈다.

"피로는 좀 풀렸어요?"

"응, 나름. 좀 씻어야겠어."

"식사 준비 거의 다 됐는데. 저녁 먹고 씻어요."

"알았어."

"정신 차리면 주방으로 넘어와요."

아직 정신을 덜 차린 성빈을 안쓰럽게 바라보던 하연이 불 위에 올려 둔 요리 때문에 재빨리 주방으로 걸음을 재촉했다. 성빈이 목을 죄는 타이를 느슨하게 잡아당기며 몸을 일으켰다.

주방으로 가자 식탁 가운데 위치한 레인지에 올린 냄비 안으로 잘 썰린 야채를 넣고 있는 하연이 보였다. 성빈은 그제야 몸소 실감을 했다.

'이제 정말 내 품으로 돌아온 거 같다. 박하연.'

헌데 왠지 불안해 보이는 하연. 왜 그런지 지켜보니 김이 폴폴 나는 냄비 안의 육수가 제법 뜨거워 보였다. 성빈이 빠르게 나섰다.

"하연 씨, 그러다 국물이라도 튀면 큰일 나겠다. 내가 할게."

"에이, 괜찮아요."

"당신은 다른 거 해. 이리 줘."

성빈이 하연을 비켜 세우고 집게를 뺏었다. 하연이 싱긋 웃으며 미리 준비해 둔 소스를 접시에 옮겨 담았다. 얼추 준비를 마친 두 남녀가 식탁에 마주 보고 앉았다.

"방금 일어나서 사실 입맛은 별로 없긴 한데……."

성빈이 눈치를 보며 배를 쓸어내렸다.

"샤브샤브 냄새 맡으니깐 허기져 죽겠다. 하연 씨 아직 멀었나? 언제쯤 익을까."

"억지로 먹으면 체하니까 먹을 수 있을 만큼만 천천히 먹어요."

하연의 후한 인심에도 성빈은 말려들지 않았다.

"말은 그렇게 해도 또 두고두고 구박할 거잖아. 다 먹을 거야."

"자, 아 해 봐요."

하연이 내미는 샤브샤브를 성빈이 받아먹었다. 얇은 소고기를 감싼 청경채에 칠리소스를 살짝 찍은 샤브샤브가 입안에서 잘 어우러졌다. 과장이 섞인 성빈의 만족스러워하는 미소에 하연이 픽 웃었다.

"하연 씨. 내가 먹었던 샤브샤브 중에서 가히 최고야."

"풋, 오버는 증말……."

"하연 씨도 얼른 들어."

하루 중에 세 번씩 하는 흔해 빠진 식사 시간. 하지만 이 순간을 너무 오래 기다려 왔던 성빈과 하연은 살면서 가장 느긋한 저녁을 즐기고 있었다.

"하연아, 입 벌려 봐."

"아앙, 으음. 역시 오빠가 싸 주니깐 너무 맛있다."

누가 보면 한 편의 촌극이었을 식사를 마친 성빈과 하연이 뒷정리까지 깔끔하게 마쳤다. 그때 침실에 두었던 핸드폰이 울려 성빈이 건너갔다. 큰 회장의 전화였다. 간단한 안부를 묻는 큰 회장에게 성빈이 진심을 담아 감사 인사를 전했다.

"할아버지세요?"

"응. 그냥 당신 잘 있냐고."

하연의 얼굴에 고마운 미소가 번졌다.

"지금 씻을 거죠?"

어느새 곁에 다가온 하연이 답답해 보이는 성빈의 그레이 실크 타이를 마저 풀어 주었다. 성빈이 그녀를 올려다보며 유혹의 눈빛을 쏘았다.

"같이 할까?"

"뭐…… 뭘요?"

타이를 움켜쥔 하연이 뒷걸음질을 쳤다. 성빈의 검은 눈동자 색이 한층 진해졌다.

"우리 같이 씻자."

"시, 싫어요."

"나도 싫은데?"

성빈이 장난꾸러기 같은 미소로 맞받아쳤다.

"이 여자야. 석상처럼 굳을 건 또 뭐야. 이리로 와 봐."

하연이 남자의 품에 망설임 없이 다이빙을 했다. 퐁당. 하연의 입술이 탐나는 성빈이 그녀의 턱 끝을 올리는데 하연이 제지했다.

"잠시 만요."

성빈이 동작을 멈추었다. 하연이 쥐고 있던 실크 타이를 성빈의 눈에 갖다 댔다.

"지금 뭐하는 거야?"

"……있어 봐요."

매혹적인 한 마디. 하연의 돌발행동에 성빈은 심장이 뛰기 시작했다.

"성빈 씨한테 고백 좀 하려고요."

"고백?"

"그동안 성빈 씨는 저한테 꾸준히 표현을 해 줬는데…… 저는 딱히 그런 게 없었잖아요? 그래서 저한테 당신이 어떤 의미인지 설명을 좀 해 줄까 싶어서요."

성빈은 입안이 바싹바싹 마르기 시작했다. 두근두근. 뭐지?

"눈앞에, 안 보이죠?"

"응, 완벽히."

설렘과 기대로 풍선처럼 부풀어 오르는 성빈의 마음. 하연의 고백이 시작됐다.

"처음에 성빈 씨는 저한테 너무 까마득한 존재였어요."

"그래?"

"네, 지금 당신이 앞을 못 보는 것처럼."

'한편의 시 같기도 하고…… 좀 심오하군.'

"분명 바로 앞에 있는 데도 멀게만 느껴지고…… 좋아하는 감정을 넘어서 성빈 씨의 존재를 비롯해 일어나는 모든 상황들이 두려웠어요. 감당할 수 있을까 하는 겁도 많이 났었고……."

성빈은 순간 자신이 가졌던 기대감이 더럽게 느껴졌다. 하연의 차분한 목소리가 괜히 머쓱하게 만들었다.

"그런데 이제 모든 산을 넘고 나서 깨달은 게 있어요."

"뭔데?"

하연의 장단에 맞춰 성빈이 진지한 태도로 되물었다. 씩 웃는 하연의 미소가 깃털만큼이나 가벼웠지만 그는 볼 수 없었다. 타이로 눈을 가린 성빈의 얼굴을 하연이 양손으로 감쌌다. 어느새 그녀의 눈이 촉촉해졌다.

"정말 별거 없구나."

"뭐?"

"이렇게 눈물 나도록 당신이 좋은데, 겁 좀 난다고…… 모든 게 버겁다고 어쩔 도리가 있었겠냐 싶어요."

하연이 말을 끝냄과 동시에, 성빈에게 입술을 부딪쳤다.

"읍……! 하아, 읍…….."

짧은 키스가 끝이 나고,

"하아, 하…… 김성빈 씨. 당신은 내 인생에 두 번은 없을 신세계예요."

하연이 갖다 댔던 타이를 거두었다. 성빈의 눈매가 휘어지더니, 기분 좋게 웃었다. 허나 그가 짓는 미소엔 다소 위험한 모략이 그려졌다.

"하아, 하연 씨 그런데 말이야."

"……네? 하…….."

성빈이 타액으로 번들거리는 자신의 입술을 엄지로 슥 문대며 말했다.

"당신이 본 건 진짜 신세계가 아니야."

"그게 무슨 말이에요?"

침대 맡에 떨어진 타이를 집어든 성빈이 제 아랫입술을 살짝 혀로 핥았다.

"당신 입에서 직접 나온 인생에 두 번은 없을 신세계?"

"……꺄악……!"

성빈의 의도를 알아챈 하연은 일이 벌어지기도 전에 경악을 했다. 성빈의 표정을 보니 이미 결심을 굳힌 모양이다. 성빈이 타이를 촤악, 펼쳐 하연의 눈으로 가져갔다.

"진정한 '신세계'가 어떤 건지 이 오빠가 제대로 보여 줄게."

＊　　　＊　　　＊

　그로부터 삼 주 뒤. 원래 살던 집으로 복귀한 그녀는 한동안 여유로운 휴식을 취했다. 집안 곳곳을 청소하며 복잡했던 마음을 말끔히 털어 내고, 밀린 드라마도 챙겨 보고, 독서를 하며 심신을 달랬다. 그리고 오늘, 큰 회장의 자택에서 가족 모임이 있는 날이었다.

　"어디 보자. 이 원피스가 색상이 더 어두워서 단정해 보이기도 하고……."

　전신 거울 앞에서 고민에 빠진 하연은 벌써 한 시간째 의상을 고르는 중이었다. 최종적으로 두 벌의 원피스를 두고 그녀는 고민에 빠져 있었다. 그때 화장대에 올려 둔 핸드폰이 울렸다.

　[하연 씨, 도착했어. 내려와.]

　"어머! 벌써요? 저 옷만 입으면 되거든요? 금방 내려갈게요."

　전화를 끊은 하연이 검은 스타킹만 신은 두 발을 동동거렸다.

　"어떤 걸로 하지? 아, 모르겠다. 그냥 이걸로 입자."

　결국 여성스러운 러플이 들어간 디자인의 그레이 원피스를 선택한 하연이 주섬주섬 입기 시작했다. 양쪽 팔까지 끼워 넣은 하연이 뒤돌아 전신 거울을 보며 지퍼를 쭉 올렸다.

　"음, 괜찮나?"

　거울 앞에 선 하연이 한 바퀴를 돌아보며 꼼꼼히 살폈다. 성빈과 데이트할 때도 이렇게까지는 신경을 안 쓰는 그녀였다. 하연이 바닐라 색 가방을 낚아채 현관으로 달려갔다.

"천천히 내려와. 그러다가 넘어져."

노란색 범블비에 비스듬히 기대 있던 성빈이 불안한 구두 걸음으로 계단을 내려오고 있는 하연에게 목소리를 높였다. 아슬아슬하게 계단 끝까지 다 내려온 하연이 녹색 문을 열고 나왔다.

"성빈 씨, 오래 기다렸죠?"

"괜찮아."

왠지 상기돼 보이는 하연의 표정에 성빈이 픽 웃음을 흘렸다.

"이 여자야. 왜 이렇게 들떠 있어?"

"그래 보여요?"

"응, 오늘 신경 좀 썼네."

성빈이 조수석 문을 열어 주자 하연이 '고마워요. 김 기사.' 장난을 건네며 올라탔다. 하연이 긴장되는 마음을 애써 진정시키며, 시동을 거는 성빈에게 물었다.

"성빈 씨. 저 오늘 어때요?"

"예뻐."

"그게 끝?"

하연의 불퉁한 얼굴로 구시렁대기 시작했다.

"본인 목적이 분명할 때에는 갖은 사탕발림에 밀어란 밀어는 다 속삭이며 꼬셔 대 놓고 꼭 이럴 때에는……."

"나만큼 일관성 있는 남자가 또 어디에 있다고 구박을 하고 그래?"

성빈이 여자의 말허리를 자르며 반박을 했다. 하연이 팔짱을
끼더니, 고개를 까닥 기울였다.

"어디 한번 말해 봐요?"

"해 보던지."

"매일 밤마다 '하연 씨, 당신만큼 날 미치게 하는 여자는 없어.'
'당신에게 쏟아져 나오는 단 한 번의 숨결에도 난 이성을 잃어.'
'어떨 땐 너무 예뻐서 녹여 먹어 버리고 싶어.' 등등!"

하연의 입을 통해서 듣는 자신이 쳤던 부끄러운 대사에도 성
빈은 표정 하나 바뀌지 않았다. 다만 태연하게,

"하연 씨. 제법인데?"

"제 말이 틀려요?"

"다 맞아. 근데 당신 전보다……."

성빈이 미미하게 입꼬리를 올렸다.

"부끄러움이 많이 사라졌구나. 말하는 게 거침없는데?"

하연이 창밖을 보며 심드렁하게 대꾸했다.

"성빈 씨 영향이죠, 뭐. 연인끼리는 닮는다잖아요."

"하여간 귀엽기는. 도착했다."

큰 회장의 자택 정문 앞에서 차를 세운 성빈이 하연과 함께 내
렸다. 관리인이 성빈에게 차 키를 건네받고 문을 열어 주었다.
긴장이 된 하연은 저도 모르게 마른침을 꼴깍꼴깍 삼켰다.

"하연 씨, 괜찮아?"

"그럼요! 잘…… 잘할 수 있으니 걱정 마요!"

성빈이 집 안으로 들어가기 전, 하연을 돌려 자신을 보게 만들었다.

"어깨 넓게 펴고 당당하게 굴어. 어머니는 그 편을 더 좋아하실 거야."

"알겠어요! 아자! 아자!"

"그런 유치한 구호는 좀 빼고…… 아무튼 그동안 내 손 놓지 않고 여기까지 와 준 거 진심으로 고마워."

"제가 뭘…… 성빈 씨가 다 해냈는걸요."

머리 위로 떠 있는 햇살 아래, 눈이 부신 남자를 하연이 힘겹게 올려다보았다. 성빈을 처음 만났을 때, 웃음기 없는 얼굴이 더 어울린다고 생각했었던 그녀였다. 그랬던 남자가 지금 자신이란 여자를 앞에 두고 더없이 행복한 미소를 짓고 있었다. 감격스러웠다.

"성빈 씨 그거 알아요?"

"뭐가?"

"절 바라보는 당신의 애틋한 눈빛만큼이나, 저한테도 당신의 존재가 감동 그 자체라는 걸……."

"우리 하연이는 말하는 것도 어쩜 이리 예쁜……."

찌릿!

"거기 두 사람. 안 들어가고 지금 문 앞에서 뭐하고 있는 거야?"

성빈과 하연의 눈이 빠르게 김 여사에게로 돌아갔다. 순간 가슴이 철렁 내려앉은 하연이 서둘러 조신하게 고개를 숙였다.

"어머니 그동안 잘 지내셨어요?"

그런 하연을 위아래로 느릿하게 스캔하는 김 여사. 잠시 후에야 딱딱한 어투로 대답했다.

"잘 지내고 말고 할 게 어딨어. 평소랑 똑같지."

"아아, 네에……."

의기소침하게 내려앉는 하연의 대답이 거슬리는 김 여사다.

"그러는 넌."

"네?"

"좀 쉬긴 했냐고."

김 여사가 보이는 뜻밖의 관심에 하연이 기쁜 마음으로 대답하려는 찰나,

"대답은 됐어. 뽀얀 얼굴을 보니, 내가 괜한 걱정을 했구나 싶다."

"네! 어머니 저도 잘 쉬었어요."

하연에게 시선을 거둔 김 여사가 성빈을 고깝게 올려다봤다.

"문 앞에서 물 흐리는 거 그만하고 따라 들어와."

"알겠습니다."

김 여사의 뒤를 따라 성빈과 하연이 집안으로 걸음을 옮겼다. 누군가 들어오는 소리에 심심한 얼굴로 거실 소파에서 뒹굴며 스마트폰을 만지던 세라가 벌떡 일어났다. 이 집안에서 귀염둥이 역할을 톡톡히 하는 세라 앞에서는 칼바람의 여인 김 여사도

온화해졌다.

"와, 고모 왔다! 우리 얼마 만에 보는 거예요."

"세라 너는 전보다 더 마른 거 같은데? 속상하게…… 잘 챙겨 먹고 다니긴 하는 거니?"

"먹는 데도 스케줄이 빡세서 그런지 도통 안 쪄요. 어? 오빠 왔어?"

세라의 눈길이 뒤늦게 성빈과 하연에게로 넘어갔다.

"응, 이번에 드라마 보니깐 발연기가 좀 늘었더라?"

"아씨! 죽을래? 오빠 자꾸 나한테 연기 못 한다고 타박 주는데, 나 이래 봬도 연기 잘하는 가수라고 방송가에서 얼마나 칭찬이 쏟아지는데!"

"그건. 너의. 착각. 이겠지."

성빈이 또박또박 말을 끊으며, 세라의 과도한 자신감에 흠집을 냈다.

"내가 저 인간을 그냥……."

"인간?"

성빈의 눈빛에 움찔한 세라가 바로 명칭을 바꿨다.

"저 오라버니를 그냥!"

큰 회장부터 시작해 가족들 모두 세라에게 잘한다며 칭찬만 늘어놓을 뿐이지 누구 하나 세라의 기고만장함을 제지하는 사람이 없었다. 그러므로 성빈은 나름 깊은 뜻으로 오빠 역할을 톡톡히 해내는 중이었다. 물론 그것도 본인이 관심이 있을 때에만 해당되는 얘기지만 말이다.

성빈에게서 시선을 돌린 세라와 하연의 눈이 마주쳤다.

"아아…… 언니 왔네요?"

"잘 지냈죠? 드라마 잘 보고 있어요. 세라 씨 너무 예쁘게 나오던데."

"아, 그래요?"

두 여자 사이에 어색한 기류가 흘렀다. 하연이 코트를 벗는데, 관리인이 다가와 건네받았다. 그 모습을 조용히 지켜보던 세라가 없는 붙임성을 최대한 발휘해 보기로 마음먹었다.

"언니. 저번에 얻어먹은 삼계탕 맛있었어요."

"다행이다. 그럼 나중에 또 해 줄까요?"

세라만큼이나 어떻게 말을 붙여야 하나 고민하던 하연의 얼굴이 활짝 피었다.

"뭐…… 그럼 저야 좋죠. 언니도 오빠 상대하느라 피곤하겠어요."

"어머, 아니에요."

하연이 새어 나오려는 웃음을 꾹 참으며 대답했다. 세라가 콧방귀를 뀌었다.

"아니긴 뭐가 아니에요. 저 성격이 어디 보통 성격이에요? 저번에 언니랑 둘이 대화하는 거 들어 보니깐, 자기 성미에 안 맞춰 주니 아주 난리가 나던데."

하연이 쓴 미소를 띠며, 전혀 반대의 대답을 밀어냈다.

"세라 씨가 오해하는 거예요. 성빈 씨도 저한테 얼마나 잘 맞춰 주는데요. 나름…… 네, 나름……."

"언니도 애쓰네요."

그때 주방에서 집사를 통해 식사 준비가 다 됐음을 알렸다. 때맞춰 안경을 벗으며 서재에서 나오던 큰 회장이 하연을 반겼다.

"하연아. 왔냐?"

"네, 할아버지."

"일단 식사부터 하지."

대리석 식탁 가운데에 앉은 큰 회장을 기준으로 오른쪽엔 성빈과 하연이 앉고, 반대편에는 김 여사와 세라가 자리했다. 어깨를 으쓱, 들어 올리는 큰 회장.

"성하는 중요한 일정 때문에, 조금 늦는다더군. 다들 알다시피 오늘부로 가족 모임에 새로운 구성원이 생겼어."

큰 회장이 김 여사의 눈치를 슬쩍 봤다.

"하연아. 가족 모임에서 다시 보니 반갑구나."

"저도 할아버지부터, 어머님, 세라 씨까지 다시 뵈니깐 너무 좋아요."

성빈이 식탁 아래로 둥글게 말아 쥔 하연의 손을 펴, 손바닥을 어루만져 줬다.

"자, 그럼 식사 시작하지. 루나야, 아니 김 여사. 많이 먹어."

"삼촌도 많이 드세요."

김 여사가 무뚝뚝하게 대답했다. 큰 회장의 시선이 하연에게
로 돌아갔다.

"요즘은 성빈이네서 지내는 거야?"

"네? 그게 저 아직……."

안 그래도 계속 들어오라는 성빈의 협박이 몇 날 며칠 이어지
자 갈등하고 있는 그녀였다. 거절할 이유는 없지만 혹여 김 여사
의 눈 밖에 날까 조심스러웠기 때문이다.

"대답은 계속 들어온다고 하는데, 말만 하고 들어오지는 않네
요."

성빈이 어금니를 꽉 깨문 채, 큰 회장에게 대답했다. 전에 두
사람이 동거를 하는 '척' 한다는 거쯤은 큰 회장도 알고 있었다.
그럼에도 방문을 해서, 두 사람을 골려 주긴 했지만.

"듣고 있자니 나도 이해가 안 되는구나."

한 마디 말이 없던 김 여사가 점잖게 젓가락을 내려놓았다.

"성빈이 집에 들어가지 않는 이유가 따로 있는 거니?"

"아, 어머니. 딱히 그런 건 아니고요."

당황한 하연이 어떻게 대답을 해야 하나 머리를 굴리는데,

"그럼 곧장 저 녀석 집으로 들어가."

"네?"

김 여사가 감정 없는 얼굴로 덤덤하게 말을 이었다.

"너희 둘 나이도 있고, 혼례도 금방 치를 건데 망설일 이유가
없잖니."

"아…… 네."

하연이 떨리는 입술을 열어 간신히 대답을 했다. 가만히 듣고 있던 성빈이 치고 들어왔다.

"어머니, 감사합니다."

"넌 시끄러워."

"이 버섯 완자 어머니께서 좋아하셨던 걸로 기억하는데……
자아."

김 여사의 앞 접시에 성빈이 다소곳한 손길로 완자를 올려놨다. 김 여사의 표정이 얼음장같이 싸늘해지더니, 성빈을 노려봤다.

"김성빈. 이렇게 속 보이게 구니 방금 내뱉은 말을 도로 주워 담고 싶은 심정이야. 알아?"

성빈이 예의 있게 대답을 했다.

"전 한번 결정한 일에 대해서는 번복하지 않는 어머니의 단호한 성격을 존경합니다."

김 여사는 아들의 시선을 외면하며 멈췄던 젓가락을 다시 움직였다. 세라가 성빈을 보며 고개를 설레설레 저었다. 그때 성하가 환하게 웃으며 모습을 나타냈다.

"제가 좀 늦었죠?"

"우리도 막 식사 시작했어. 얼른 앉아."

큰 회장이 따뜻한 어조로 다정하게 자리를 권했다.

"하연 씨, 왔네?"

성하가 반대편에 앉으며 하연에게 윙크를 해 보였다.

"네, 언니. 음식 식기 전에, 얼른 식사하세요."

"응, 그럴게. 성빈아, 하연 씨 좀 챙겨."

성빈의 입가에 가벼운 호선이 그려졌다. 뒤에는 세라의 연예계 사담이 시시콜콜하게 이어졌다. 하연은 마냥 신기해 눈을 빛내며 집중해 들었다.

식사가 끝이 났다. 각자 너무나도 바쁜 사람들이라 티타임을 가질 겨를도 없이 나갈 채비를 했다.

"성빈 씨 저 잠시 화장실 좀요."

"나 그럼 나가서 통화 좀 하고 있을게. 천천히 나와."

볼일을 마치고 하연이 화장실에서 나오는데, 김 여사가 문 앞에 서 있었다.

"어머나!"

깜짝 놀라 감탄사를 내뱉었으면서도 하연은 최대한 태연한 척, 입술 끝을 방긋 끌어 올렸다. 그런 하연의 얼굴을 잠시 응시하던 김 여사가 각진 백을 팔에 걸치며 고갯짓을 해 보였다.

"나가면서 얘기해."

"네, 어머니."

거실로 나온 하연이 큰 회장과 성하에게 인사를 했다. 세라는 이미 드라마 녹화 때문에 사라진 뒤였다. 집에서 나온 김 여사가 천천히 걸음을 멈추더니 하연을 돌아봤다.

"아가씨를 공항에 데려다줄 때도 말했지만……."

"네."

"난 뒤끝 있는 타입이 아니야."

하연이 작은 목소리로 대답했다.

"하지만 내 성에 차지 않을 때에는 앞으로 많이 혼낼 거야. 감당할 수 있겠어?"

"네, 어머니."

김 여사는 망설임 없이 곧장 돌아오는 하연의 대답이 마음에 들었다.

"그리고 말이야."

"네."

"이런 말을 꺼내는 게, 염치는 없지만……."

김 여사의 차가운 말투에 어색한 온기가 실렸다.

"만약 해묵은 감정이 아직 남아 있다면, 털어 냈으면 좋겠어."

"당연하죠."

하연이 부드럽게 미소 지었다. 하연의 대답에 약간 후련해 보이는 김 여사가 말을 이었다.

"고모님께 끼쳤던 결례도 직접 사과드릴 거야."

"어…… 머니……."

두 눈이 동그랗게 커진 그녀. 순간 하연은 숨이 멎는 줄 알았다. 하연의 눈시울이 점차 붉어졌다.

"무엇보다도……."

잠시 하연을 바라보던 김 여사의 입술 사이로 진심 어린 사과가 흘러나왔다.

"너에게 깊은 상처를 남겨 줘서 미안하구나. 하연아."

*   *   *

김천 시내에 위치한 헤어샵은 오전부터 북적이는 사람들로 발 디딜 틈이 없었다. 그 가운데에는 도도한 표정으로 딸각딸각 프로페셔널하게 가위질 중인 하연의 고모가 서 있었다. 그때 동원네 아주머니가 문을 열고 들어오더니 깜짝 놀랐다.

"엄마야. 아침부터 뭐 이래 사람이 많대?"

"응, 왔는가."

동네 아저씨 머리를 다듬어 주던 고모가 아주머니를 반겼다.

"나 오전에 파마 좀 하려고 왔는데."

"이걸 어쩌지?"

가위질을 멈춘 고모가 어깨를 봉긋 올리며 곤란한 미소를 지어 보였다.

"예약이 밀려 있어서 오전에는 좀 힘들겠는데?"

"그래?"

"응, 그동안 쉬었더니 제법 밀렸네. 알다시피 김천 시내에 나한테만 머리하는 손님이 어디 한두 명이야?"

동원네가 입술을 삐죽거렸다.

"어휴, 하여간 잘난 척은."

"이 여편네야. 뭐라고?"

"아니야. 그럼 노가리 좀 까다 가지, 뭐."

바로 꼬리를 내린 동원네가 소파로 걸어갔다. 전에 하연에게 미용실이 없어지네, 마네 입을 잘못 놀렸다가 고모에게 면박을 당했던 아주머니 옆으로 엉덩이를 붙였다. 다리를 꼬고 앉아 잡지를 넘기는 아주머니에게, 동원네가 은밀하게 흉을 보았다.

"다시 컴백하더니 콧대가 아주 하늘을 찔러. 안 그래?"

"하연네 원래 허언증 심한 거 인제 알았어?"

잡지를 넘기던 아주머니가 무표정으로 대꾸했다. 시원하게 내뱉는 아주머니의 험담에 그제야 동원네의 마음이 풀렸다. 그때 고모가 동네 아저씨의 머리를 털어 주며 마무리를 했다.

"어휴, 허리야."

종이컵 두 잔에 믹스 커피를 진하게 탄 고모가 소파 앞으로 걸어왔다.

"자네는 아까 마셨지?"

"응."

고모가 건네는 커피를 동원네가 건네받았다. 팔짱을 낀 채, 여유롭게 커피를 음미하는 고모를 올려다보며 동원네가 물었다.

"바빠 죽겠다더니, 커피 마실 짬은 나나 보지?"

"나도 사람인데, 쉬엄쉬엄해야지 어떻게 계속 로봇처럼 일만 하나?"

잡지를 넘기던 아주머니가 콧방귀를 뀌었다.

"너 지금 비웃은 거냐?"

"그래, 이년아."

고모가 이를 바득바득 갈며, 아주머니를 노려봤다. 그러다 갑자기 먼지 하나 안 묻은 갈색 카디건을 탁탁 쓰다듬더니, 옷매무새를 정리하기 시작했다. 동원네가 못 참고 쏘아붙였다.

"뜬금없이 정신 사납게 뭐하는 거래?"

"아니, 뭐."

탁탁. 그때 잡지에서 눈을 뗀 아주머니가 고모의 카디건 오른쪽에 걸려 있는 브로치를 발견했다. 절대 묻고 싶지는 않았지만, 예의상 툭 한 마디를 던졌다.

"못 보던 브로치네?"

기다렸던 고모가 환하게 웃으며 손가락으로 브로치를 가리켰다.

"아, 이거?"

"어머. 저 모양, 명품 아니야? 그…… 샤, 샤날인가 뭔가 하는?"

동원 네가 아는 척을 했다. 종이컵에서 입을 뗀 고모가 시크하게 대답했다.

"역시 유명한 명품이라 알아보는구만. 샤날 맞아."

"그 비싼 걸 어디서 구했대?"

고모가 별거 아니라는 표정으로 어깨를 으쓱 올렸다.

"내 건 아니고 하연이가 지 애인한테 선물 받은 건데 놓고 가서 내가 차는 거야."

"참나."

하연을 자신의 아들과 짝을 맺어 주려던 동원네는 기분이 팍 상했다. 옆에 앉아 있던 아주머니가 고모에게 가까이 와 보라며 손짓을 했다. 친히 상체를 숙여 준 고모의 브로치를 아주머니가 만지작거렸다.

"딱 봐도 고급진 게, 비싼 값을 하긴 하네."

고모와 절친인 아주머니는 문득 지난날이 떠올랐다. 어린 하연을 떠맡고 갖은 고생을 다 했던 고모의 과거를 누구보다 잘 아는 그녀가 시큰둥하게 중얼거렸다.

"능력 있는 남자 만나 걱정도 덜고, 이런 넓은 미용실도 해 주고. 젊은 날에 하연이 고생해 키운 보람은 있겠구먼."

괜히 머쓱해진 고모가 삐딱한 자세를 바로 했다.

"지가 알아서 큰 거지. 내가 무슨 고생을 했다고."

남은 커피를 마저 입에 털어 넣은 고모가 헤어 비닐을 쓴 채 대기 중인 아주머니를 불렀다.

"거기 성현댁, 머리 풀게 저기 좀 앉아 봐."

서둘러 자리를 뜨는 고모를 보며 절친 아주머니와, 동원네가 픽 웃음을 터트렸다.

*　　　*　　　*

"요즘에 감기 몸살로 골골거린다고 해서 내 친히 준비해 온 거야."

"다 나았는데 번거롭게 뭐 하러 이런 걸……."

김 여사가 큰 회장의 성의를 봐서 뜨거운 차의 김을 거두며 조심히 마셨다. 머리 꼭대기까지 올라오는 쓴 맛에 김 여사가 인상을 찌푸렸다.

"성빈이가 보낸 차보다 더하네요. 이렇게 쓴 차는 처음 마셔 봐요."

"원래 입에 쓴 게, 몸에는 좋은 거야."

하연의 일이 정리되고 난 후 후유증인지는 몰라도 큰 몸살을 앓은 김 여사 때문에 큰 회장은 내심 마음이 불편했었다. 핼쑥한 김 여사의 얼굴을 큰 회장이 지그시 바라봤다.

"삼촌, 그런 눈빛 달갑지 않네요."

"역시 아파도 네 성격은 어디 안 가는구나. 마음 어지러운 거 정리는 좀 됐고?"

김 여사가 어깨에 걸쳐 있는 캐시미어 숄을 다시 고정했다.

"정리하고 말고 할 게, 뭐가 있겠어요."

"전에도 말했지만 난 네 마음 충분히 이해한단다."

김 여사의 얼굴에 희미한 미소가 번졌다.

"성빈이 녀석한테도 앞으로 너한테 더 잘하라고 당부해 놨어. 그러니 너무 미워하지 말어."

요 근래에 안 어울리는 애교며, 얄미운 짓만 골라 하는 아들이

떠오른 김 여사가 고개를 설레설레 저었다. 그때 테이블에 올려
둔 핸드폰에 전화가 들어왔다.

"응, 성하야."

[엄마 집이에요? 통화 가능해요?]

딸의 나긋한 목소리에, 김 여사의 눈초리가 부드럽게 내려갔
다.

"통화 가능해."

[몸은 좀 어때요? 기침은 나아졌어요?]

"거의 다 나았어. 신경 안 써도 돼."

김 여사의 대답에, 성하의 마음이 한결 가벼워졌다.

[정말 다행이다.]

"그나저나 너 밥은 챙겨 먹고 일하는 거야?"

성하가 손에 들린 '파란 물결' 책을 내려다봤다.

[엄마가 주선해 준 석현 씨랑 오늘 점심 먹었어요.]

"그랬니?"

성하가 가벼운 어조로 뒷말을 덧붙였다.

[괜찮은 분이더라고요. 나름 인연도 있고.]

"그래?"

[엄마가 괜히 또 마음 불편해할까 봐, 미리 말해 두는 건
데…….]

"응."

[알아 가고 싶은 면이 많은 매력적인 사람이에요. 석현 씨.]

성하가 진지하게 자신의 마음을 표현했다.

[진심이에요. 엄마.]

가만히 듣고 있던 김 여사가 다정하게 딸을 불렀다.

"성하야."

김 여사는 하나뿐인 딸에게 또 한 번의 깊은 위로를 받았다. 미안한 마음이 컸지만, 그녀는 다른 말로 대신할 수밖에 없었다.

"네게 고맙구나."

성하가 싱긋 웃었다. 짧지만 어렵게 건넨 김 여사의 말 한마디에 많은 의미가 담겨 있다는 걸 그녀는 잘 알고 있었다. 회의 전 잠시 시간을 내 전화를 건 성하가 대화를 급히 마무리했다.

[엄마. 나중에 또 전화할게요. 입맛 없어도 식사 거르지 마요.]

"그래, 들어가렴."

끊긴 핸드폰을 내려다보는 김 여사의 눈동자는 아련함을 담고 있었다. 그 모습을 지켜보던 큰 회장이 입을 열었다.

"성하야?"

"네. 전에 말씀드렸던 태상그룹 장남과 오늘 점심 같이 했대요."

"뭐라던? 옆에서 들어 보니 괜찮다고 하는 거 같던데."

김 여사가 고개를 끄덕였다.

"더 만나 볼 생각인가 봐요."

"저번에 골프 모임에, 지 애비가 데리고 나와서 한번 본 적이 있어."

큰 회장이 턱을 쓸며, 일전에 봤던 석현을 떠올렸다.

"그 정도면 인물도 괜찮고, 자신감도 있어 뵈고. 말하는 품새나 성품도 괜찮았던 걸로 기억해. 이왕 인연이 닿은 거, 성하랑 잘됐으면 좋겠구먼."

김 여사 또한 마음속으로 동조를 했다.

"참, 그리고 하연이 고모도 조만간에 한번 만나 봐야지?"

"네, 그러려고요."

문득 걱정이 앞서는 큰 회장이 김 여사를 슬쩍 떠봤다.

"네가 좀 부담스러우면 내가 대신 만나 볼까 하는데."

"삼촌이요?"

김 여사의 반응은 생각보다 날카로웠다.

"루나 네가 마음은 여린데, 말투라던가 여러 가지가 좀…… 아니, 아주 조금 염려스러워서 그래."

"제 말투가 어때서요?"

어처구니가 없는 김 여사가 큰 회장을 쏴붙였다. 괜히 말을 꺼냈다가 김 여사의 성질머리만 돋운 큰 회장은 골치가 아파졌다. 허나 또 돌려서 말하는 건 절대 못 하는 큰 회장이,

"네 말투가 좀 공격적이긴 하잖냐."

"삼촌, 그게 무슨 소리예요? 제 말투가 공격이라는 말은 생전 처음 듣는 얘기인데요?"

쓸데없는 실랑이로 에너지 소비를 하고 싶지 않은 큰 회장이 하얀 깃발을 흔들었다.

"아니다. 내가 말실수를 했어."

"흠. 아무튼 제가 알아서 잘할 테니, 걱정 접어 두세요."

"그래. 네 자식이니 알아서 잘…… 크흡……."

아무리 생각해도 김 여사에게 혼자 맡기는 게 꺼림칙한 큰 회장이 은근히 운을 뗐다.

"아니면 난 뒤에서 별말 안 할 테니 따라만……."

"삼촌!"

도끼눈을 치켜뜬 김 여사가 결국 언성을 높였다.

*　　*　　*

「사장님 도착하셨습니다.」

잡무를 보던 성경의 모니터에 프런트에서 보낸 메시지가 떴다. 옷매무새를 단정히 체크한 그녀가 상사를 맞을 준비를 했다. 이윽고 대리석을 밟는 구두 소리가 먼발치에서 들려왔다. 자리에서 일어난 성경이 환한 미소로 성빈을 반겼다.

"사장님 좋은 아침입니다."

아랫배에 두 손을 모은 그녀가 다소곳하게 인사를 건넸다. 집무실로 향하던 성빈의 어깨가 살짝 틀어졌다.

"성경 씨도요."

은은한 미소를 띠며 대꾸해 주는 성빈의 기분이 제법 좋아 보였다. 성빈이 집무실로 모습을 감추자 성경이 탕비실로 향했다.

"한 숟가락 듬뿍 넣고……."

며칠 전 하연이 놓고 간 모과차 원액을 머그컵에 담았다. 처음 만들어 본 거라 맛은 보장 못하지만 재료는 좋은 걸로만 썼으니 다 같이 맛보라던 그녀의 말이 떠올랐다. 하지만 하연의 우려가 무색하게 모과차의 맛은 훌륭했다. 머그컵에서 올라오는 진한 모과차의 향내에 마음이 포근해지는 성경이다.

"간식을 잘 안 드시기는 하지만……."

하연이 성경에게만 특별히 챙겨 준 간식을 선반에서 꺼냈다. 예쁜 문양의 작은 비닐에 담긴 수제 쿠키와, 초콜릿을 디저트 접시에 담았다. 성경이 초콜릿 하나를 입안에 쏙, 밀어 넣었다.

"음, 달달하니 맛있어."

준비를 마친 성경이 집무실 문을 노크했다. 성빈의 대답에 그녀가 안으로 들어갔다. 평소와 별반 다르지 않게 업무에 파묻혀 있는 성빈의 모습이 보였다. 성경이 머그컵을 내려놓는 소리에 그제야 성빈이 고개를 들었다. 그와 동시에 성경이 업무용 미소를 띠며 입을 열었다.

"사장님께서 단 걸 별로 좋아하시지 않으셔서, 따로 꿀은 넣지 않았습니다."

가죽의자에 몸을 기댄 성빈이 머그컵을 들어 한 모금 넘겨 보았다.

"음……."

성빈의 얼굴에 흡족한 미소가 번졌다. 만족스러워하는 상사를 따라 성경의 입꼬리도 덩달아 올라갔다. 모과차의 깊은 맛을 음미하던 그가 잔을 내려놓으며 그녀에게 물었다.

"성경 씨도 이 모과차 마셔 봤습니까?"

"네?"

방심하고 있던 성경이 깜짝 놀랐다. 평소 사담을 잘 나누는 편이 아니라, 상사의 기습 질문에 성경이 당황하다 이내 고개를 끄덕였다.

"네, 아침으로 사장님 타 드리면서 사실 저도…… 한잔씩 마시고 있습니다."

"그래요?"

괜히 솔직하게 대답했나? 질문의 요지를 알아차리기 힘든 성경이 상사의 눈치를 슥 살폈다. 노란 빛깔의 모과차를 내려다보는 성빈의 눈매가 달콤하게 휘어졌다.

"맛이 참 괜찮지 않아요?"

"네? 아, 네. 맞아요."

"요즘은 새삼 이런 차 한 잔으로도 하루를 기분 좋게 시작할 수 있다는 걸 느끼네요."

성경의 눈이 살짝 커졌다. 보기 드문 상사의 편안한 미소가 눈에 들어왔다.

계열사를 통합해 성빈의 부회장 취임식이 마무리된 이후, 모든 게 평온해졌다. 사장은 여전히 일에 파묻혀 사는 게 일상이었고, 벌려 놓은 사업들을 전두지휘하며 이끌고 나가느라 정신이 하나도 없었지만 분위기 하나만큼은 전과 확연히 달랐다.

'사람 자체가 완전히 달라졌어.'

전에는 차를 내오며 살핀 성빈의 기분은 대개 '저조함'과 '예민함' 그 자체였다. 나름대로의 배려인지 티 내지 않으려고 애쓰며 던지는 '고마워요' 그 이상의 말은 듣지를 못했다.

"환절기에 감기들이 많이 걸린다던데……."

뜬금없는 사장의 말에 성경이 눈을 살짝 크게 떴다.

"네, 사장님."

"성경 씨도 감기 걸리지 않게 모과차 한 잔씩 챙겨 마셔요."

성경은 순간 울컥했다. 첫 출근한 그날부터 줄곧 감정 없이 자신을 대하는 상사의 쌀쌀맞은 태도에 내심 서운함이 없잖아 있던 그녀였다. 뜻밖의 배려 섞인 말에 성경은 가슴이 뭉클했다. 이 날을 위해, 그 삭막했던 지난날을 견뎌 냈던 것일까?

"배려 감사합니다. 사장님."

그때 집무실 문이 벌컥 열렸다. 출근하자마자 밑에 사무실에 내려가 모습을 보이지 않던 정구가 결재 서류를 안고 들어왔다.

"사장님, 나오셨어요?"

성경이 옆으로 다가온 정구와 눈을 마주쳤다.

"선배도 차 드실래요? 금방 준비해 드릴게요."

"그래 주면 나야 고맙지."

"그럼 전 이만 나가 보겠습니다."

성경이 살짝 고개를 숙였다. 그녀가 다시 얼굴을 드는데 초콜

릿을 입에 문 성빈이 보였다. 성경의 눈이 동그래졌다. 성빈은
간식이라고는 일체 입에도 안 대는 사람이었다. 간혹 점심을 거
른 성빈을 위해 그녀가 챙겨 주는 호텔 베이커리의 비싼 빵도 입
에 댈까 말까 하는 까다로운 입맛의 소유자였다. 특히 단 거라면
더욱 질색해 하는 타입이었다.

"사장님께서 초콜릿을 다 드시고 웬일이세요?"

놀란 건 정구도 마찬가지였나 보다. 성경이 표정을 바로 하며
뒤를 도는데, 정구에게 대꾸하는 성빈의 낯간지러운 말이 귀에
꽂혔다.

"딱 보니깐 우리 하연 씨 작품이야. 본인처럼 귀엽게도 만들었
네."

성경은 온몸에 닭살이 쫙 돋는 걸 느끼며 서둘러 나갔다. 아예
대놓고 똥 씹은 표정을 짓고 있는 정구를 느긋하게 바라보던 성
빈이 디저트 접시를 권했다.

"쿠키 좀 먹어 봐."

"아, 아…… 사장님. 음, 맛있는데요?"

아몬드 쿠키를 입에 넣은 정구가 씹기도 전에 칭찬부터 했다.
성빈이 흐뭇한 미소를 짓는데, 정구가 결재 판을 내려놨다. 성빈
이 맨 앞의 결재 서류를 넘기며 만년필을 들었다.

"저번에 말씀드렸던 휴가 신청서인데요."

정구가 조심히 운을 뗐다. 유독 바빴던 한 해였던 만큼 연차
한번 제대로 못 썼던 정구는 이번에 태희와 해외여행을 가기 위

해 늦은 휴가 계획을 짰다.

"안 그래도 쉬라고 권하려던 참이었어. 다녀와."

"감사합니다."

"휴가 계획은 어떻게 돼. 태희 씨랑 여행이라도 다녀올 참이
야?"

정구가 시원하게 고개를 끄덕였다.

"네, 해외여행 생각하고 있어요. 본격적으로 사귀고 난 다음에
제대로 된 여행 한 번을 못 가 봤거든요. 그래서 이번에 마음먹
고 다녀오려고요."

"그럼 이번에 오픈한 풀빌라 이용해 보는 건 어때. 잡아 줄게."

예상 못 했던 성빈의 권유에 정구가 눈을 반짝였다.

"우와, 사장님 정말요? 그래 주신다면야 전 너무 좋죠! 안 그래
도 태희 씨가 풀빌라 인테리어 도면 보고 이런 근사한 데에서 한
번 자 보고 싶다며 노래를 부르긴 했었거든요."

신이 난 정구가 어깨를 들썩였다.

"그럼 더 생각할 거 없겠네. 영업팀 통해서 결재 올려."

"네, 정말 감사합니다!"

우렁차게 대답하는 정구를 보며 성빈이 픽 웃었다.

"아, 그리고 사장님. 이번 달로 성경이 근로 계약이 만료되거
든요."

"그래?"

"네, 그래서 어찌해야 할지 여쭤 봐야 할 거 같아서요."

성빈이 턱을 쓸어내리며 잠시 고민을 했다. 사실 비서 경험이 없는 성경은 업무 처리에 있어서 어설픈 면이 없잖아 있었다. 실수도 잦은 편이었다. 하지만 성경은 부족한 만큼 더욱 최선을 다했다. 성빈은 자신의 신경을 거스르지 않도록 사소한 것에도 신경을 쓰며 보필하고자 노력하는 모습을 높이 샀다. 성빈의 결정은 어렵지 않았다.

"너 앞으로 외부 일정 다닐 일이 많을 거야."

"네, 사장님."

"성경 씨 전임 비서로 승진시켜. 전반적인 스케줄 관리 전부 위임하고."

정구로선 놀라운 일이었다. 성경의 정규직 전환은 어느 정도 예상하고 있었지만, 스케줄 관리를 모두 성경에게 맡긴다는 건 뜻밖이었다. 일정이 조금이라도 틀어지는 것을 참지 못하는 성빈임을 잘 알기 때문이었다. 약간은 못 미더운 성빈이 대신 조건을 붙였다.

"너 휴가 다녀오는 대로 백화점 수석 비서 김 실장한테 성경씨 교육 좀 보내고."

"제 생각에도 그게 나을 거 같아요. 한 이 주 정도만."

성빈이 말없이 고개를 끄덕였다. 그런 사장을 뒤로하고 집무실을 나온 정구가 비상계단으로 달려가 태희에게 전화를 걸었다.

"태희 씨, 통화 가능해요?"

[그럼요.]

"사장님께 휴가는 허락받았고, 아직 여행사 예약은 안 했죠?"

[네, 정구 씨한테 사인 떨어지는 거 듣고 예약하려고 했죠.]

정구가 널따란 가슴을 쫙 펴며, 목소리에 힘을 주었다.

"저번에 태희 씨가 가 보고 싶다던 저희 리조트 풀빌라. 사장님이 예약해 주신대요."

[어머! 정말요? 꺄악!]

"태희 씨가 이렇게나 반응이 좋으니 뿌듯하네요."

[너무 좋아요, 정말! 이사님 정말 멋지신 분이세요.]

정구의 얼굴에 짙은 그림자가 드리워지며 쓴 미소가 스쳤다.

'받은 만큼 내 고단함과 처절한 희생이 동반되겠지. 씁쓸하긴 하지만 태희 씨가 이렇게 좋아한다면야 난 그걸로 족해. 휴우……'

독심술 능력이라도 있는지 방방 뛰던 태희가 이내 잠잠해졌다.

[정구 씨?]

"네, 태희 씨. 왜 그래요?"

정구를 부르는 그녀의 음성이 어느 때보다 그윽했다.

[잘난 남자 둔 덕분에 제가 이런 호강을 다 해 보네요.]

"에이, 이 정도로 뭘요."

[대신 제가 커플 의상이랑, 다 준비할게요. 아, 이니셜 목걸이도 맞췄어요!]

"어린애도 아니고…… 창피하게 깔 맞춤이라뇨."

말은 그렇게 해도 사랑하는 여자와 여행 갈 생각에 정구의 마음은 설렘으로 가득 찼다. 핸드폰을 꼭 부여잡은 정구가 사랑하는 제 연인에게 진심을 고백했다.

"태희 씨. 항상 정신없이 바빠서 제대로 챙겨 주지도 못해 늘 미안해요. 묵묵히 저란 남자 곁을 지켜 줘서 정말 고맙고, 또 사랑해요."

* * *

집무실 안, 성빈이 모니터에 눈을 못 떼며 검색에 집중하고 있었다. 퇴근 시간에 맞춰 하연이 호텔에 도착하기로 한 시간이 얼마 남지 않았다. 왠지 심각해 보이는 상사를 위해 준 프로 비서가 다 된 성경이 블랙커피를 준비했다.

"사장님 커피 준비했습니다."

"고마워요."

"아, 그리고. 이건 서 차장님께서 전달 부탁하신 앤블리 바이어와의 계약서입니다."

"그래요?"

그제야 모니터에서 눈을 뗀 성빈. 그의 만면에 피곤한 기색이 가득했다. 성경이 고개를 갸웃거렸다.

"저어…… 잘 안 풀리시는 일이 있으세요?"

"별거 아닙니다."

자연스럽게 성경의 눈동자가 모니터로 향했다. 성빈이 검색한 창에는 '일반 남녀의 데이트 코스' 검색 결과가 떠 있었다. 성경은 순간 웃음이 나오려는 걸 참았다.

"아, 전 그럼 나가 보겠습니다."

"그래요."

성빈이 다시 모니터를 들여다보는데 성경이 낮은 헛기침을 터트렸다.

"전에 하연 씨랑 대화 나누는데, 올해는 스케이트를 한 번도 못 타 보셨다고 아쉽다는 말을 하시더라고요."

성빈의 진한 눈썹이 휘어 올라갔다.

"스케이트?"

"네, 학창 시절에 삼 년 동안 스케이트 부에 들었을 정도로 좋아하신다고 하셨거든요."

"음…… 그래요?"

운동신경이 좋아 웬만한 스포츠는 다 즐기는 성빈이 유일하게 취약한 종목이 바로 스케이트였다. 균형 감각이 나쁜 게 아님에도 불구하고 이상하게 빙판 위에서는 제대로 나가질 못했다. 그때 '똑똑' 하연이 열려 있는 집무실 문을 두드렸다.

"하연 씨, 안녕하세요."

성경이 환하게 웃으며 그녀를 반겼다.

"성경 씨, 요즘 자주 뵙네요. 잘 지냈죠?"

"그럼요. 따뜻한 차 준비해 드릴게요. 어떤 걸로?"

어느새 두 사람 곁으로 다가온 성빈이 하연을 대신해 정중하게 거절했다.

"바로 나갈 거라 차는 괜찮아요. 성경 씨도 이만 퇴근해요."

"네, 사장님. 저 그리고……."

본래 상사에게 하려던 말을 망각했던 성경이 사명감 깊은 눈빛을 번뜩이며 감사를 표했다.

"앞으로 더 열심히 하겠습니다. 믿고 맡겨 주셔서 감사합니다."

"아닙니다."

하연의 앞인 만큼 이미지 관리에 힘쓰는 성빈의 표정은 굉장히 부드러웠다.

"제가 더 잘 부탁드려야죠. 이만 나가 봐요."

"네, 그럼."

성경이 문을 닫고 나가자 성빈이 하연을 소파에 앉혔다. 바짝 붙어 옆에 앉은 그의 손이 여자의 내려온 앞머리를 넘겨 줬다.

"컨디션은 좀 어때?"

"좋아요."

하연의 대답에 성빈의 입꼬리가 말려 올라갔다.

"데이트하는 데에는 지장 없겠네."

"오늘 우리 뭐 할까요? 영화 볼까요? 이번에 나온 스릴러 재밌어 보이던데."

어느새 성빈에게 맞춰진 하연은 가장 흔한 데이트 코스를 선택했다. 성빈이 고개를 저었다.

"안에서만 하는 데이트 따분하잖아."

"웬일…… 그럼요?"

하연의 기대 어린 눈빛을 가만히 응시하던 성빈이 그녀에게 바짝 다가갔다. 입술이 닿을락, 말락 가까운 거리에 하연의 눈꺼풀이 흔들렸다.

쪽.

중압감을 못 견딘 하연이 성빈에게 가벼운 입맞춤을 했다. 이래서 안 예뻐할 수가 없다니깐. 성빈이 다시 입술을 살짝 내밀자, 하연이 자동적으로 아기 새처럼 입을 맞췄다. 제 연인이 사랑스러워 죽겠는 성빈이 그녀의 머리를 헝클어뜨렸다.

"우리 하연이가 좋아하는 스케이트 타러 가자."

*   *   *

주황색 노을이 진하게 물드는 이른 초저녁. 성빈과 하연이 범블비에서 내렸다.

"음, 매표소가……."

"성빈 씨 저기 있네요."

하연이 가리키는 손가락 방향 쪽으로 성빈이 걷기 시작했다. 하연이 남자의 뒷모습을 흐뭇하게 바라봤다. 이윽고 성빈이 오자 두 사람은 스케이트 신발을 대여해 의자로 향했다.

"어디 보자."

하연을 의자에 앉힌 성빈이 성의껏 무릎을 굽혔다.

"발목 세워 봐."

"이렇게요?"

성빈이 하연의 한쪽 발에 스케이트 신발을 끼워 넣었다. 줄까지 단단히 여민 성빈이 나머지 신발까지 자상하게 신겨 주었다. 고마운 눈길로 바라보던 하연이 손을 뻗어 성빈의 앞머리를 넘겨 주었다.

"내 남자지만, 어쩜 이렇게 완벽한지……."

"착각이야."

성빈이 짧게 대꾸하며 자신의 목에 둘려 있는 머플러를 풀어 하연에게 걸어 주었다. 둘둘. 머플러로 그녀의 목덜미를 감싼 성빈이 매듭을 지어 주며 입술 한쪽을 슥 올렸다.

"전에도 말했지만 난 그렇게 성격 좋은 놈이 아니야. 다만……."

"네."

성빈이 여자의 머리를 가볍게 흐트러뜨렸다.

"당신을 많이 사랑하니깐, 언제나 괜찮은 남자로 비쳤으면 싶고. 내 곁에 하연 씨가 어렵게 들어온 만큼 많이 아껴 주고 싶어."

하연의 눈동자에 작은 파동이 일었다. 어느새 그녀의 마음속엔 '김성빈'이라는 남자가 하늘에 퍼져 있는 노을처럼 시나브로 물들어 있었다. 하연은 세상에 진심으로 고마웠다. 지구상에 절반이 남자라지만, 이렇게 근사하고 멋진 사람이 자신의 반쪽이라는 사실이 더없이 행복했다.

"성빈 씨, 제가 뭐라고……."

"내 여자잖아."

"한결같은 마음으로 예뻐해 줘서 늘 고마워요."

하연의 옆자리에 앉은 성빈이 스케이트 신발 매듭을 묶더니 몸을 일으켰다.

"하연 씨. 안으로 들어가 볼까?"

"오랜만에 타려니 설레네요. 와, 재밌겠다."

성빈이 내민 손을 잡고 하연이 걸어가는데 이상함을 느꼈다. 엉거주춤한 자세로 어색하게 자신을 따라 걷고 있는 남자를 올려다봤다.

"성빈 씨, 자세가 왜 그래요?"

"뭐가?"

성빈이 시치미를 뗐다.

"걷는 자세가 화장실 급한 사람 같잖아요."

"내가?"

아이스링크 입구에서 하연을 따라 안으로 들어서는 성빈의 얼굴이 점차 굳어졌다. 빙판 위에서 방향을 잃은 다리가 제멋대로 움직이기 시작했다.

"성빈 씨, 우리 이렇게 한 바퀴 타……."

하연이 뒤를 도는데 입구 난간을 붙잡은 성빈이 아직 한 발자국도 못 떼고 있는 게 보였다. 뜻밖의 약한 모습에 하연이 저도 모르게 픽 실소를 터트렸다. 부드럽게 턴을 돌아 하연이 다가갔다.

"스케이트 잘 못 타요? 성빈 씨 운동신경 좋잖아요."

"균형을 제대로 못 잡겠어."

하연의 미묘한 표정을 눈치챈 성빈이 발끈했다.

"지금 비웃는 거야? 어떻게 사람이 모든 면이 완벽해. 안 그래?"

"누가 뭐라 했어요?"

"지금 당신 표정이…… 하, 말을 말자."

성빈이 낯선 굴욕감을 느끼며 빙판 위로 한쪽 발을 내딛는데,

"내 손 잡아요."

"뭐?"

하연이 손을 내밀며 말했다.

"균형도 못 잡는데 무작정 발부터 움직이면 넘어져요. 자, 잡아 봐요."

"흐음……."

성빈이 잠시 망설이더니 하연의 손을 잡았다.

"빙판으로 조심히 들어와요. 손 떼지 말고."

"이렇게?"

친절한 강사가 된 하연의 안내에 따라 성빈이 고분고분 말을 들었다.

"다리에 너무 힘을 주지 말고 상체와 무릎을 살짝 구부려요."

"어렵네."

성빈이 자세를 취하자, 하연이 성빈을 끌며 천천히 앞으로 나아갔다.

"발을 번갈아 가면서 살살 옆으로 밀어 봐요. 어때요. 괜찮죠?"

"하연 씨, 더 천천히 가."

하연이 터지려는 웃음을 꾹 참았다. 차분히 가라앉은 성빈의 음성에선 절박함이 묻어났다. 하지만 티내지 않으려는 자존심이 더 강하게 느껴졌다. 점차 불안정했던 균형을 잡아 나가는 성빈.

"우리 성빈 씨는 습득 능력도 좋아."

서서히 자세가 안정되는 것을 보고 하연이 칭찬을 했다.

"내가 전에 이걸 왜 못 탔지. 방법을 아니깐 별거 아닌데?"

"그럼 한번 손 놔 볼래요?"

"아니, 아니, 아니. 하연 씨 절대 놓지 마."

하연이 풋, 웃음을 터트렸다. 하연의 손을 맞잡은 성빈이 스케이트 신발을 천천히 밀며 따라갔다. 그때 성빈의 손을 잡은 하연의 작은 손에 힘이 들어갔다.

"성빈 씨."

하연이 낮게 남자를 불렀다. 성빈의 눈에 그녀의 하얀 손이 박

혀 들었다. 잠시 생각에 잠겨 있던 하연이 따뜻한 어조로 말을
이었다.

"그동안 성빈 씨가 항상 절 이끌어 줬잖아요."

"그랬었나?"

하연이 고개를 끄덕였다.

"이젠 때로는 제가 앞장설게요. 성빈 씨한테 부족한 부분도
채워 주려고 노력하고 말이에요."

"이 여자는 말도 참 예쁘게 한다니깐."

성빈이 내딛던 스케이트 신발을 멈춰 세웠다. 그리고 함께 멈
춰 선 하연을 뜨겁게 끌어안았다. 어둠이 내린 야외 아이스링크
한가운데에서, 지나가는 수많은 인파들 안에, 둘은 오롯이 서로
의 체온을 느꼈다. 제 연인을 느끼는 성빈의 눈동자가 깊어졌다.

"하연 씨, 그거 알아?"

"뭘요?"

"언제부턴가 내 하루의 기분이 말이야. 당신을 통해서 결정
돼."

하연이 고개를 갸웃거렸다.

"당신 기분이 좋아 보일 때면, 덩달아 나도 들떠. 왠지는 모르
겠지만."

"그래요?"

"응, 또…… 당신이 기운이 없어 보이면 하루 종일 일이 손에
안 잡혀. 걱정이 돼서."

성빈의 말에 하연이 눈을 깜박였다.

"제 나름대로 성빈 씨 신경 쓸까 봐, 티 나지 않게 노력하는데. 눈에 보여요?"

"아니."

하연의 목덜미에 얼굴을 묻은 성빈이 다정하게 속삭였다.

"내가 알아차리는 거야. 하연 씨가 말하지 않아도, 티 내지 않아도…… 내 신경은 온통 당신한테 집중되어 있으니깐."

"아……."

"방금 당신 입에서 나온 말 반드시 지켜 줘. 생각보다 나 부족한 면이 많은 남자야. 당신이 채워 줘."

"물론이죠."

애달픈 성빈의 고백이 이어졌다.

"사랑해."

"저도……."

"살아가면서 하루도 안 빼놓고 해 줄게, 사랑한다는 고백."

"마음만 받을게요. 성빈 씨 같은 잘난 남자한테 매일 고백 받는 거 부담스러워요."

성빈이 힘 있게 하연을 끌어안았다.

"난 내 소중한 꽃에 물 주는 걸 게을리 하지 않을 뿐이야. 날 선택한 당신의 특혜야."

"아이, 몰라. 이 남자 화법은 정말 사람 설레게 하는데 뭐 있다니까."

하연이 성빈의 넓은 가슴을 '콩콩' 내리쳤다. 그 모습에 뒤에 바짝 붙어 있던 초등학생 남자아이의 표정이 썩어 갔다. 조금 멀리 떨어져 있는 자신의 친구에게 '우웩!' 토하는 제스처를 해 보였다. 하지만 그러든가 말든가 두 남녀는,

"하연 씨 이렇게 좋아하는 모습 보니까, 시간 내서 자주 야외 데이트 해야겠다."

"와, 신난다. 역시 내 남자 최고!"

서로를 부둥켜안은 채, 화르르 타오르고 있었다. 이윽고 성빈의 품에서 나온 하연이 다시 손을 잡아 주며 스케이트 날을 밀었다. 아까보단 많이 나아진 성빈도 곧잘 따라갔다.

"어? 성빈 씨 눈 오나 봐요."

하연이 손등에 닿은 차가운 느낌에 하늘을 올려다봤다. 까만 하늘 위로 하얀 눈송이들이 펑펑 쏟아지고 있었다. 성빈도 고개를 들더니 중얼거렸다.

"이번 겨울 마지막 눈인가 보네."

유난히 길었던 이번 겨울, 하연은 빨리 따뜻한 봄이 왔으면 하는 마음이 들었다. 갑자기 눈이 내리자 아이스링크장 안의 아이들은 한층 신이 났다. 성빈과 하연도 지금 이 순간을 즐겼다.

"성빈 씨 이제 정말 잘 타네요? 앞서 나가기도 하고."

"내가 배우는 게 좀 빠르잖아."

거만한 남자의 대답에, 하연이 코웃음을 쳤다.

"삼십 분 전엔 발도 잘 못 뗐으면서."

"내가?"

성빈이 능청스럽게 되받아치자, 하연이 고개를 절레절레 흔들었다.

"아휴, 정말……."

"그나저나 당신 힘들지 않아? 얼굴이 좀 지쳐 보이는데."

"체력이 예전만 못하긴 하네요."

성빈이 주변을 둘러봤다.

"따뜻한 거라도 마실까?"

"네, 달달한 커피 마시고 싶어요."

링크장에서 나온 성빈과 하연이 건물 안 커피숍으로 향했다. 취향이 다른 두 남녀는 평소처럼 각각 아메리카노와 카페모카를 주문했다.

"커피 나왔습니다."

성빈이 커피 캐리어를 받아 하연과 함께 커피숍을 나섰다.

"저쪽이 그래도 사람이 덜하네. 천천히 좀 걸을까?"

"좋아요. 아, 춥다. 성빈 씨, 저 커피."

성빈이 건네는 커피를 받아 든 하연이 뚜껑을 열어 휘핑크림을 맛보았다.

"으음, 달콤해."

성빈이 행복한 미소를 짓는 하연을 사랑스럽게 내려다봤다. 하연이 고개를 갸웃거렸다.

"마셔 볼래요?"

성빈이 고개를 숙이자, 하연이 컵을 조심히 기울여 줬다. 진한 카페모카의 맛을 본 성빈이 컵에서 입을 떼며 투덜거렸다.

"난 다 좋은데, 이 크림이 별로야. 너무 달아."

"왜요? 전 이 휘핑크림 너무 맛있는데."

성빈이 상의 안쪽 주머니에서 손수건을 꺼내는데, 하연이 그의 손을 붙잡았다.

"성빈 씨, 이리 와 봐요."

성빈이 다시 순순히 고개를 낮췄다. 그러자 하연이 자신의 입술을 갖다 댔다. 하연이 남자의 입술에 묻은 휘핑크림을 할짝대며 빨아들였다.

"으음, 성빈 씨 입술에 묻어 있어서 그런지…… 더 달콤해요."

"당신은 크림 때문에 그렇다 치더라도…… 읍……."

성빈이 넓은 어깨를 바짝 세우며 하연에게로 밀착했다.

"난…… 하아…… 도대체 뭐가 맛있는 거지?"

"이 변ㅌ…… 으읍……."

서로의 입술을 덧그리며 탐닉하는 두 남녀의 숨결이 뜨거웠다. 남자의 열렬한 애정을 받아 내던 하연은 점차 벅차기 시작했다. 이윽고 하연의 얼굴이 떨어져 나갔다. 성빈이 아쉬운 표정을 지어보였다.

"벌써 끝났어? 꽤…… 많이 묻었었는데."

"하아, 하…… 말끔하게 닦였어요."

하연이 남자의 손을 잡고 가까운 벤치로 향했다. 그녀가 어느새 눈이 그친 하늘을 올려다봤다. 성빈이 팔을 뻗어 하연의 어깨를 감싸 주며 물었다.

"춥진 않아?"

"이제 날이 제법 많이 풀려서 그런지 별로 안 추워요. 성빈 씨는요? 머플러도 저한테 둘러 주고 해서……."

"난 괜찮아."

하연이 성빈의 어깨에 지그시 머리를 기댔다. 잠시 말이 없는 두 사람. 멈춰 있는 둘만의 시간이 너무 소중했다. 성빈이 자신의 코트 주머니 안에 있는 하연의 손을 어루만졌다.

"하연 씨……."

성빈이 여자의 이름을 그윽하게 불렀다. 그렇게 잠시 동안 두 사람은 서로의 눈동자를 빤히 들여다보았다.

이내 하연이 성빈에게서 눈을 뗴, 눈꽃 송이가 떨어지는 하늘을 올려다보았다.

"전 있죠. 지금 내리는 이 눈처럼 어느새 제 마음에 쌓인 김성빈 당신이라는 남자를 위해서라면……."

"……."

"기꺼이 제 모든 부분을, 당신의 색으로 물들일 거예요. 단 하나도 빠짐없이."

*　　　*　　　*

"하연 씨 일어났어?"

커튼 사이로 쏟아지는 따사로운 아침 햇살에 눈이 부신 여자가 부스스 잠에서 깼다. 그와 동시에 그윽한 남자의 음성이 기다렸다는 듯 그녀를 반겼다.

"성빈 씨…… 으음…… 굿모닝이에요."

"응, 좋은 아침이야."

하연의 머리맡에 걸터앉아 독서 중이던 성빈이 책을 덮으며 대답했다. 아직 정신을 완전히 차리지 못 하는 여자의 앞머리를 거둔 성빈이 가볍게 입술을 내려놨다. 쪽,

"컨디션은 좀 어때?"

"괜찮…… 지 않아요. 허리가 좀…… 당기고."

"마실 것 좀 줄까?"

"그럼 오렌지 주스 한 잔만 부탁할게요."

하연의 말이 떨어지기가 무섭게 성빈이 주방으로 향했다. 그녀가 유독 아끼는 머그컵에 오렌지 주스를 따른 성빈이 쟁반에 받쳐 그녀에게 돌아왔다. 잔을 쥐려는 하연의 손길을 만류한 성빈이 직접 입술 사이로 기울여 줬다.

"우리 하연이 자아……."

이런 일이 익숙한 하연이 곧잘 받아 마셨다. 꿀꺽꿀꺽, 목을 축인 하연이 그제야 살 거 같다는 표정을 지어 보였다. 성빈이 그런 그녀를 흐뭇한 미소로 응시했다.

"하연 씨 또 필요한 건 없어?"

"저어…… 좀 씻고 싶어요."

"알았어. 그럼 잠시만 더 누워 있어. 당신이 좋아하는 거품 목욕 시켜 줄게."

하연을 다시 이불 위로 눕힌 성빈이 침실을 빠져나갔다. 그런 남자의 뒷모습을 지켜보던 하연이 싱긋 웃으며 천장을 올려다봤다. 꿈이 아닐까 싶을 정도로 행복한 하루하루를 보내는 요즘이었다. 과할 정도로 표현해 주는 성빈의 사랑이 다른 의미로 조금 벅찰 때도 있었지만 그마저도 하연에겐 기쁘고 소중한 시간이었다.

"하연 씨…… 자나?"

성빈의 낮은 저음이 다시 잠에 빠져들고 있던 그녀를 깨웠다. 하연이 가늘게 눈을 떴다.

"아니요…… 성빈 씨 안 자요."

"목소리가 졸린 것 같은데, 조금 더 자는 게 어때."

"싫어요, 일어날래요."

하연이 남자를 올려다보며 팔을 벌렸다. 성빈이 씩 웃으며, 그녀의 전신을 감싸고 있는 얇은 시트와 함께 하연을 안아 들었다. 성빈의 목에 팔을 두른 하연이 귓가에 대고 작게 속삭였다.

"같이…… 씻을 거죠?"

"당연하지."

"지금 힘이 하나도 없어요. 다 성빈 씨 때문이야."

하연의 칭얼거림에 성빈이 그녀를 안은 팔에 힘을 줬다.

"알아, 나 때문에 당신이 얼마나 고생하는지."

"흥⋯⋯."

욕실로 향한 성빈이 거품이 가득한 원형 욕조 안에 시트를 걸은 하연을 조심히 내려놨다.

"하연 씨, 물이 제법 뜨거우니깐 조심해."

"와, 바닐라 버터 향이다."

"당신이 유난히 이 입욕제를 좋아하는 거 같아서 골랐는데 반응이 나쁘지 않네."

성빈도 걸치고 있던 옷들을 벗고 욕조 안으로 들어갔다. 하늘색의 폭신한 거품을 허공으로 봉봉 띄우고 있는 하연의 뒤로 자리를 잡은 성빈이 그녀를 자신의 품으로 끌어당겼다.

"우리 하연이 거품이랑 노니깐 재밌어?"

"그냥 거품일 뿐인데⋯⋯ 이 몽실몽실한 감촉이며, 따뜻한 느낌이 들어서 너무 좋아요."

성빈의 손바닥을 펼치게 한 하연이 그 위에 거품을 쌓아 올렸다. 사륵, 사르륵. 손바닥 위로 한껏 올라간 커다란 거품을 성빈이 뒤집어 떨어뜨렸다. 하연이 고개만 돌려 남자를 째려보았다.

"얼마큼 올라가나 보려고 했는데 못됐어, 정말."

"다시 해 봐. 이번엔 안 그렇게."

성빈의 말에 또 신중하게 거품을 쌓기 시작하는 하연의 몰입도가 대단했다. 이게 뭐 별거라고. 여자를 뒤에서 안은 성빈이 방해를 하기 시작했다.

"성빈 씨 저 지금 진짜 진지하거든요? 간지럽히지 말아요."

"이런 방해 공작 속에서도 성공을 시켜야 진정한 버블 장인이 되는 거야. 집중해."

성빈의 손이 하연의 반듯한 배 부근을 간질였다. 간지러움에 약한 하연이 허리를 비틀며 남자의 손을 잡아 멈추게 했다. 태연한 성빈의 태도에 하연의 협박이 이어졌다.

"당장에 쫓겨나고 싶죠?"

"이 여자야, 안 간지럽힐게. 대신……."

성빈의 못된 손이 여자의 허리 곡선을 타고 봉긋한 가슴으로 올라갔다.

"쓰다듬는 건 허락해 줘."

"아, 정말……."

"부드러운 거품 때문에 한층 손에 잡히는 감촉이 좋아. 매끈하고……."

성빈이 기어코 한마디 쏴붙이려는 하연의 턱을 잡아 그대로 입술을 집어삼켰다.

"으읍……!"

이 남자는 늘 이런 식이다. 스킨십을 제지할 틈도 없이 달콤한 말로 현혹해 구렁이 담 넘어가듯 능숙하게 사람을 지배해 나가는 아주 무서운 스킬을 가지고 있다.

"하아, 성빈…… 읍……."

하연의 입술을 키스로 막은 성빈의 손이 바쁘게 움직였다. 큰 공간의 욕실임에도 불구하고 하얀 수증기가 모락모락 차오르기 시작했다. 하연은 온몸에 소름이 바짝 돋아나는 게 느껴졌다. 잠시 여자의 입술을 놔 준 성빈이,

"알아, 나란 놈 양심 없는 거."

"하아……으읏……."

"괴롭히는 것도 정도가 있지. 이건 도가 지나치잖아. 안 그래?"

하지만 이미 성빈의 허스키한 음성은 탁해질 대로 탁해져 있었다.

"그런데 당신 향기만 맡아도 이 녀석이 반응부터 하는데. 어떡해?"

"……하……."

"나도 내가 이렇게 밝히는 놈인 줄……."

어젯밤 이미 수차례 열꽃을 새긴 하연의 쇄골에 성빈이 뜨거운 입술을 지분거렸다.

"당신을 통해 알았어."

"……성빈 씨."

"안으면 안을수록 더 애타고 아쉬운 내 마음…… 이해하지?"

하연은 남자의 말이 제대로 귀에 들어오지도 않았다. 그의 입에서 흘러나오는 말은 무척 로맨틱했지만 그와 반대로 목적이 분명한 손은 그녀를 한없이 괴롭히고 있었기 때문이다. 하연의

눈이 점점 풀리기 시작했다.

"하연아……."

"아훗, 성빈 씨…… 알았으니깐 그만……."

결국 항복을 선언한 하연이 성빈의 팔을 붙잡고 애원했다. 성빈이 자신의 가슴에 등을 기댄 채 반쯤 눈이 풀려 있는 하연의 젖은 머리카락을 넘겨 주며 속삭였다.

"대신 이따가 오빠가 거품 더 많이 만들어 줄게."

"……약속했어요?"

"그래. 원하는 거 뭐든 해 줄게."

"아이참, 간지러운데 그만해요……."

큰 빗금이 쳐진 하연의 달아오른 두 뺨에 성빈이 뽀뽀 세례를 퍼부었다. 하연은 남자가 연속으로 입술을 찍어 내린 자신의 축축한 볼을 고양이처럼 쓸어내렸다.

"하연 씨 어떤 행동을 하기 전에, 생각 좀 하고 해."

"아, 이 남자가 또 무슨 잔소리를 하려고……."

하연이 투덜거리며, 못마땅한 표정을 짓고 있는 성빈을 흘겨봤다.

"방금 전에 하연 씨가 한 행동 말이야."

"어떤 거요."

"얼굴 닦을 때 그냥 슥슥 문대면 되지, 대체 왜 그렇게 귀여운 척을 하면서 쓰다듬는 건데?"

"제가요?"

"당신이야 그냥 무의식적으로 했겠지만, 지켜보는 사람은 미쳐."

하연은 남자의 타박에 기가 찼다.

"이 남자 정말 별걸로 다 사람 잡네? 전 그냥 닦은 거거든요?"

"아무튼 앞으로 조심 좀 해 줘."

"이 무슨 말 같지도 않은…… 정말 얄미워 죽겠다니깐."

"솔직히 나는 상관없는데,"

성빈은 간격이 느슨해진 하연을 끌어당겨 제 쪽으로 밀착시켰다. 움찔. 무언가를 느낀 하연이 순간 석상처럼 굳었다. 성빈이 혀를 차며 탄식을 내뱉었다.

"이 녀석이 문제야. 당신의 작은 행동 하나에도 이리 반응을 해서야…… 쯧……."

그로부터 한 시간 뒤.

목욕 가운을 걸친 채 힘없이 앉아 있는 하연의 머리를 성빈이 말려 주고 있었다. 하연은 욱신거리는 허리 때문에 그만 눕고 싶었다.

"성빈 씨 대충 말려도 되는데……."

"안 돼. 그러다 감기 걸려. 거의 다 말렸으니 조금만 참아."

성빈이 드라이기 잡은 손을 재촉했다. 뒤로도 한참 동안 하연의 머리를 말려 준 성빈이 머리를 빗겨 주며 마무리 정돈까지 깔끔하게 마쳤다.

"팔 아프죠? 수고했어요."

성빈은 기운이 없는 하연의 모습에 마음이 불편했다.

"당신 배 안 고파? 뭐라도 먹어야지."

"네, 허기지긴 하네요."

"먹고 싶은 거 있으면 말해 봐."

눈알을 데굴데굴 굴리며 고민하는 하연에게 성빈이 집중을 했다.

"성빈 씨가 요리는 못 할 거고……."

"문제없어, 레시피 찾아서 해 줄게. 저번에 오빠가 파스타도 만들어 줬잖아."

"에이, 그건……."

성빈의 눈치를 보던 하연이 아랫입술을 쏙 말아 넣었다.

"하하, 성빈 씨가 만들어 준 파스타 정말 맛있었는데."

"당신 기운 낼 만한 게 뭐가 있을까."

성빈에게 부담은 주기 싫고 적당한 게 뭐가 있을까 고민하던 하연이 혼잣말을 중얼거렸다.

"우리 집 동네 부대찌개도 정말 맛있는데……."

"부대찌개?"

"어머, 아니에요. 그냥 성빈 씨랑 처음으로 식사했던 게 문득 생각나서요."

"지금 가장 먹고 싶은 게 그거야?"

"됐어요. 갔다 오려면 번거롭잖아요. 맨션 근처에도 맛있는데 많으니까……."

"사 가지고 올게. 금방 갔다 와."

성빈이 말을 싹둑 자르며 하연을 안고 침실로 향했다.

"성빈 씨 나가면 또 심심하겠다."

하연이 눈빛이 점차 나른해졌다. 집 안에 마땅히 하연이 즐길 만한 것이 없다는 걸 아는 성빈이 침대에 하연을 내려놓으며 물었다.

"당신 동네에 가는 김에 책방에 들러서 만화책이라도 빌려다 줄까?"

"와, 정말요?!"

남자의 뜻밖의 배려에 하연의 눈동자가 반짝였다.

"그럼 '비밀 커플' 완결권이랑 '파란 눈의 악마'……."

"못 외우니깐 수첩에 적어 줘. 그동안 드레스룸 가서 옷 좀 갈아입고 올게."

신이 난 하연이 보조 선반 위에 놓인 수첩과 볼펜을 집어 들었다. 볼펜을 입에 문 하연이 엎드린 채 수첩을 펼쳤다. 챙겨 봐야 할 만화와 책 목록을 얼추 다 적을 때쯤 성빈이 들어왔다. 하연이 북 찢어 내미는 종이를 성빈이 건네받았다.

"금방 다녀올 테니까 푹 쉬고 있어."

"알겠어요, 오빠."

자신의 남자를 바라보는 하연의 눈빛이 흐뭇했다. 빨간 점퍼를 가볍게 걸쳤을 뿐인데도 어쩜 저리 눈에 띄게 잘생겼을까? 성빈을 감상하던 것도 잠시 하연은 괜히 조바심이 났다.

"성빈 씨. 밖에서 모르는 사람이 말 붙이면 대답하지 말아요."

"음?"

"사탕 준다고 살살 구슬리면서 따라오라고 해도 절대 따라가면 안 되고요?"

장난스럽지만 진심이 섞인 하연의 말에 어이가 없는 성빈이 실소를 터트렸다.

"농담도 재밌게 하네. 알았어. 한눈 안 팔고 빛의 속도로 다녀올게."

성빈이 하연의 머리를 장난스럽게 헝클어뜨린 다음 침실을 나갔다. 하연이 두 팔을 뻗어 기지개를 쭉 펴는데 핸드폰이 울렸다. 김 여사였다.

"네, 어머니. 안녕하셨어요."

긴장한 하연이 뻐근한 허리를 일으켜 침대에 걸터앉았다.

[그래. 너도 잘 지냈니.]

"네."

[별건 아니고 안부 차, 물어볼 게 있어서 전화했어.]

하연이 흘러내린 머리를 귀 뒤로 넘겼다.

[하연이 너 요즘에 따로 하는 일은 없는 거지?]

"네, 어머니."

하연의 대답에, 김 여사가 고개를 끄덕였다.

[그럼 다음 주부터 미술관으로 나와.]

"네에?!"

하연의 격정적인 반응에 김 여사의 눈썹이 꿈틀댔다.

[싫다는 티를 그렇게 노골적으로 낼 필요는 없잖니.]

"아, 아니에요! 어머니 다만 너무 갑작스러워서……."

당황한 하연이 변명을 했다.

[네가 이쪽 분야에 문외한인 만큼 가르쳐야 할 내가 더 피곤하다는 걸 인지했으면 좋겠구나.]

"어머니 방금 전은…… 오해세요."

김 여사는 아랑곳하지 않고 하려던 말을 이어 나갔다.

[나중에 네가 맡을 수도 있는 이 자리가 결코 쉽지 않다는 걸 알아 둬.]

"아, 네."

[그리고 집안일 관리해 주실 분은 구했니?]

하연이 난감한 얼굴로 머리를 긁적였다.

"어머니 사실은…… 아직요. 제가 직접 집안일하는 게 편하기도 하고 해서……."

[저번에도 말했지만 하연이 너 집이나 돌보라고 들이는 거 아니야.]

김 여사는 하연의 고모와 잡아 둔 선약이 떠올랐다.

[고모님도 조만간 만나는데…… 너 그동안 마음고생시킨 거 때문이라도 '손에 물 한 방울 안 묻히는 조건'을 붙이려고 하니, 내 계획에 협조 좀 해 줬으면 좋겠구나.]

"아아……."

하연은 웃음이 나오려는 걸 참았다.

[내가 괜찮은 관리인 추천해 주고 싶어도 처음부터 너와 맞는 사람 고르는 게 멀리 봤을 때 더 나을 거야. 당장에 들이는 게 불편하면 천천히 알아봐.]

"네, 어머니 그럴게요."

하연이 조신하게 대답했다. 잠시 뜸을 들이던 김 여사가 입을 열었다.

[성빈이하고는 잘 지내니?]

"네, 잘 지내고 있어요. 요즘 너무…… 행복해요. 어머니 다시 한 번 감사드려요."

[다행이구나.]

김 여사가 천천히 대답을 밀어내며 탁자 위에 놓인 종이를 지그시 응시했다. 전에 큰 회장이 그녀의 손에 쥐여 주고 간 두 사람의 사주였다.

[흠, 절대 강요하는 건 아니고.]

"네?"

[사실 너네 할아버지는 너희한테 하루 빨리 소식을 듣고 싶어 하서.]

"어떤…… 아…….."

김 여사의 말을 알아들은 하연의 얼굴이 빨개졌다.

[하연이 네가 우리 집에 단비를 내려 줄 거라나 뭐라나? 참나,

어디에서 이상한 말만 듣고 와선 말이야.]

　김 여사가 시답잖다는 톤으로 다시 한 번 강조를 했다.

　[뭐 아무튼 그렇다고.]

*　　*　　*

　넓고 고요한 집 안 내부. 거실 한가운데 위치한 소파에 덩그러니 앉아 있는 하연이 팔짱을 낀 채 TV 화면을 쏘아보고 있었다. 바람을 넣은 그녀의 양 볼이 점차 부풀어 올랐다. 띠. 띠딕. 리모컨을 쥔 하연의 손이 신경질적으로 버튼을 눌러 댔다. 그러다 이내 못 참고,

　"아씨, 정말 짜증 나! 이 남자는 여태 연락도 없고 도대체 뭐야!"

　탑 안에 갇힌 라푼젤처럼 몇 날 며칠을 집순이로 지낸 하연이 결국 폭발하고 말았다. 벌써 근 이 주째 성빈은 자정이 다 돼서야 집에 들어왔다. 데이트는커녕 제대로 된 저녁 식사조차 할 수 없었다. 이틀 전에는 남자가 뿔이 난 하연을 알아챘는지 오늘은 어떻게든 시간을 내 심야 데이트를 하자며 달래 놓고선 밤 열 시가 넘어가도록 연락도 없었다.

　"주인 오기만 목 빠지게 기다리는 애완견도 아니고 이게 뭐야?"

　빈정이 제대로 상한 하연이 투덜거리며 소파에서 벌떡 일어났

다. TV를 꺼 버린 그녀가 화난 걸음으로 침실로 향했다.

"흥, 잠이나 자야지! 내일 미술관 쉬는 날이라 오늘 예쁜 짓하면 서비스 좀 해 줄까 했더니 다 관둬. 때려치워!"

하연이 침대에 누우려는 찰나 거실에 둔 핸드폰 벨 소리가 요란하게 울렸다. 미안하지만 상황이 안 돼 나중으로 미루자는 성빈의 전화일 게 뻔히 눈에 보였다.

"받지 말까. 그냥 무시하고 자 버릴까?"

그러나 이미 그녀의 발걸음은 벨 소리를 따라 거실로 걸어가고 있었다. 발신자를 보니 역시나 성빈이었다. 밀려드는 짜증에 하연이 인상을 확 구겼다.

"네, 성빈 씨."

하연의 목소리에서 냉랭함이 묻어났다. 그런 여자의 기분을 성빈이 귀신같이 알아차렸다.

[우리 하연이 기다리게 해서 화났구나.]

"아니에요."

[아니긴, 목소리에서 티가 나는데. 그나저나 뭐하고 있었어?]

"이제 자려고요. 어차피 오늘도 성빈 씨 늦을 거 아니에요."

서운함이 느껴지는 하연의 대답에 성빈의 눈초리가 달콤하게 내려갔다.

[오늘 오빠랑 데이트하기로 했잖아.]

"이미 시간도 늦어서 마땅히 갈 만한 데도 없잖아요. 나중에 해요."

하연은 속상하긴 하지만 워낙에 바쁜 남자인 걸 알기에 애써 감정을 누그러뜨렸다.

"성빈 씨, 정말 괜찮아요. 일 때문인데 별수 없잖아요."

[지금쯤이면 맨션 앞에 리무진 도착했을 거야.]

하연이 고개를 갸우뚱거렸다.

"갑자기 웬?"

[당신한테 점수 좀 따려고. 요즘에 신경 못써 줘서 내심 서운해하고 있는 거 알아.]

"피이…… 그런데 성빈 씨 피곤할 텐데 괜히 무리하는 거 아니에요?"

[아니야. 그럼 이따 봐.]

전화를 끊은 하연이 핸드폰을 꼭 움켜쥐었다.

"이 남자는 미리 말 좀 해 주지! 그럼 준비라도 하고 있었을 텐데, 아이참!"

말은 그렇게 해도 사실 남자와의 데이트를 염두에 두고 있었던 하연은 미리 짜 놓은 플랜대로 신속하게 나갈 채비를 했다. 화장대 앞에서 얼마간 분주하던 그녀가 곧장 드레스 룸으로 향했다. 은색 미니 원피스를 챙겨 입은 하연이 검은 스타킹을 허벅지까지 능숙하게 쭉 끌어 올렸다. 마지막으로 블랙 롱 코트와 클러치 백을 집어 든 하연이 현관으로 달려갔다.

"아, 막상 또 데이트한다니깐 설레네."

맨션 정문으로 나가자 윤이 나는 검은색 대형 리무진 한 대가서 있었다. 그녀가 나오길 기다렸던 기사가 친절한 미소를 띠며 뒷좌석 문을 열어 주었다.

"감사합니다."

하연이 고마움을 표하며 리무진에 올랐다. 운전석에 탄 기사가 클래식 음악을 틀더니 부드럽게 차를 몰기 시작했다. 가죽 시트에 편안히 몸을 기댄 하연이 차창 밖으로 시선을 돌렸다. 그녀의 눈이 점차 느른하게 풀어졌다. 따뜻한 온기 속에 하연이 꾸벅꾸벅 졸기 시작했다. 얼마쯤 시간이 흘렀을까. 똑똑. 문을 두드리는 소리에 하연이 잠에서 깼다.

"우리 하연이 졸았어?"

차 문이 열리고 눈을 부비는 하연을 보며 성빈이 자상하게 물었다. 창피한 하연이 고개를 저으며 리무진에서 발을 내디뎠다. 그녀가 졸린 눈으로 주위를 천천히 둘러보았다.

"성빈 씨 여기가 어디예요?"

"공항."

짧게 대답한 성빈이 하연의 손을 잡고 걷기 시작했다.

"여긴 왜……."

"우리 두 사람 제대로 된 여행 한번 못 가 봤잖아. 나 휴가 냈어."

뜻밖의 여행 소식에 하연의 입이 반쯤 벌어졌다.

"아아…… 정말요?"

"그래서 요 근래에 유난히 더 바빴던 거야."

그런 여자를 내려다보는 성빈의 얼굴에 시원한 미소가 번져 들었다. 미리 준비해 둔 전용기 계단 앞에 도착한 성빈이 살짝 비켜서며 하연에게 먼저 올라가라는 눈짓을 해 보였다.

"어머…… 성빈 씨 저 이런 비행기…… 처음 타 봐요."

"나도 이 전용기는 처음 타 봐. 당신이랑 같이 여행 다닐 용도로 주문한 거야."

"와아, 인테리어가 호텔 스위트룸이랑 똑같아요. 신기하다."

한번 벌어진 하연의 입은 다물어질 줄을 몰랐다. 여자의 취향에 맞춰 특별히 제작한 보람을 느낀 성빈은 내심 흡족했다.

"마음에는 들어?"

"안 들 리가…… 없잖아요. 이런 건 영화에서만 봤지……."

"예상은 했지만 반응이 귀엽네."

성빈이 씩 웃으며 뒤에서 하연의 코트를 받아 주었다. 하연이 곧 빙글 돌더니 뜨거운 눈길로 남자를 올려다보았다. 그녀의 입술이 애정 가득한 자신의 마음을 실어 달싹였다.

"하긴…… 내가 영화에서나 나올 법한 남자를 만난 거지."

"과찬이야."

"미안해지잖아요. 저는 속 좁게 어리광만 피워 댔는데……."

성빈의 허리에 팔을 두른 하연이 깊숙이 얼굴을 묻었다. 하연의 머리를 쓰다듬어 주던 성빈이 대기하고 있는 경호원에게 이륙하라는 사인을 보냈다.

"하연 씨 곧 출발할 거야."

"그런데 우리 어디로 가는 거예요?"

"당신이 좋아하는 겨울 바다가 근사한 곳. 사실 좀 멀긴 해."

이후 두 사람은 안락한 시간을 보냈다. 평소처럼 꼭 붙어 같이 샤워를 한 뒤, 편안한 의상으로 갈아입고, 미리 준비된 와인을 즐기며 이런저런 대화를 나누었다. 또 전용기 안에 비치된 체스 게임도 하고(세 판을 했는데 전부 성빈이 이겼다) 다트게임도 하고(체스 게임을 한 직후라 하연이 약이 바짝 올라 그녀가 다트 핀을 던질 때마다 성빈은 생명의 위협을 느꼈다) 아빠다리를 하고 나란히 앉아 부루마블 보드게임을 하기도 했다. 부루마블을 할 때는 의외로 실력 발휘를 못하는(훈훈한 마무리를 위해 성빈이 티 안 나게 봐주었다) 남자를 결국 빈털터리로 파산시켜 버린 하연이 씩 웃으며 물었다.

"성빈 씨 일부러 봐준 건 아니죠?"

"그럴 리가 있나."

성빈이 천연덕스럽게 대꾸하며 뒷머리를 쓸어내렸다. 하연이 양쪽 팔을 머리 위로 쭉 뻗으며 길게 하품을 했다.

"저…… 이제 너무 졸려요."

"다행이다. 사실 나도 더 이상 게임할 힘이 남아 있질 않았거든."

아빠 다리를 풀고 일어난 성빈이 하연의 손목을 잡아 일으켰다. 바람 빠진 풍선 인형처럼 흐느적대며 힘겹게 일어난 하연을 뒤에서 포옥, 껴안은 성빈이 앞으로 밀기 시작했다. 이윽고 침대에 털썩, 대자로 엎드린 하연의 위로 성빈 또한 샌드위치처럼 미동 없이 겹쳐 누웠다.

"아윽…… 성빈 씨 무거워요. 좀 나와 봐요."

"그럴 힘이 없어."

야심한 새벽까지 게임에 몰두한 두 남녀의 눈꺼풀이 점점 무거워졌다. 하연의 허리를 꼭 끌어안은 성빈이 그녀의 등에 기댄 채 순한 얼굴로 잠이 들었다. 그 와중에 불편함을 느낀 하연이 성빈의 품에서 빠져나가려고 몸을 비트는데 제아무리 밀어내도 소용이 없었다.

"올…… 가미 같은 남자……."

하지만 구시렁대던 하연 또한 피곤을 이기지 못하고 금세 깊은 잠에 빠져들었다.

*   *   *

"으음……."

평소보다 강렬한 아침 햇살을 의식한 하연이 흐릿하게 눈을 떴다. 눈이 부신 선명한 빛을 따라 하연이 침대 위를 기어갔다. 창가에 도착한 하연이 웅크리고 앉아 미어캣처럼 밖을 내다보았다. 눈에 들어오는 전부가 하얀색이었다. 하연이 한참 동안 멍하니 밖을 바라보는데,

"일어났어? 컨디션은 좀 어때."

시원한 스킨 향과 함께 성빈이 그녀의 옆으로 다가왔다. 하연이 행복한 눈웃음을 지어 보였다.

"너무 좋아요. 성빈 씨는 피로 좀 풀렸어요?"

"응, 덕분에."

"있잖아요. 밖이…… 온통 하얘요."

성빈이 하연의 어깨를 돌려 함께 바깥 풍경을 감상했다.

"여긴 사계절이 전부 겨울인 나라야. 항상 눈이 내리고 자연으로 꾸며진 아름다운 전경 때문에 신이 쉬어 가는 장소라고도 하지. 그에 비해 많이 춥지 않은 날씨 덕분에 휴식이 필요할 때 찾는 사람들이 많아."

남자의 설명을 집중해 듣는 하연의 눈동자에 환한 빛이 맴돌았다. 그때였다. 전용기 외부에서 압력으로 인한 미세한 흔들림이 전해졌다.

"어어? 성빈 씨 비행기 내려가나 봐요."

"금방이야."

성빈이 다소 겁먹은 표정의 하연을 보고는 손을 잡아 지그시 깍지를 껴 주었다. 손을 내려다본 하연이 성빈을 든든하게 바라보았다. 곧 전용기가 안전하게 착륙장에 안착을 했다. 성빈과 하연이 겉옷을 따뜻하게 챙겨 입고 전용기에서 내려 대기하고 있던 차에 올랐다.

"와, 성빈 씨 저기 바다 좀 봐요."

"아름답네. 당신이 왜 겨울 바다를 좋아하는지 조금은 알 것도 같아."

모래사장의 입구에서 차가 멈춰 섰다. 하연이 빠르게 문을 열고 내렸다. 광활하게 탁— 트인 푸른 바다가 시원한 바람과 함께 그녀를 반겼다.

"하아…… 정말…… 이게 얼마만인지……."

"춥진 않은데 생각보다 바람이 세네. 이러다 당신 감기 걸리겠다."

성빈이 코트 위에 한 겹 더 껴입은 점퍼를 벗으려는데 하연이 말렸다.

"저 별로 안 추운데요? 괜찮아요."

"보는 내가 안 괜찮아."

하연이 얼른 남자에게 팔짱을 끼며 배시시 웃어 보였다. 그렇게 둘은 눈으로 뒤덮인 하얀 백사장을 나란히 걷기 시작했다. 맑은 바닷바람을 하연이 가슴 깊숙이 들이마셨다. 상쾌한 기분에 그녀의 마음이 한껏 들떴다.

"성빈 씨, 너무 고마워요. 더한 표현을 하고 싶은데 생각이 안 나서……."

"당신 표정이 현재 어떤 기분인지 잘 말해 주고 있어. 충분해."

하연이 남자의 옆구리로 자석처럼 찰싹 달라붙었다.

"역시 우리 성빈 오빠가 최고야."

"사실 고민을 좀 했어. 안 그래도 겨울에 당신 마음 아픈 일이 많았었잖아. 나도 그렇고. 그래서 처음엔 따뜻한 휴양지로 갈까

했었어. 굳이 추운 곳으로 갈 필요가 있을까 싶었는데…… 문득 겨울 바다를 그리워하던 당신 얼굴이 떠오르더라고."

"그래서 일부러 이곳에……."

"맞아. 난 이제 당신이 원하는 곳이라면 어디라도 기쁜 마음으로 기꺼이 따라갈 준비가 돼 있어."

성빈의 진중한 눈빛엔 더없이 깊은 믿음이 서려 있었다.

"그동안 당신 나 따라온다고 많이 애썼잖아."

"성빈 씨……."

"이젠 내 차례야. 그동안 막무가내로 굴면서 오만했던 나를 이해해 준 하연 씨한테 진심으로 고마워. 살면서 평생 동안 갚을게."

괜스레 쑥스러운 하연이 팔짱을 풀고 앞으로 나아가려는데 성빈이 그녀의 손목을 붙잡았다.

"하연아."

낮게 착 가라앉은 성빈의 부름. 평소보다 힘이 실린 남자의 말투에 하연은 순간 긴장이 됐다.

"……네?"

"오빠가 평생 동안 갚는다잖아."

여자가 두 눈을 연속으로 깜박였다.

"하연이 너랑 살면서."

하연의 맑은 두 눈이 구슬처럼 동그래졌다. 눈이 부신 에메랄드빛 바다를 배경 삼아 머리 위로 쏟아지는 햇살 아래 천사처럼 환하게 웃는 남자의 모습은 너무나도 아름다웠다. 하연은 이번 만큼은 조금 다르게 심장이 두근거림을 느꼈다.

"성빈 씨……."

"이제 내 식대로 일방적으로 끌고 가는 건 이만 끝내고……."

성빈은 눈에 다 담지도 못 할 끝없이 펼쳐진 푸른 바다를 잠시 바라봤다.

"지금처럼 우리 두 사람 천천히 산책하듯 남은 인생을 여유롭게 같이 보내고 싶어. 하연 씨 당신이랑."

"성빈 씨……."

"그동안 나 때문에 많이 마음고생하고 아파한 당신에게……."

성빈은 바람에 흩날려 내려온 하연의 머리를 귀 뒤로 넘겨 주었다.

"평생을 걸쳐 갚을 수 있도록…… 나란 남자한테 기회를 줘."

하연의 하얀 볼이 살구꽃처럼 도드라지더니 붉게 물들었다. 성빈이 마주 잡은 손에 힘을 주더니, 정중한 어조로 여자에게 프러포즈를 했다.

"당신 인생 종착역의 남자가 되고 싶어."

"성빈 씨……."

"우리 결혼하자, 하연아."

성빈의 마지막 고백에 하연이 그대로 다이빙하듯 남자의 품에 와락, 뛰어들었다. 그런 여자의 허리를 건고하게 옭아맨 성빈이 부서질 듯 뜨겁게 안아 주었다. 하연의 벅찬 숨결이 성빈의 귓가를 애틋하게 적셨다.

"그럼요, 당연하죠…… 성빈 씨만 제 옆에 있어 준다면…… 전 아무것도 바랄 게 없는 걸요."

성빈이 다소 가벼운 웃음을 터트리며 졸이던 가슴을 쓸어내렸다.

"다행이다. 난 당신이 혹여 장난으로라도 마지막까지 튕길까 봐 노심초사했는데."

"어머, 장난으로라도 튕길 게 따로 있죠."

하연이 행복해 죽겠다는 표정으로 성빈을 올려다보았다. 그런 여자를 자상한 눈빛으로 지그시 내려다보는 성빈. 더 이상 눈을 마주치고 있다가는 심장이 사라질 것만 같아 하연이 어깨를 잔뜩 오므리더니 성빈의 가슴팍에 깊숙이 파고들었다. 성빈의 큰 손이 그런 하연의 머리를 쓰다듬었다.

"하연아, 다시 한 번 허락해 줘서 고마워."

"……정말 사랑해요."

"이제부터라도 당신이 나한테 맞추는 게 아니라, 내가 당신한테 어울리는 남자가 될 게. 말 한마디를 건네도 따뜻하게 하고, 당신 입에서 나오는 말이면 항상 집중해 듣고, 여자로서 당신이 받아야 할 대우에 늘 신경 쓰려고 노력할게."

성빈이 젠틀한 미소로 진심 어린 고마움을 담아 하연에게 굳게 선언했다.

"김성빈이란 남자를 선택한 당신, 후회 안 할 거야."

하연은 심장 정중앙에 깊은 감동이 밀려드는 걸 느꼈다. 성빈의 사랑에 흠뻑 빠져 버린 하연의 몽롱한 눈동자가 이윽고 정신을 차렸다.

"후…… 내 남자지만 어떨 땐 진짜 숨 막히게 멋있어서 정신을 못 차리겠다니까."

"하연 씨 내가 생각해도……."

"저렇게 본인 입으로 아무렇지도 않게 얘기하니까 확, 깨는 거지."

장난스럽게 웃으며 말하는 하연에 성빈이 씩 웃었다.

"그나저나 우리 하연이 대답도 예쁘게 해 줬는데 좋아하는 어부바해 줄까?"

"애도 아니고…… 괜찮아요."

"그래, 그럼."

간단히 수긍해 버리는 성빈의 대답에 하연의 눈썹이 삐죽 올라갔다.

"끝이에요?"

"싫다며."

"아니, 그래도 영화에서 보면 남주가 싫다며 막 빼는 여주 억지로라도 업어 주고 그러던데. 이건 모양새가 좀 아니죠. 프러포즈까지 끝난 마당에 너무 쿨하잖아요."

하연의 '에이, 이건 좀 아니다.'하는 표정에 성빈이 실소를 터트렸다. 괜히 질러 놓고 무안한 하연도 성빈을 따라 '하하하' 유

쾌하게 장단 맞춰 웃었다. 성빈이 허리춤에 팔을 걸쳤다.

"하연 씨 정말 귀여워 죽겠다. 내가 이런 면 때문에 당신한테 반한 거겠지?"

"그러겠죠?"

"난 유치한 건 진짜 싫어하는 사람인데 당신 앞에만 서면 신기하게도 그걸 즐기게 돼."

하연이 검지를 살랑살랑 흔들더니, 뒤돌아 자신의 등을 내보였다.

"그런 말은 이제 됐고요. 그보다…… 자아! 성빈 씨, 나 잡아 봐라!"

"……."

"빨리 하연이 잡아 봐라! 아아아옥……!"

신이 난 하연이 백사장을 뛰어가려고 엉거주춤 발을 내딛다 구두가 모래더미에 콕 박혀 버렸다. 그와 동시에 '철퍼덕' 넘어진 그녀가 좌절하는 듯한 자세로 넘어진 채 굳어 버렸다.

"아씨……."

차라리 다쳤으면 덜 창피하기라도 했을 텐데 부드러운 모래 더미인지라 조금의 타박상도 없었다. 눈가에 침을 살짝 묻힌 하연이 뒤로 고개를 돌렸다. 성빈이 원래 있던 자리에서 무표정으로 그녀를 응시하고 있었다. 하연이 침을 꿀꺽 삼키고 울먹울먹 입을 오물거렸다.

"성빈 씨……."

"딱 십 초 줄게. 와서 업혀."

성빈의 말이 떨어지기가 무섭게 하연이 언제 그랬냐는 듯 벌떡 일어섰다. 구두에서 발을 빼 내 양손에 든 하연이 쏜살같이 달려갔다. 남자의 넓은 어깨에 무서운 기세로 업힌 하연이 목덜미를 꽉 끌어안았다.

"이 남자야. 적당히 맞춰 주면 어디가 덧나요? 못됐어, 정말."

"미안한데 방금 건 맞춰 주고 싶어도 좀 너무 갔어. 그나저나 다친 데는 없어?"

"다쳤는데 백 미터 달리기 속도로 뛰어왔겠어요? 홍, 대신 오래 업힐 거예요. 허리 아프게."

"하연 씨. 이 방법보다 다른 식으로 허리 아프게 해 주면 안 될까?"

하연이 능글맞은 남자의 목을 장난스럽게 졸랐다. 성빈은 태연하게 픽 웃을 뿐이었다.

"정말 좋다…… 공기도 맑고…… 햇살은 눈이 부실 만큼 좋고……."

"이 모든 건 단지 배경일 뿐이야."

하연을 등에 업은 성빈이 바닷가 백사장을 느리게 걸으며 주위 전경을 한눈에 감상했다.

"우리 두 사람이 함께 있으니까 이 모든 게 환상적으로 느껴지는 거지."

"……그럼요, 알죠."

"당신과 오기 전 우리가 한창 힘들 때 여길 먼저 들렀었어."

예전에 왔던 기억을 떠올리는 성빈의 얼굴에 쓴 미소가 번졌다.

"분명 신이 머무는 휴식 장소라는 소리를 듣고 왔는데 내 눈에는…… 그저 사막 같이 느껴졌어. 삭막하고…… 황량한."

성빈의 등에 머리를 기댄 하연이 조용히 귀를 기울였다.

"아마 당신과 함께이지 못해서, 그렇게 느껴졌었던 거 같아."

"그랬구나. 우리 성빈 씨……."

"그리고 이제야 드는 마음은 당신을 위한 선물을 이곳에 마련하길 정말 잘했다는 생각이 들어."

"네? 무슨……."

느긋하게 움직이던 성빈의 발걸음이 서서히 모래사장을 벗어나더니 이내 멈추었다.

드넓게 펼쳐진 푸른 바다 정중앙 작은 언덕배기에 위치한 작은 별장. 마당에는 세모난 모양의 뾰족 나무 두 그루가 멋스럽게 자리 잡고 있었다. 또한 별장 외관은 포근한 느낌의 민트 파스텔 톤으로 꾸며져 산뜻한 인테리어가 인상적이었다. 하연이 성빈의 등에서 내려오며 물었다.

"이 별장은 뭐예요?"

"당신한테 주는 선물이야. 이런 동화 속에 나오는 집에 대한 환상이 있는 거 같아서. 취향에 맞춰 꾸며 봤는데. 마음에 들어?"

어제 전용기에 오르는 순간부터 하연은 벌써 몇 번째 놀라는 건지 셀 수도 없었다. 성빈이 하연의 작은 어깨를 살긋이 감싸며 다정하게 설명했다.

"우리 두 사람. 서로 잘하려고 많이 애쓸 테지만 그래도 살다 보면 문득 힘이 들거나, 상대에게 실망하거나, 휴식이 필요할 때가 있을 거 아니야."

"아무래도 그렇죠……."

하연이 여전히 멍한 채 고개를 끄덕였다.

"이 별장은 당신을 위한 삶의 도피처야. 언제든 하연 씨가 쉬고 싶을 때마다 들러. 그러면 본능적으로 내가 당신을 따라 이 별장으로 달려오겠지. 오롯이 당신만을 달래기 위해……."

"성빈 씨 전 정말……."

결국 하연의 눈에 눈물이 고였다. 남자의 과분한 사랑에 그녀는 어찌할 바를 몰랐다. 늘 한결같았다. 항상 자신을 사랑해 준 남자에게 고마운 감동을 느끼면…… 그다음이…… 또 그다음에 이어지는 더한 사랑이 그녀를 정신 차릴 수 없게 만들었다. 성빈이 어깨를 낮춰 여자의 눈물에 입술을 '쪽' 맞췄다.

"울지 마. 좋아서 우는 당신 모습에도 난 심장이 덜컥 내려앉으니까."

"성빈 씨는…… 어쩜…… 이렇게까지 사람이 멋있을 수가 있어요? 말도 안 돼……."

하연이 투정을 부리듯 웅얼댔다. 성빈이 손가락으로 하연의 턱을 슥 들어 올렸다.

"속지 마. 난 처음 하연 씨를 만난 순간부터 당신한테 잘 보이기 위해서 갖은 멋진 척은 다하는 가식적인 놈일 뿐이야."

하연이 정면에 있는 성빈의 입술에 얼굴을 갖다 댔다.

"⋯⋯읍, 성빈 씨 사랑해요."

"나도 사랑해. 어두운데 안으로 들어가자. 오빠가 따뜻하게 녹여 줄게."

두 남녀가 별장 안으로 들어섰다. 잘 꾸며진 미니 트리며 전에 큰 회장에게 보냈던 두 사람의 사진이 담긴 액자 등 아기자기한 인테리어가 여자의 관심을 끌었다. 하연의 눈이 연신 바쁘게 움직이는데, 몸과 마음 전부가 달궈진 성빈이 다급하게 그녀를 몰아붙였다.

"⋯⋯하연아, 읍⋯⋯."

성빈이 뜨거운 숨결이 하연의 이마와 반쯤 감긴 눈, 곧게 선 콧등과 여린 귓불, 빨간 입술은 물론이거니와 턱 라인을 타고 목덜미를 강하게 휩쓸었다. 하얀 목에 붉은 반점을 새긴 성빈이 다시 입술로 향해 뿌리 끝까지 진하게 혀를 집어삼켰다.

"하아, 하⋯⋯으읍⋯⋯."

키스를 이어 가는 동안 능숙한 성빈의 손길에 의해 하연의 옷이 하나둘 바닥에 떨어졌다. 하연은 버거움을 느낄수록 한층 남자의 어깨를 잡고 애타게 매달렸다. 속옷마저 툭, 떨어지고 여자의 드러난 살결을 성빈이 진득한 손길로 쓰다듬었다.

"아앗⋯⋯."

이제 제법 익숙해질 법도 한데 하연은 저도 모르게 어깨를 움츠렸다. 이미 전신이 불덩이처럼 달아오른 성빈이 조심히 여자를 침대 위로 눕혔다. 성빈은 하연을 안을 때마다 잊지 않는 다짐을 또 한 번 마음속으로 새겼다. 아무리 급해도 하연의 입장에서 사랑받고 있다는 걸 느끼도록 서두르지 않는다는 것이었다. 이불 안에 폭 쌓여 있는 하연이 부끄러운 얼굴로 성빈을 올려다봤다. 침대 위 창가 너머 어두워진 하늘에는 흐릿한 달이 떠올랐다.

"당신…… 정말 아름다워."

"성빈 씨 그만 좀 봐요. 쳐다보는 눈길이…… 너무 야해요."

"사랑하는 여자가 눈앞에서 벗은 채 누워 있는데…… 당연한 거잖아."

하나 남은 속옷마저 침대 아래로 떨어뜨린 성빈이 하연에게로 향했다. 맨살이 맞닿은 두 사람은 순간 닭살이 오소소 돋았다. 성빈과 하연이 마주 보며 기분 좋게 웃었다.

"조금…… 추워요. 성빈 씨, 얼른."

하연의 작은 속삭임에 힘을 얻은 성빈이 그녀를 따뜻하게 녹여 주기 시작했다. 혀끝에 달콤하게 어우러지는 타액이 서로의 입안을 세차게 휘저었다. 더 이상 고개가 뒤로 넘어갈 곳조차 남아 있지 않는 하연의 입술을 놓아 준 성빈. 그가 잠시 숨을 고르더니 하연의 하얀 목을 타고 점점 아래로 내려갔다.

"하아, 하……."

"언제 맛봐도 예술이야."

하연의 풍만한 가슴에서 한참 머물러 있던 성빈이 사랑하는 여자의 몸 구석구석까지 탐험을 마쳤다. 하연의 팔을 든 성빈이 자신의 매끈한 등에 두르게 했다. 이 타이밍에서 그는 항상 고민에 빠졌다. 여자의 고통을 조금이라도 최소화하는 방법이 없을까.

"성빈 씨……."

남자의 심리를 알아챈 하연이 청아한 음성으로 그를 불렀다. 사실 성빈은 지금 일분일초의 여유도 부릴 입장이 못 되었지만 어떻게든 이성의 끈을 붙잡았다.

"응, 하연아……."

"괜찮으니깐 빨리 안아 줘요…… 어서……."

하연의 하얀 볼에 다시 한 번 입술을 찍어 내린 남자가 천천히 자신을 묻었다. 성빈의 등을 붙잡고 있는 하연의 손에 힘이 들어갔다. 고통을 수반한 달콤한 쾌락이 하연의 몸에 스며들었다.

"아윽……! 하아, 읏……."

연달아 터져 나오는 하연의 신음이 한층 더 남자를 자극했다. 삐그덕. 창가에서 쏟아져 내리는 환한 달빛 아래 성빈의 등이 땀에 번져 반짝였다. 성빈의 허리에서 손을 떨어뜨린 하연이 이불을 꼬옥, 움켜잡았다.

"윽……! 하연아……."

탁하게 가라앉은 성빈의 음성은 움직임이 빨라질수록 여자를 애타게 불렀다. 별장 안은 두 사람의 호흡을 담은 뜨거운 공기로 가득 찼다.

"성빈 씨, 사랑해요. 하아…… 하……"

바다 위를 헤엄치듯 두 사람은 그렇게 같은 방향으로 한참 동안 아름다운 물결을 그려 나갔다. 곧 하연이 자신에게 밀려드는 남자를 느끼며 세게 깨물고 있던 입술을 놓았다. 성빈이 그녀의 위로 노곤한 몸을 떨어뜨렸다.

"하연아…… 사랑해."

"저도요……."

성빈의 젖은 머릿결을 하연이 살짝 넘겨 주었다. 누적된 피로 때문에 상당히 지쳤지만 성빈은 하연을 가슴 깊숙이 품어 주었다. 기운이 다 빠진 여자는 어느새 눈이 나른하게 풀려 있었다.

"하연아. 평생 너 하나만 바라보고 부족함 없이 사랑해 줄게."

"성빈 씨…… 당신 품이……."

"전에도 말했지만 나한테 삶의 의미를 부여해 줘서 고마워."

"너무 따뜻해서…… 눈이 감겨요……."

행복한 얼굴을 한 하연의 무거운 눈꺼풀이 스르르 감겼다. 그런 하연을 빤히 바라보던 성빈이 그녀의 앞머리를 넘겨 이마에 입맞춤을 해 주었다.

"내일은 오늘보다 더 많이 행복하게 해 줄게. 예쁜 꿈꾸고."

언제나 자신감 넘치는 그의 입꼬리가 슥 말려 올라갔다. 하연을 꼭 품에 안은 성빈의 눈도 점점 무거워지기 시작했다. '언제

나 메리크리스마스'라는 푯말이 문 앞에 귀엽게 걸려 있는 작은 별장의 지붕 아래, 너무나도 예쁜 커플은 서로를 품은 채 서로 더 많이 사랑할 내일을 기대하며 깊은 잠에 빠졌다.

한편 저 멀리 달빛을 받으며 구름에 앉아 쉬고 있던 신이 짜증스러움에 인상을 찌푸렸다. 원래 가려던 길을 가기 위해 자리를 털고 일어나는데 왠지 마음이 찝찝했다. 원해서 본 건 아니지만 감상한 값은 지불해야 할 거 같아 분홍 별과 파란 별을 번갈아 보며 고민에 빠졌다. 이내 고민하는 것도 귀찮아진 신이 손에 잡히는 아무 별이나 저 멀리 던져 버리더니 제 갈 길을 가 버렸다.

"음냐 음냐……."

성빈과 하연이 잠든 적막한 별장 지붕 위로 파란 별똥별 하나가 밝은 빛을 내며 떨어졌다.

〈젠틀한 악마 완결〉

외전

완벽한 봄날

　"생일 축하합니다. 생일 축하합니다. 사랑하는 우리 하빈이 생일 축하합니다♬"

　노래가 끝남과 동시에 여섯 살이 된 하빈이가 입을 동그랗게 말아 촛불을 후— 하고 불었다. 아이의 깜찍한 모습에 둘러앉은 가족들이 사랑스러운 눈빛을 보내며 손뼉을 쳤다. 큰 회장은 자신의 무릎에 앉아 있는 하빈의 작은 머리를 부드럽게 쓰다듬었다.

　"요 귀여운 녀석이 언제 벌써 이렇게 컸누?"

　"할아버지이—"

　하빈이 배시시 웃으며 큰 회장을 올려다봤다. 아이의 애교스러운 행동에 큰 회장은 마음이 녹아 예뻐 죽으려고 했다. 큰 회장이 성빈에게로 시선을 돌렸다.

"하빈이 생일 기념으로 지원한 유치원 실내 놀이터 확장 리뉴얼은 끝났어?"

"네, 저번 주에 마무리 지었습니다."

"늦어질 줄 알았는데 얼추 맞췄네. 우리 하빈이. 할아버지가 선물해 준 놀이터에서 친구들이랑 놀아 봤어?"

리뉴얼 공사가 끝난 뒤, 친구들과 성대한 생일 파티를 했던 하빈은 그날의 기억을 생생하게 떠올렸다. 너무나 신이 나고 즐거웠던 날로 기억하는 하빈의 눈이 동그래졌다.

"할아버지 그때 친구들이 다 너무 재밌고! 처음 타 보는 미끄럼틀이라면서 신기하다고…… 음음…… 이거 누가 만들어 줬냐고 물어봐서— 우리 할아버지가 만들어 줬다고 하니깐 진짜 최고라면서 다들 부러워했어요."

"그거 다행이구나."

큰 회장이 인자한 미소를 띠며 대답을 했다.

"루나 너는…… 아니, 김 여사 너는 저번에 뭐 해 준다고 했더라?"

"하빈아."

김 여사가 손자를 다정하게 불렀다.

"네, 할머니이."

"할머니는 현실적인 선물을 준비했단다. 이번에 네 앞으로 보유 주식 일부를 선물했는데 이로써 우리 하빈이가 어린이 주식 부자 2위로 올라갔어."

어떤 선물인지 전혀 알 리가 없는 하빈이 고개를 갸우뚱하는데 가만히 듣고 있던 성빈이 점잖게 아들에게 말했다.

"하빈아. 할머니한테 어서 감사하다고 인사드려야지?"

왠지 모를 아빠의 압박에 하빈이 배꼽에 두 손을 모아 큰 소리로 인사를 했다.

"할머니이— 감사합니다."

"그래. 지금은 잘 몰라도 네가 나중에 크게 되면 정말 통 크게 선물한 사람은 이 할머니라는 걸 알게 될 거다. 앞으로도 잘 자라 주렴."

그 모습을 지켜보던 성하가 장난스럽게 생크림을 하빈의 코에 묻혔다. 기습을 당한 아이가 인상을 찡그렸다.

"으씨이, 고모오!"

"우리 하빈이 고모가 귀여워서 그래. 원래 생일에는 이렇게 얼굴에 묻히고 장난치는 거야."

"간지럽고 미끄럽단 말이야아."

성하가 하빈의 양 볼을 쭉 잡아당겼다. 동시에 눈이 가자미처럼 늘어지는 아이.

"이럴 때보면 완전 제 아빠랑 판박이라니깐?"

"고모! 볼 늘어뜨리면, 그러면, 하빈이 못 생겨지잖아아!"

"우리 하빈이 원래 못난이야."

"뭐어어? 고모 너무해. 미워어!"

성하가 단단히 삐치려는 하빈을 서둘러 달래 주었다.

"대신 고모가 우리 하빈이 좋아할 선물을 준비했어."

"뭐…… 뭔데?"

짜증이 잔뜩 난 하빈의 눈빛이 은근히 기대감으로 바뀌었다. 태세 전환이 빠른 성빈의 성격을 꼭 빼다 닮은 걸 보여 주는 순간이었다. 성하가 빨간색 장난감 슈퍼카를 '짜잔' 선보였다.

"저번에 고모가 선물해 준 장난감 자동차 말이야. 다른 유치원 친구가 산 뒤로 흥미를 잃은 거 같아서 새로 장만해 봤는데. 하빈아, 어때?"

"우와! 자동차 전체에 빛이 난다!"

하빈이 작은 입을 쩍 벌리며 큰 회장의 무릎에서 재빨리 내려왔다. 화려한 슈퍼카에 눈이 뒤집히는 거 보니 남자아이는 맞는가 보다. 기대 이상인 아이의 반응에 흐뭇한 성하였다.

"이 차는 다른 친구 누구도 가지고 있지 않을 거야. 하빈이 전용으로 고모가 한 대만 만들었어. 마음에 들지?"

"고모오오~ 고마워요! 서연이 태워 주면 좋아하겠다아~"

성하의 한쪽 입꼬리가 말려 올라갔다.

"서연이?"

하연은 자신을 쳐다보는 성하에게 낮게 속삭였다.

"하빈이가 유치원에서 마음에 들어 하는 여자애예요."

"아아…….."

어이가 없는 성하가 픽 실소를 터트렸다. 옆에서 듣고 있던 성빈도 살짝 미간을 좁히며 하연에게 물었다.

"저 꼬맹이. 벌써부터 좋아하는 여자애가 생겼어?"

"그럼요."

"웃겨 죽겠네. 여섯 살짜리가 무슨 감정을 안다고."

하연이 성빈을 흘겨보며 타박을 줬다.

"어린애의 순애보를 무시하지 말아요. 얼마나 지극정성인데."

"참나."

"여자애 몇 번 봤는데 참 귀엽더라고요."

"어릴 때부터 여자 뒤꽁무니나 따라다니면 큰일인데, 쯧."

듣다듣다 못 참겠는 김 여사가 결국 성빈에게 한 마디를 쏴붙였다.

"김성빈 네 입에서 나올 말은 아닌 거 같구나. 여자 뒤꽁무니따라다니느라 고생했던 게 바로 너라는 걸 잊었니?"

"어머니 농담도 참 재밌게 하시네요."

"하연아. 내 말이 틀리니?"

하연이 들고 있던 찻잔을 내려놓으며 조신한 투로 답했다.

"사실 예전에 찰거머리같이 달라붙는 성빈 씨 때문에 많이 피곤하긴 했는데……."

"……여보."

"익숙해지니깐 그마저도 좋더라고요, 하하."

성빈의 진득한 눈길에 하연이 식탁 밑 남자의 손을 어루만졌다.

"어찌 됐든 너무 좋다고요. 그럼 됐잖아요."

"알지, 그럼."

"우리 남편 뭐 좀 더 챙겨 줄까요? 딸기 입에 맞는 거 같던데……."

성빈이 자상한 미소로 고개를 저었다.

"충분해, 앉아 있어. 당신 미술관 관리하랴, 하빈이 녀석 키우느랴 고생이 많은데 나까지 챙길 필요 없어."

"어머, 고생이라뇨."

하연이 김 여사의 눈치를 보며 어색하게 웃었다.

"언제든 힘에 부치면 말만 해. 다른 거보다 나한텐……."

"하빈 아빠……."

"당신이 우선이니깐."

성빈을 바라보는 하연의 눈에 분홍색 하트가 떠올랐다. 두 사람을 지켜보던 김 여사는 방금 전에 먹은 음식들이 올라오려는 걸 느끼고 급히 시선을 외면해 버렸다. 그때 문이 열리는 소리와 함께 세라가 시끌벅적하게 등장했다.

"하빈아아아아! 고모 왔다!"

세라의 부름에 하빈이 부릉부릉 슈퍼카를 몰고 현관으로 달려갔다. 바로 앞에 도착한 하빈을 번쩍 안아 든 세라가 볼을 맞대고 부비적대며 난리를 쳤다.

"아, 귀여워! 우리 하빈이는 어떻게 매일매일 귀여움이 이렇게 업그레이드가 돼?"

"세라 고모오!"

그때 하빈의 눈동자가 세라 옆에 서 있는 걸 그룹 멤버에게로 향했다. 화르륵. 세라가 하빈에게 짓궂은 눈빛을 발사했다.

"네가 예쁘다며 칭찬을 아끼지 않았던 누나잖아. 요 녀석 얼굴 빨개진 거 봐라?"

"하빈아, 안녕."

세라와 같은 그룹인 멤버가 아이의 통통한 볼을 손가락으로 살짝 튕기며 인사를 건넸다. 얼굴이 홍당무가 된 하빈이 세라의 목덜미 뒤로 빠르게 얼굴을 숨겼다. 귀여워 죽겠는 세라가 깔깔댔다.

"아하하! 나 진짜 웃겨 죽겠네. 하빈아, TV 안에 있던 누나 보니깐 부끄러워?"

"아아앙…… 창피해애."

"하빈이 생일이라 특별히 고모가 데려온 건데 인사 좀 해 봐. 얼른, 응?"

멤버 누나의 상냥한 협박이 이어졌다.

"하빈아. 인사 안 해 주면 누나 그냥 간다?"

그건 또 싫은지 하빈이 꼼지락거리며 묻었던 얼굴을 들어 멤버 누나를 쳐다봤다. 여전히 잘 익은 토마토처럼 얼굴이 벌겋게 달아오른 채,

"누나아, 안녕하세요."

하빈은 본인 스스로도 너무나 잘 알고 있는 특출난 귀여움을

한껏 어필하며 수줍게 인사를 했다. 멤버 누나가 그런 하빈의 볼을 살짝 꼬집었다.

"우리 하빈이 사진도 귀여웠었는데 실물이 훨씬 귀엽네?"

"누나도…… 예뻐요……."

"어머나, 말만 들어도 좋아라. 그리고 이거 누나 사진집인데, 하빈이 주려고 가져왔어. 이 앞에 누나 이름도 크게 적어 놨으니깐 우리 하빈이 선물로 가져."

그 순간 하빈의 얼굴에 더없이 행복한 미소가 번졌다. 아이가 느낀 뭉클한 감동의 쓰나미가 주변으로 퍼져 나갔다.

그 장면을 지켜보던 가족들은 전부 썩은 표정을 지었다. 친구들에게 자존심을 세워 준 놀이터도, 국내 2위로 우뚝 선 어린이 주식 부자의 위엄도, 세상에 한 대뿐인 한정판 장난감 슈퍼카도 '걸 그룹 사진집' 한 권에 밀리고 말았다.

"누나! 누나아 진짜 고맙습니다아!"

팔짱을 낀 채 그 모습을 지켜보던 성빈이 낮게 한숨을 내쉬었다.

"아직 꼬맹이라지만 저리 실속이 없어서야, 쯧."

"내 아들 저렇게 안 봤는데……."

"아까 뭐? 어린애 순애보를 무시하지 말라고? 그저 예쁘면 좋은 거겠지."

머쓱한 하연이 찻잔을 들어 입으로 가져갔다.

"성빈아, 난 하빈이를 보면 너 어렸을 때가 생각이 나. 참 귀여웠었는데."

"누나는 당연한 걸……."

"연상 좋아하는 것도 빼다 박았어. 쉬는 시간만 되면 단 한 번을 안 거르고 우리 기린 반에 와서 내 친구들한테 얼마나 귀여운 척을 해 대던지."

믿고 있던 성하의 갑작스러운 공격에 성빈이 당황을 했다.

"흐음, 내가? 누나가 무슨 소리를 하는 건지 도통 모르겠네."

"하연아 이해하지? 어차피 다섯, 여섯 살? 어릴 때 얘기야. 우리 성빈이도 하빈이처럼 애교도 무진장 많고 어디 데리고만 가면 귀엽다고 난리였었는데."

눈을 내리깐 하연이 은밀하게 성빈을 째려봤다.

"음, 정구한테 전화가 들어와 있었네. 잠시 자리 좀 비울게."

성빈이 뒷머리를 쓸어내리며 의자에서 일어났다. 위기를 모면하고자 자리를 피해 버리는 남자를 보며 하연이 픽 웃었다. 성하가 즐겁게 뛰어노는 하빈에게 눈을 못 떼며 하연에게 물었다.

"하빈이 하나 키우는 것도 벅차지?"

"아뇨. 어제보다, 또 오늘보다, 그리고 내일이 더 사랑스러울 소중한 아이라서 그런지 바라만 봐도 너무 아깝고 행복해요."

하연의 표현이 무척 마음에 드는 성하가 기분 좋게 입꼬리를 올렸다.

"혹시 둘째는 생각이 없는 거야?"

"음, 전 괜찮을 거 같은데…… 성빈 씨는 딱히 생각이 없는 거 같기도 하고."

성하가 천천히 고개를 끄덕였다.

"내가 살아가면서 느낀 게, 부모 말고도 의지할 형제가 있다는
건 참 고마운 일이더라고."

"그렇죠. 저도 외동이라 좀 외롭긴 했었거든요."

하연이 광대와 함께 어깨를 봉긋 올리며 살갑게 말했다.

"지금은 언니가 친언니처럼 대해 주셔서 전혀 외롭지 않지만
요."

"말이라도 고마워."

성하가 눈을 게슴츠레하게 늘렸다.

"하연이 네가 원한다고 하면 성빈이 거절은 안 할 거야."

"그럴까…… 요?"

"그럼. 한번 시도해 봐."

이후에도 이런저런 수다 삼매경에 빠진 두 여자에게 하빈이
쪼르르 달려왔다.

"엄마아아아—"

세라와 멤버 누나가 바쁜 스케줄 때문에 가 버리고 혼자 슈퍼
카를 타던 하빈이 지루함을 느끼고 엄마를 찾았다. 하연은 자신
을 향해 양팔을 벌리는 아이를 안아 들었다.

"으차! 누나들이랑은 재밌게 놀았어?"

"으응, 하빈이 좀 졸려어. 집에 가고 싶어."

시계를 보니 벌써 열 시가 넘어가고 있었다. 마당에 나가 통화

를 하던 성빈이 다시 모습을 드러냈다.

"하빈이 졸려 보이는데 슬슬 집에 갈 준비 하는 게 어때?"

"준비하게 애 좀 맡아 줘요."

성빈이 얼른 하빈을 받아 품에 안아 들었다.

"아들, 눈이 감길락 말락 하네."

"아빠아아아……."

"하빈이 지금 자면 세라 누나 친구가 선물해 준 사진집 놓고 가 버린다?"

무겁게 반쯤 감겨 있던 하빈의 눈이 화들짝 커졌다.

"싫어, 싫어어! 저거…… 저거 빨리 하빈이 줘요."

성빈이 바닥에 뒹구는 사진집을 집어 하빈의 작은 고사리 손에 쥐어 줬다. 아이의 콧잔등을 '코코코' 가볍게 누르며 핀잔을 줬다.

"하빈아. 남자는 여자 예쁜 얼굴만 보고 반해서 정신 못 차리면 안 되는 거야."

"왜요?"

"성격이라든지 그 밖의 매력들이 훨씬 중요하기 때문이지."

호기심 넘치는 아이의 눈이 성빈에게 꽂혀 있었다.

"아빠아, 매력이 뭐예요?"

설명을 해 줄까 고민하던 성빈이 아직 아이한테는 어렵겠다는 판단이 들었다.

"음, 그런 게 있어. 아무튼 성격이 착하고 하빈이랑 놀 때 싸우지 않고 재밌게 노는 여자 친구가 있으면 아빠가 말한 매력 있는 여자인 거야."

"으음, 음…… 그렇구나아."

여섯 살배기 어린 하빈은 진지하게 고심하며 나름대로 이해해 보려고 애를 썼다. 그러다 문득 궁금한 게 떠올랐다. 하빈이 고개를 갸우뚱하며 아빠를 올려다봤다.

"그러엄. 그러엄 아빠는 엄마가 매력 많아서 결혼했어요?"

"응?"

"그런데 우리 엄마 이쁜데에……."

"하빈아……."

성빈이 씩 웃더니 아이의 귀에 대고 은밀히 속삭였다.

"사실 아빠도 엄마 얼굴이 예뻐서 결혼한 거야."

하빈이 성빈의 대답에 '역시 그럼 그렇지.'라는 표정을 지었다. 아이의 소지품을 빠짐없이 챙긴 하연이 두 남자에게 다가왔다.

"준비 다 했는데 할아버지와 어머니께 인사드리고 출발해요."

"그래."

현관까지 나온 큰 회장, 김 여사와 성하가 성빈네 가족을 배웅했다. 큰 회장이 성빈에게 안겨 있는 하빈의 얼굴 앞으로 볼을 내밀었다.

"하빈이 할아버지한테 뽀뽀 인사해 주고 가야지."

"네에—"

익숙한 듯 하빈이 큰 회장의 볼에 '쪽' 소리가 나도록 뽀뽀를 해 줬다. 그 모습을 지켜보는 성빈의 표정이 심드렁했다. 괜히 민망한 큰 회장이 언성을 높였다.

"주책 맞아 보여도 네 아들놈이니깐 이리 예뻐해 주는 거야! 표정 하고는."

"전 아무 말 안 했습니다."

"됐고 얼른 가 버려. 정신 사나워 죽겠어."

성빈을 보면서는 짜증스럽던 큰 회장의 눈이 어느새 부드럽게 풀어져 하연에게로 향했다.

"아가. 성빈이 녀석 데리고 사는 네가 고생이 많다."

"할아버지 아니에요."

"집안에 며느리라곤 너 하나뿐이니 얼마나 혼자 신경 쓸 게 많을 거야. 힘든 일 있으면 언제든 나한테 말하거라."

하연이 살가운 미소로 답했다.

"할아버지, 말만 들어도 너무 든든해요. 항상 감사해요."

"그래, 그럼 조심히들 가고."

큰 회장이 하빈의 머리를 한 번 더 쓰다듬더니 뒷짐을 지며 뒤돌아 가 버렸다. 옆에 있던 김 여사가 한발 앞으로 나왔다.

"하연이야 매일 미술관에서 보니 그렇다 치지만. 너는 별일 없는 거지?"

"그럼요, 어머니. 신경 쓰실 일 없으세요."

성빈의 대답에 김 여사가 고개를 끄덕였다. 언제 봐도 세상에서 가장 잘생겨 보이는 제 아들을 애정 가득한 눈빛으로 올려다 봤다. 성빈이 그런 어머니의 마음을 눈치챘다.

"볼 내밀어 보세요. 하빈이처럼 뽀뽀라도 해 드릴게요."

"됐어. 징그러운 소리 그만해."

김 여사가 질색해하며 다소곳하게 서 있는 하연에게 시선을 돌렸다.

"네가 오늘 고생 많았어."

"아니에요, 어머니."

"이번 주말에 성빈이랑 시간 맞춰서 김천에 한번 내려갔다 와. 고모님 하빈이 많이 보고 싶어 하실 거야."

"그렇지만 아직 전시회가 안 끝났는데……."

"다음 주면 마무리되는 시점이니까 내가 더 들여다보고 신경 쓰면 돼. 성빈이 너도 없는 시간 만들어서라도 하연이네 신경 좀 쓰고. 알았니?"

성빈이 고마운 눈길로 김 여사를 내려다봤다.

"네, 그럴게요."

"하빈이 많이 졸린 거 같은데, 이만 출발해."

문밖까지 따라 나온 성하가 눈을 부비는 하빈의 이마에 뽀뽀를 해 줬다.

"우리 조카. 고모가 너무 사랑해."

"저두여…… 고모……."

"성빈아, 운전 조심하고. 하빈이 안녕."

뒷좌석에 앉은 하연이 하빈의 팔을 들어 성하에게 흔들었다. 성빈이 차를 부드럽게 몰기 시작했다. 우아한 클래식 선율이 잔잔하게 흘렀다. 성빈이 룸미러로 뒤를 확인했다.

"하빈이보다 당신 눈이 더 감기네. 많이 피곤해?"

"아…… 괜찮아요."

"하빈인 내가 목욕시킬 테니깐 당신은 바로 씻고 쉬어."

"그래 주면 저야 고맙죠."

하연이 혼잣말을 중얼거렸다.

"자상한 우리 남편……."

곧 맨션 주차장에 도착을 했다. 어느새 눈동자가 다시 똘망똘망해진 하빈이 차에서 펄쩍 뛰어내리더니 승강기를 향해 달려갔다. 짐을 챙겨 든 성빈이 작게 하품하는 하연에게 다가섰다.

"우리 하연이 오늘 애썼네."

그대로 성빈의 품에 안기고 싶은 그녀였지만 하빈의 앞이라 참았다. 하지만 하연과는 달리 애정 표현에 늘 적극적인 성빈이 팔을 뻗어 그녀의 어깨에 둘렀다.

"이따 자기 전에 오빠가 마사지라도 해 줄게."

"저기…… 그보다……."

잠시 뜸을 들이던 하연이 조심스럽게 말을 꺼냈다.

"여보야는 둘째 생각은 없는 거예요?"

"응? 둘째……."

하연의 예상치 못한 질문에 성빈은 잠시 당황했다. 하연이 소심하게 말을 이었다.

"성빈 씨, 전 친구 같은 딸도 갖고 싶고…… ."

"딸……이 갖고 싶은 거야?"

"아들은 하빈이가 있으니깐. 이왕이면 딸이……."

성빈은 그다지 달가워하는 눈치가 아니었다.

"난 딸 별로. 솔직히 당신 닮은 딸 생기면 너무 사랑스러울 거 같긴 한데."

"네."

"일단 생기면 요즘 흔히 말하는 딸바보 아빠가 될 거 같아서 싫어."

"그게 왜요? 좋은 건데?"

성빈이 당연한 걸 왜 묻느냐는 눈초리로 하연을 쳐다봤다.

"그럼 당신한테 집중되어 있는 내 애정이 반으로 나뉠 거 아니야."

"난 또 뭐라고……."

"당신 한 명한테 관심을 쏟는 것도 보통 일이 아닌데, 딸이 생기면…… 그거 관리하려면…… 생각만 해도 벌써부터 피곤해지네."

하연은 난감했다. 자기한테 모든 사랑을 쏟고 싶다는 남자를 타박할 수도 없는 노릇이었다.

"아니면 전 아들도 괜찮은데…… 딸처럼 키우면 되니깐. 아, 모르겠어요. 당신이 싫다는데 뭐 어쩌겠어요."

하연이 하빈의 등을 떠밀며 승강기에 올랐다. 옆에 선 성빈이 여자의 어깨를 감싼 손아귀에 힘을 주었다. 꿈틀. 무표정의 하연이 살짝 어깨를 내빼며 성빈의 손을 밀어냈다.

"와, 하빈아! 집에 도착했다."

집 안으로 하빈이 뛰어 들어갔다. 그런 아이의 뒤로 팔을 벌린 하연이 잡는 시늉을 하며 웃으며 따라 들어갔다. 성빈이 문을 닫으며 그 장면을 흐뭇하게 바라봤다. 하연이 아이의 점퍼를 벗겨 주며 상냥한 어조로 물었다.

"하빈이 오늘 아빠랑 목욕할래?"

"진짜아? 응, 좋아요!"

"참, 엄마가 하빈이한테 생일 축하한다는 말도 먼저 못해 줬네. 내 아들, 사랑하고 태어나 줘서 고마워."

"엄마 저도 사랑해요— 너어무 사랑해여—"

하연이 몸을 일으키며 옆에 멀뚱히 서 있는 성빈을 매운 눈길로 쳐다봤다.

"그나저나 당신은 하빈이 생일인데 따로 선물이나 해 줄 말 없어요?"

"선물? 난 되레 하빈이가 이렇게 좋은 부모 밑에서 태어난 걸 감사하다고 먼저 인사하는 게 도리……."

하연이 잽싸게 성빈의 옆구리를 꼬집었다. 성빈이 긴 다리를 접어 하빈을 껴안았다.

"하빈아, 아빠의 아들로 태어나 줘서 너무 고마워. 우리 아들,

사랑한다."

"아빠 하빈이도 사랑해요—"

성빈이 아이의 머리를 쓱쓱 헝클어뜨렸다.

"아빠 드레스룸 가서 옷만 갈아입고 금방 올게."

"빨리 와요! 내일 유치원 가려면 빨리 씻고 자야 돼요—"

편안 차림으로 갈아입고 나온 성빈이 장난감 비행기를 붕붕 거리고 있는 하빈을 낚아채 천장 높이 들어 올렸다.

"꼬맹이. 아빠랑 씻는 게 그렇게 좋아?"

"응응, 아빠가 많이 바쁜 사람이니깐 하빈이 잘 때 집에 들어와서 보고 싶었어요."

"미안해. 아빠가 우리 하빈이랑 자주 놀아 줘야하는데."

성빈은 미안한 마음에 숨이 막힐 정도로 아이를 꼭 끌어안아 줬다.

욕실에 들어선 두 남자는 하연이 미리 준비해 준 뜨거운 목욕물에 몸을 담그고 이런저런 수다를 떨었다. 성빈은 아이를 씻기며 하연의 노고가 얼마나 큰지 새삼 또 한 번 느낄 수 있었다. 목욕을 마치고 가운을 걸친 성빈이 타월을 두른 하빈을 데리고 욕실에서 나왔다.

"감기 걸리니깐 물기 닦고 바로 입혀요. 잠옷 바로 앞에 있어요."

"알았어."

성빈이 하빈에게 캐릭터 잠옷을 입혀 주며 말했다.

"하빈아. 아빠가 많이 바쁜 이유가⋯⋯."

"저 알고 있어요! 엄마가 아빠는 나중에 하빈이 힘들지 말라고 바쁜 거랬어요―"

"⋯⋯그랬어?"

성빈은 거실 소파에 앉아 내일 유치원에 챙겨 보낼 아이의 가방을 싸고 있는 하연을 바라봤다. 마음 한구석이 따뜻해지는 걸 느꼈다. 성빈이 다시 하빈과 눈을 마주쳤다.

"하빈아. 아빠가 일하는 공책에 우리 하빈이랑 '놀아 주기' 적어 놓고 열 밤에 한 번씩은 꼭 재미있는 데 데리고 갈게."

하빈의 눈이 큼지막해지더니 손바닥을 활짝 폈다.

"열 밤?! 그럼 잘 때 손가락 열 개 다 접으면 아빠랑 놀 수 있는 거예요? 우아아!"

"그래, 꼬맹아."

"아빠아아― 너무 고마워요―"

하빈이 성빈의 목에 매달리더니 입술에 뽀뽀를 쪽쪽거렸다.

"서비스다. 아빠가 자기 전에 동화책 읽어 줄게. 하빈이 방에 가서 보고 싶은 동화책 골라 봐."

"네에에에!"

"계단 넘어지지 않게 조심하고."

잔뜩 신이 난 하빈이 계단을 성큼성큼 올라갔다. 그때 아이의 가방을 다 챙긴 하연이 뻐근한 목을 주무르며 소파에서 일어났다. 성빈이 다가오자 하연이 싱긋 웃었다.

"아이 목욕시킨다고 힘들었죠?"

"힘들 게 뭐 있어."

뜨거운 감정이 휘몰아치는 성빈은 곧장 여자의 허리를 와락 끌어안더니 입을 맞췄다.

"……으읍…… 갑자기……."

"하연아."

성빈의 눈동자 색이 짙게 변해 있었다. 또한 그녀를 부르는 음성은 한없이 위험한 빛을 띠며 탁하게 가라앉아 있었다. 괜히 불안한 하연이 남자의 뒤를 살폈다.

"하빈이 아직 안 자지 않아요?"

"응, 자기 방에 올라갔어. 내가 재울게."

"그럼 그럴……래요?"

성빈의 야릇한 눈빛에 하연이 점점 부담스러워지려고 하는데,

"우리 하연이 정말 둘째 갖고 싶어?"

"그냥 해 본 말이에요. 아이 한 명을 책임진다는 게 얼마나 큰……."

아까 성빈이 보인 반응에 하연은 더 이상 부담 주고 싶지 않아 말을 바꿨다.

"난 당신 닮은 딸이든, 아들이든, 둘 다 괜찮을 거 같아."

"흥, 아깐 별로라면서요."

"내가 하나뿐인 아들에 대한 만족도가 컸나 봐. 그런데 가만 생각해 보니 당신이 말한 대로 딸이든, 딸 같은 아들이든, 가족

이 늘어나면 현재의 즐거움과 행복도 배가 되겠지."

마지막엔 결국 자신에게 맞춰 주는 남자가 하연은 무척 사랑스러웠다.

"짧은 시간이었는데 깨달음이 크네요?"

"이 여자야, 무엇보다……."

어깨를 낮춘 성빈이 하연의 귀 안으로 뜨거운 입김을 불어넣으며 속삭였다.

"하빈이도 그랬지만, 막상 당신을 닮은 아이를 생각하니 가슴이 설레면서 욕심이 나."

"아, 성빈 오빠. 몰라."

"그 아인 또 얼마나 사랑스러울 거야. 박하연 미니어처인데."

몸이 달아오른 성빈이 못 참고 하연의 귓불을 살짝 깨물었다.

"아야…… 아파요."

"하빈이 빨리 재우고 올게. 우리 하연이 자지 말고 기다리고 있어."

하연이 어깨를 살랑 흔들며 눈웃음을 쳤다.

"오빠 밤이 짧아요. 하빈이 빨리 재우고 건너와요."

"알았어, 기대해. 당신 입술 좀."

그 잠깐이 아쉬운 성빈과 하연이 키싱구라미 물고기처럼 손을 마주 잡고 계속해 버드 키스를 '쪽, 쪽, 쪽' 나누었다. 결국 하연이 먼저 얼굴을 떼어 냈다.

"그만하고 올라가 봐요. 하빈이 기다리겠어요."

성빈이 서둘러 이 층 계단을 올라 하빈의 방으로 향했다. 문을 열자 '백조의 호수' 동화책을 배에 얹은 하빈이 졸린 눈으로 침대에 누워 있었다. 성빈이 아이의 침대 맡에 걸터앉았다.

"우리 하빈이가 고른 동화책이 이거야?"

"아빠아, 근데여…… 사실……."

"응, 말해 봐."

"하빈이가 고민이 있어요."

성빈이 고개를 기울였다.

"우리 하빈이가 무슨 고민이 있을까?"

"유치원에서 애들이 자꾸 엄마가 좋냐, 아빠가 좋냐고 물어보는데에—"

"응."

"전 대답을 못해요, 너무 어려워서 고민이 돼요……."

아이의 귀여운 고민에 성빈이 낮게 실소를 터트렸다. 하빈이 고민스러운 표정으로 작은 검지를 이마에 톡톡, 부딪쳤다.

"너무 어려워요…… 아빠도 엄마랑 하빈이 중에 누가 좋냐고 하면 고민되지 않아요?"

"아빠는 고민 안 되는데?"

하빈의 반듯한 미간에 주름이 잡혔다.

"당연히 엄마지."

"예에?"

성빈은 아무 생각 없이 진심을 말해 놓고 실수했음을 깨달았다. 하빈의 서운함을 넘어선 충격 먹은 얼굴이 그의 눈에 들어왔기 때문이다. 성빈이 오버스럽게 아이의 배를 간지럽혔다.

"우리 하빈이 아빠가 장난친 거야. 아빠도 당연히 못 고르지. 엄마는 아빠랑 짝꿍이고 하빈이는 하나뿐인 아들인데."

"아녀여, 아빠 됐어요ー"

하빈이 허무한 표정으로 천장을 응시했다. 어린아이지만 부모를 닮아 눈치는 귀신같이 빠른 하빈이었다. 아빠의 본심을 알아차린 하빈이 입술을 잔뜩 부풀리더니 불퉁하게 구시렁거렸다.

"아빠 말이 맞아요ー 친구 중에서 짝꿍이 제일 중요하니까."

"하빈아, 아빠가 정말 장난친 거야. 응?"

성빈은 기분이 상한 하빈을 어르고 달랬지만 아이의 기분은 쉽게 풀어지지 않는 듯 보였다.

"저 아빠아."

"응, 우리 아들."

"하빈이는 좀 외로운 거 같아요."

난감한 성빈이 뒤통수를 쓸어내렸다.

"아빠도 하빈이한테 선물 주면 안 돼요?"

"우리 하빈이 뭐가 갖고 싶은데?"

하빈이 아빠 눈치를 살피며 대답을 했다.

"……동생이여."

"동생?"

"다른 친구들은 다 엄마아빠가 동생 사 주는데에— 하빈이는 왜 안 사 줘요?"

성빈이 하빈의 고사리 손을 만지작거렸다.

"동생은 사는 거 아니야."

"그럼요? 그래도 사 주면 안 돼여?"

"외로운 하빈이가 갖고 싶은 게 동생이야?"

하빈이 고개를 천천히 끄덕였다.

"아빠는 엄마 짝꿍 있으니깐, 하빈이는 동생 짝꿍 갖고 싶은 데……."

"귀여운 녀석."

"아— 근데 아빠아 눈이 감기려고…… 아빠 하빈이 잘 때까지 가면 안 돼요— 도깨비 나오니까—"

"그래, 옆에 있을게."

그렇게 십여 분의 시간이 흘렀다. 고요한 방 안에는 아이의 얕은 숨소리만 새근새근 들렸다. 그 옆을 조용히 지키던 성빈이 이불을 어깨까지 덮어 주었다. 눈에 넣어도 아프지 않을 사랑하는 아들을 한참 동안 바라보고 또 바라보았다.

"우리 하빈이, 행복한 꿈꾸고 잘 자."

아이의 이마에 입맞춤을 한 성빈이 조용히 전등을 끄고 방에서 나와 문을 닫았다. 가슴 한편에 제법 오랫동안 자리 잡은 이 소중한 감정을 느끼게 해 준 아이가 고마웠다. 뭐든 해 줘도 늘 아쉽기만 한 깊은 가족애가 어느새 그에게 삶의 중심이 되어 있었다.

"하빈이는 잠들었어요?"

화장대 거울을 보며 로션을 바르던 하연이 방에 들어오는 성빈에게 물었다.

"응, 피곤했는지 금방 자네."

"고생했어요."

"어쩌다 한 번 하는 건데 고생은. 매일 챙겨야하는 당신이 힘들지."

하지만 말과는 다르게 성빈은 제법 지쳐 보였다. 침대에 걸터앉는 성빈의 방향으로 하연이 빙글 몸을 돌렸다. 실크가운을 입은 그녀가 애교스럽게 어깨를 봉긋 들어 올렸다.

"성빈 오빠."

"응, 우리 하연이. 그러고 있지 말고 오빠 옆으로 좀 와 봐. 마사지라도 좀 해 줄게."

하연이 달달한 콧소리를 듬뿍 첨가했다.

"하연이가 오랜만에 오빠 취향 저격할 건데. 준비됐어요?"

"음?"

"예쁜 짓한 오빠를 위해 준비한 게 좀 있는데……."

별생각이 없던 남자의 눈에 빠르게 생기가 맴돌았다. 성빈의 턱 선이 삐딱하게 틀어졌다.

"오빠 기대해도 돼?"

"아……마도?"

감질나는 하연의 대답에 성빈은 마음이 동하기 시작했다. 그런 남자의 반응이 만족스러운 하연이 입꼬리를 올렸다. 스르륵. 하연이 걸치고 있던 실크 가운을 어깨서부터 천천히 벌리며 떨어뜨렸다. 빈틈없는 성빈의 시선이 그녀의 모습 전부를 눈 안에 담았다.

"……왜 아무 말이 없어요."

완벽하게 반해 버린 남자의 심리를 눈치챘음에도 괜히 민망한 하연이 입술을 삐죽거렸다. 성빈의 노골적인 시선이 그녀의 붉은 입술, 새하얀 목덜미를 타고 레이스가 달린 적나라한 속옷과 가터벨트로 이어진 망사 스타킹까지 빠르게 훑었다.

"미치겠네."

짜릿함에 몸서리치면서도 성빈은 자신의 턱을 쓸어내리며 애써 거친 숨을 삼켰다. 하연이 느린 동작으로 침대 위 성빈에게 기어갔다. 남자의 집요한 눈빛에 그녀는 얼굴이 화끈거렸지만 상관없었다.

"하연아…… 오빠 말이야."

"네."

"취향 저격 제대로 당했어. 오늘밤 우리 하연이 많이 괴롭힐 거 같은데, 괜찮겠어?"

하연은 느릿함 움직임을 멈추지 않았다. 몸짓은 더없이 야하게, 그러나 눈빛만큼은 아무것도 모른다는 듯 순진하게 깜박이며.

"하연이는 괴롭힘 당하는 거 싫은데…… 그냥 서로 꼬옥, 안고 자면 안 돼요?"

"미안한데 그건 곤란해."

성빈의 허스키한 음성이 하연의 솜털을 오소소 돋게 만들었다. 남자에게서 뿜어져 나오는 위험한 열기에 하연이 본능적으로 어깨를 살짝 움츠렸다. 빨리 그녀를 맛보고파 안달이 난 성빈이 자세를 바꾸며 하연의 입술을 거칠게 헤집었다. 하연의 가냘픈 신음이 막 터지려는 찰나,

"엄마아아아아아—"

성빈과 하연의 눈이 동시에 커졌다. 하연이 빛의 속도로 빠르게 가운을 추스르며 위에 있는 성빈을 밀어냈다. 달칵, 달칵. 문을 연 하빈이 눈물 바람으로 뛰어 들어왔다.

"우리 하빈이, 자다가 깼어?"

"우웅, 엄마아. 방이 어두워서 도깨비 나와서 하빈이 무서워서 울었져—"

하연이 차게 식은 채 굳어 있는 성빈에게 물었다.

"전등 완전히 끄고 나온 거예요? 하빈이 어두운 거 무서워해서 잘 때 약한 불로 조절하는데."

"그래? 난 몰랐지."

성빈이 난감한 투로 대답했다.

"하빈아, 괜찮아. 엄마가 올라가서 다시 재워 줄게."

"싫어어, 하빈이 무서워요. 엄마, 아빠랑 같이 잘래!"

하연의 허리를 끌어안은 하빈이 배에 얼굴을 부비며 매달렸다. 하연이 싱긋 웃었다.

"그래, 하빈아. 오늘 엄마랑 같이 자자."

"하연아! 아니, 여보……."

눈물만 안 흘리지 뛰어 들어오는 하빈과 똑같은 표정을 한 성빈이 인상을 찌푸렸다. 하연이 하빈을 등을 쓰다듬으며 '어쩔 수 없잖아요.' 하고 입 모양을 그려 보였다. 성빈은 시름에 빠졌다.

이윽고 나란히 누운 세 사람. 성빈이 하연의 방향으로 돌아가 있는 하빈의 등을 돌리더니 눈을 맞추었다.

"하빈아. 하빈이가 아까 동생 갖고 싶다고 했잖아."

"우웅, 아빠."

"동생 가지려면 하빈이도 도깨비쯤은 물리치는 용감한 형이 돼야지. 안 그래?"

하빈의 얼굴이 시무룩해졌다.

"그치마안…… 도깨비는 무서운걸……."

"그리고 하빈이가 혼자 자는 버릇을 들여야 동생이 생기든 말든……! 윽!"

하연이 스매싱한 베개에 얼굴을 맞은 성빈이 신음을 터뜨렸다. 울컥한 성빈이 우악스럽게 하빈을 품에 끌어안았다.

"하빈아. 아까 하빈이가 엄마랑 하빈이 중에 누가 더 좋으냐고 물었잖아? 아빠 망설임 없이 우리 하빈이야. 엄마보다 우리 하빈이가 훨씬 좋아."

하빈이 버둥거리며 성빈의 품에서 빠져나오더니 혀를 내밀었다.

"메롱! 난 이제 친구들이 물어보면 엄마가 더 좋다고 말할 거예요— 엄마아아—"

하빈이 다시 성빈에게 등을 보이며 쪼르르 하연의 품에 안겨들었다. 성빈은 입 안이 무척 썼다. 그가 씁쓸한 얼굴로 천장을 응시하며 혼잣말을 중얼거렸다.

"가장의 외로움이란……."

"하빈 아빠."

하빈을 안고 있는 하연이 이불 위로 성빈에게 손을 내밀었다. 성빈이 씩 웃으며 그녀의 손에 부드럽게 깍지를 꼈다. 언제 그랬냐는 듯 다시 행복감이 밀려드는 성빈이 하빈의 등 뒤로 다가가 하연과 아이를 함께 끌어안았다.

"내 소중한 예쁜이들."

샌드위치가 된 하빈을 가운데에 두고 성빈과 하연이 서로의 눈을 지그시 바라봤다. 평온하고 꺼지지 않는 불처럼 앞으로 이 울타리를 지켜 줄 따뜻함이었다. 눈이 슬슬 감기는 하빈의 눈치를 보며 하연이 조용히 성빈에게 속삭였다.

"너무 행복해요."

성빈의 눈매가 달콤하게 휘어졌다.

"앞으로 더 행복하게 해 줄게."

"고마워요."

"하연아…… 사랑해."

매일 해 주는 남자의 고백이지만 들을 때마다 몸서리치게 설레고 두근대는 말이었다. 하연은 넘치는 행복감에 콧잔등을 찡긋거렸다. 성빈이 그녀의 볼을 가볍게 꼬집었다.

"사랑스러워 죽겠어."

"꿈에서…… 우리 아까 못 했던 거해요. 오빠 잘 자요."

세 사람은 그렇게 서로의 따뜻한 온기를 느끼며 점차 깊은 잠에 빠져들었다…… 그런 줄로만 알았는데. 어딘지 모르게 계속 불편함을 느끼는 한 사람.

정확히 30분 뒤.

"하연아, 진짜 자는 거야?"

여자는 자신을 흔드는 손길에 눈을 부비며 잠에서 깼다. 졸려 죽겠는데, 옆에서는 계속 뭐라 뭐라 자상한 어조로 말을 붙여 왔다. 하연이 잠긴 목소리로 물었다.

"……뭐라……고요?"

"하빈이 완전히 잠든 거 같은데, 내가 방에 눕히고 올까?"

이 남자, 정말 못 말린다. 하연이 어깨가 들썩이며 소리 죽여 킥킥댔다.

"우리 성빈 씨……."

"응, 듣고 있어. 말해. 응? 뭐라고?"

잘 안 들리는지 어느새 하연의 얼굴 앞까지 다가온 성빈. 하연이 픽 웃었다.

"성빈 씨……."

"응."

"그만 열 내고, 잠이나 자요."

"꼭 자야 되겠어?"

"……네."

하연이 천천히 고개를 끄덕이자, 성빈의 눈에서 아스라이 영혼이 빠져나갔다.

"그래. 당신이 졸리다는데 자야지."

"성빈 오빠, 사랑해요."

"……."

"못 들었어요? 사랑한다고요."

묵묵부답. 돌아오는 대답이 없자, 감으려던 눈을 뜬 하연이 성빈의 옆구리를 쿡 찔렀다.

"이 남자야, 삐쳤어요?"

"……나도 사랑해."

꾸역꾸역 할 수 없이 밀어내는 성빈의 대답에, 하연은 웃음이 새어 나왔다.

"장난친 거야. 우리 하연이 얼른 자."

성빈의 속삭임에 하연은 다시 눈을 감았다. 성빈이 이불 안에 있는 하연의 손을 찾아 자신이 걸어 준 반지를 만졌다. 오래 보면 닳을까, 다른 환경 속에서 생채기는 나지 않을까, 혹여 바쁜 자신 때문에 외로움은 느끼지는 않을까. 제법 오랜 시간을 함께 했음에도 항상 조바심이 나는 그였다.

'그만큼 나한테 당신이 소중하다는 거겠지…….'

하연의 이마에 성빈이 진하게 굿나잇 뽀뽀를 해 주었다. 연애 시절 짧은 입맞춤 한번으로도 하루 종일 설레던 그 소중한 감정을 잊지 말고 언제나 처음처럼 그녀를 아껴 주자 마음먹은 남자가 기분 좋게 눈을 감았다.

오늘보다 더 여자를 열정적으로 사랑해 주려면 최상의 컨디션을 유지해야하므로.

〈완벽한 봄날 완결〉